敗　戦　日　記

高見　順

中央公論新社

目次

敗戦日記

昭和二十年一月一日

遅い朝食（雑煮）をとっていると、平野徹君（平野謙令弟）来訪。海軍少尉の服装なり。やがてまた海軍少尉来る、河出書房にいた飯山君である。聞けば同期の予備学生である。吉川誠一君来る、海軍報道部勤務、海軍ばやりである。

三君とも夜までいる。平野君ひとり、あとまで残る。しきりに死を口にする。フィリッピンに赴任するのである。冗談半分で死のことを言っているのかとおもったら、ほんとうに悩んでいるらしい。

一月二日

雑煮を食い、母、妻とともに鶴岡八幡宮に参拝。疲れてこたつに入り寝る。身体がまだほんとうでない感じ（支那から帰って去年いっぱい、粥食で通した。アミーバ赤痢気味）（註＝昭和十九年六月二十二日陸軍報道班員として渡支、同年十二月十四日帰国）。

来訪者なし。夜、読書。この二日間珍しく敵機来襲なし。（一日は未明に来たことは来たが）

一月三日

妻と裏山へ薪をとりに行く。

義兄（註＝水谷鋼一、義兄は当時中部日本新聞東京総局政治部勤務）とその長男洋君来る。

一月五日

朝、家を出る。文藝春秋社へ行く。『文藝春秋』二月号に小説を頼まれ、書くつもりでいたのだが、書けないのだ。今日が締切。

どこへ行こうかと迷い、ふと武田麟太郎のところへ久しぶりに行って見ようと思いつき、市ヶ谷まで省線。あと歩いて行く。あいにく留守。徳田一穂君も来て、待っている。あがって一穂君と話す。

禅の本が大分ある。武田君は禅を勉強しているのだろうか。それぞれ皆苦しんでいる。夕方になっても帰らぬ。どこかへ廻ったのだろう。帰ろうと言っていると電話がかかり、すぐ帰るという。そのすぐが大分間があって、池田君（註＝池田源尚）と帰ってくる。池田君は水筒を持っていて、酒だという。一升入って（註＝入手）、それを池田君の家で武田君は飲んでいたのだ。

酒を毎夜飲んでいた頃の武麟さんからくらべると、すっかり痩せてしまった。彼も私も坊主頭、以前は二人とも長髪だったが。

千葉から鳥が来たとのことで、珍しい鳥鍋をご馳走になり、話しこんでいると警報、たちまち外で警防団員のきびしい声、緊張のさまは、北鎌倉と大分ちがう。

便所へ行った。高射砲の音が爆弾のように聞える。前線ではキュンキュンといった鋭い甲高い音に聞えるのだが、東京ではズンズンという鈍い音。

便所の窓がピカッピカッと光る。敵機が焼夷弾を落したのだろう。

おちついた頃、徳田君と辞去する。電車がなくなるからだ。外へ出ると真っくら、月はまだで、足もとが危い。こういう東京は支那から帰ってはじめてだ。靴をひきずりながら歩き、真っくらな東京のかわった姿に感慨を催す。

駅へ行くと、かすかに口を開いて扉がしめてある。なかも真っくらで、切符売場に、ほんのすこしの光、手探りで切符を買う。階段をおりるのが一苦労だった。歩廊（註＝プラットホーム）も暗い。

暗い電車がくる。客はまばらでしいんとしている。

幸い東京駅へつくと解除。

一月六日

倉橋君（註＝倉橋弥一）来る。手にいっぱい水虫だか、ひぜんだかをつくっている。学徒動員の話をきく。生徒はみな工場へ行って働いているのだ。二年、三年は月三十円、（ただし三年は都下の中学校はどこも都の土木課の方にとられ、その方の仕事をしている。柄が悪くなって困るとのこと）上級生は五十円、大学専門学校は六十円。

中学生は月謝、校友会費等々すべて合わせて十円見当とのことで、だから二十円が生徒のものになる。しっかりした生徒は、それを貯金して、後日のために軍刀を買うのだと言っているそうだ。しかし、たいがいの生徒は買い食いなどでつかってしまう。

一月七日

鎌倉へ散歩。土屋喬雄編ワグネル『維新産業建設論策集成』を買う。新本で八円三十銭。鎌倉書房（註＝古本屋）で『河野磐州伝』上下を買う。厖大な本で八円五十銭、――新本の値段が高くなったものだとおもう。

山田君の子供が国民学校で、友だちの百姓家の子供に米の闇購入をたのみ、交番にひっぱられたという。

敵がルソン島に迫った。

新田君（註＝新田潤）の伯父さん（叔父さん？）の浅草の半田医院、丸焼けとのこと。自分の家に落ちた焼夷弾はみな消しとめたのだそうだが、近所に落ちたのから火事になり、類焼。

たった一機のおとす焼夷弾で、必ず火災がおこる。そうした日本の家屋の脆さが口惜しい。

一月八日
石井君（註＝石井英之助、当時文藝春秋社員）来る。原稿の件、あやまる。

富塚博士が『言論報国』誌上で、日本の軍艦はだめだ、航空機はだめだ等々と激しいことを言っている由。死を賭しての建言だろうが、つとにこういう建言が出なければうそだったのだ。

日記のことに話が及ぶ。石井君も日記をつけておきたいのだが、いつどんなことから家宅捜索をうけるかもしれず、その際日記が材料になって罪をうけるということになると困るとおもい、つけられないでいるという。

この日記も、気をつけないといけない。

原稿をことわると、いつものことだが、ヘンに元気が出てくる。

劇場が今月から昼間だけということになった。夜はないのだ。
——夜半ふと子のない自分の老後の、頼るもののない寂しさをおもう。
そうしてまた、自分は或は老いてから気違いになるのではないかと言った不安にも駆られる。

一月九日

朝十一時頃になると、きまって小鳥が庭に来てなく。南天の実を食いにくるのである。——小鳥は可愛い。こっちは可愛いとおもって見ているのだが、小鳥はこっちを恐れている。可愛いというこっちの気持から、うっかり顔でも出そうものなら、小鳥はおびえて去って行く。こっちは随分悲しいおもいをさせられる。

義兄来る。イワシの乾物を持ってきてくれる。社に闇屋が売りにくるのだという。一つ五十銭。

海苔を持って小林秀雄の家を訪れる。亀谷切通しのところで警戒警報がなる。小林は留守だった。一日おきに創元社へ出るのだという。

中山義秀を訪ねようと思う。駅へ歩いて行く。国民学校の生徒の帰校に会う。いずれも頭巾をかぶっている。小鳥のようである。――この頭巾は雪国では前からあったように思われるが、東京方面では最近の流行（？）である。大人もかぶっている。一度かぶると暖かくてくせになる。ずっとこの風俗は残るかも知れない。

風俗といえば、この戦争で日本人の風俗はすっかり変るかも知れない。スカートと靴下という女の洋風姿は今ではほとんど全く見られなくなった。スカートの布地、靴下がないせいもあろうが、もんぺい又はズボン型の決戦服がすっかり普及した。これなど、後までも残るかも知れない。前の欧洲大戦のとき、物資窮乏で欧洲に短靴ができ、それがずっと残ったように。――

駅へくると空襲警報、退避命令。

中山のところは遠いので、近くの小島さん（註＝小島政二郎）のところへでも行こうかと思った。行きかけて、――待て、初志を貫くべしと足をとめた。

どうも自分には何事にかけても中途で心をぐらつかせる悪癖があっていかぬ。こうと意を決したら、断じてやり通さねばならぬ。そう自分に言いきかせた。

郵便局前の松の根元にしゃがんでいると、電車がきた。飛んで行って乗った。空襲中でも走っているのだ。

極楽寺で降りると、警防団員にどなられて、道脇に退避。こっちへいらっしゃいと女に呼ばれて、駆け出して防空壕に入る。気がつくと、その壕は中山君の家のすぐ側だ。機を見て中山君の家へ飛んで行く。

中山はびっこをひいている。去年釣に行き、誤って足を踏みはずして骨をくじいたのだという。

警報解除。こたつに入って雑談。中山は、小説を書く気がまるでなくなったという。

一月十日
故片岡鉄兵氏告別式通知来る。

鉄兵さんの死を聞く数日前に『文藝春秋』の『尼寺の記』を読んだ。鉄兵さんには珍しい、鉄兵さんの書きたがっていた（と察せられる）純文学の作品で、いい作品だとおもった。恐らく『尼寺の記』が鉄兵さんの最後の作ではないか。純文学から出発した彼の最後の作品が純文学だったというのは、感慨を唆《そそ》られる。

純文学に戻って、純文学の作品をしっかり書いてから死にたかったろうと思われる。気の毒だ。

或はずっと生きていても、相変らずジャーナリズムに要求せられるままに、通俗物を書いていたろうという説もある。純文学をやりたいやりたいとおもいながら、通俗物の泥沼から出られなかったろうと見る向きもある。そうも考えられる。

そうも考えられる鉄兵さんの弱気。

これはただに鉄兵さんだけの問題ではない。自分自身の問題でもある。鉄兵さんの悲劇は、単に彼のみの悲劇ではない。

文報（註＝文学報国会）に赴《おもむ》くべく家を出る。そのいでたちは図の如し。

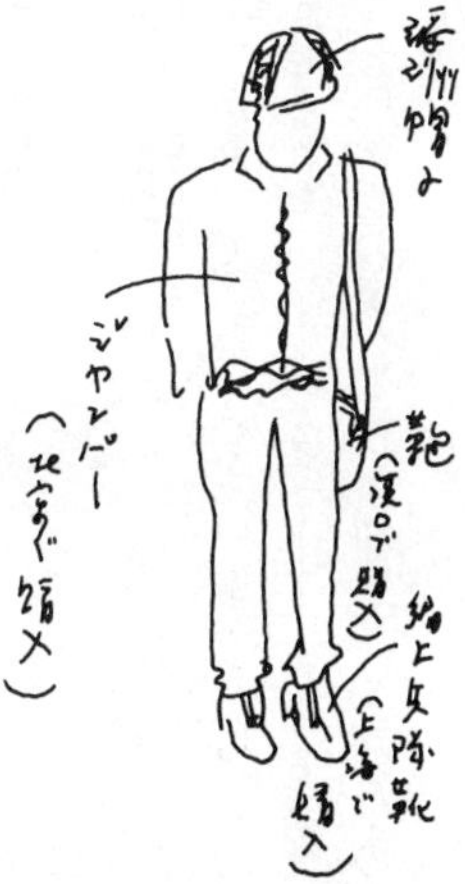

勇ましい恰好だ。だが鎌倉へ散歩に行くときもこの恰好だ。以前はどこへも着流しでいったが、今では、こういう恰好は普通だ。

ズボンの下（註＝スソ）は、紐を通して結んである。ゲートル代りに末を結んだのだ。秋山君（註＝秋山龍三）から教わった。

○大船所見

汽車の石炭の焼がらの捨て場に、女と子供がたかっている。焼がらの中から石炭を拾っているのだ。支那を思い出した。支那ではこういう風景をいたるところで見た。日本では、たしか初めてだ。燃料不足のための最近の現象であろう。

支那と同じ風景だが、支那のその風景のような惨めさはなかった。拾っている女子供が支那のような惨めな風態をしてないせいか、日本のは、支那の場合と違って、石炭拾いを、商売のため、食うため、生きて行くためにやっているのではないと見られるからか、考えさせられた。

○車中所見

学生が乗っていた。学生の姿を見かけるのは珍しい。全く珍しいことなのだと、ふと気づかせられた。学生の姿、――いわゆる学徒勤労に出ている学生の姿は珍しくないが、学生らしい学生の姿、学校へ通っている学生の姿。昔は、車中や街で一番多く見かけるのは学生だった。

蒲田から先は、線路の両側が、家がすっかり取り払われている、強制疎開だ。無慚《むざん》な姿である。自分のこの半年の留守中の出来事だ。はじめて見たときは眼を丸めた。無慚さが強くきた。

大森にいた頃、毎晩のように行った線路脇の（線路下の、という方がいいかも知れぬ）呑兵衛横丁もすっかり取り払われた。ヒゲの焼鳥はどこへ行ったろう。寺沢君の屋台もない。寺沢君は南鳥島の最前線にいてこの変化を知らない。

去年半年の変化は凄い。

新橋駅のカフェー「処女林」、あのあたりの沢山あった寿司屋も、今は影も姿もない。なつかしい場所だ。

銀座裏のバーで飲んで、カンバンになって、まだ帰るのは心残りだといって、或はまだ飲みたりないといって、最後に辿りつく場所はこの駅前の寿司屋だった。

その内、この消失した思い出の場所の地図（店の名前を詳しく書きこんで）を作っておこう。

戦前のひとつの特徴的な風景だった。

地下鉄で虎ノ門へ行く。今日は金比羅さまの日で、人出がある。詣でる。

店がいろいろ出ている。ゴム紐とかズボンとか、以前とちがって世帯染みたものを売っている。

文報事務所へ行く。徳田（註＝徳田一穂）、栗本両君と歩いて銀座に出る。

三壺堂で正岡容『寄席風俗』（註＝新刊本）を買う。

銀座もこの半年で急変した。

若い男女を見て、恋愛は変らずに存在しているなと思う。心強かった。

どこかでお茶でも飲もうということになったが、いずれも事務所に変ったり、店を閉じていたりしてなかなか見つからぬ。「門」はまだやっているはずだというので、行ってみる。夕刊売の前に列が並んでいる。東京新聞を買うのだ。夕刊はこの一紙だけ、夕刊を買うのにも並ばねばならぬ。半年前はこんなことはなかった。

「門」は門をとじている。不良じみたのが集まるので睨まれていたから、やめたかも知れないと栗本君がいう。徳田君が裏から顔をいれて聞くと、風邪をひいたので休んでいるという返事だったとのこと。

路地を通って表へ出る。「トリコロール」はまだ廃業せずに残っている。ただし、やってない。表通りの「ブラジル」へ行くと「只今準備中」

栗本君が、店さえ開いていれば酒を一合飲める所があるというので、服部の裏へ行ったが、店がしまっている。ここはあまり人が気づかないので、(というのは、店前の行列を許さないので) 開いてさえいれば一本は飲める由。店の名は忘れた。

銀座の変りようを見ながら、帰ろうと徳田君と歩き出した。すると彼がメシを食おうという。食えるところがあるという。

どこへ行くのかと思ったら、松屋裏の半田屋という一膳めし屋だ。どういうわけか「食堂」と書いた木の厚い看板をおろして店先にころがしてある。燃料にでもするのか。外食券のいる店だ。もちろん行列だ。しかしそんなにながくはない。間もなく入れた。

古いメシ屋だ。テーブルが二つあって、おかず入れの、なんというか、

がひとつ。小さな店だ。

外食券に、五十銭つけて女の子に出すと、食事を持ってくる。おかず一皿（数の子十片ほど、大根の煮たの一切、野菜の煮たのすこし）お新香（かぶ、とその葉、これは普通のお新香よりすこし量がある）メシの丼。

みんな黙々として食っている。

女の子に何かいうのでも小声。女の子も小声。どういうのだろう。

支那の食い物屋の喧騒を思い出し、思いくらべた。支那のは特別だが、日本のこういうメシ屋だって、昔は笑い声ぐらいはあった。

友だちと一緒に入っていれば、お互いに何か話をするぐらいのことはした。

友だちと二人づれで来ているのもある。それがお互いに何の話もしないで、黙々と箸を運んでいる。

腹をへらしたのが寒い外で待っているので急いで食わねばならぬ。自分たちも待ったあとでありついたのだから、無駄口をして、食事の時間を手間どらせ、外の連中をそれだけ待たせては可哀そうだといった思いやりは生ずるわけだ、そのせいか。腹がペコペコなので、ものも言わずに食っているのか、そのせいもあるようだ。

だが、その沈黙は、ひどく佗しかった。食いものがひどく佗しいため、口をきく気もしない、とにかく腹へつめよう、そんな感じだった。

そんな佗しい食いものでも、食わせて貰えることはありがたい。そこへ食堂への遠慮がある。女の子に何かいうときの小声は、そうした遠慮からの卑屈な響きを伝えていた。女の子の小声は客の小声へのまた遠慮であろうか。佗しい食事しか出せないというところからくる遠慮の小声であろうか。

とにかく佗しい空気だった。

だが、――この佗しさにたえて、この人たちは戦っているのだ。みんな我慢して戦っているのだ。そういうものに思えた。

外へ出るともう暗かった。人通りもまばらになっていた。ちょっと前までは勤めから帰りの人たちで混《こ》んでいたが、たちまちみな、いなくなった。

それでも銀座通りには夜店が出ている。夜店の明りが目立った。明りはそれだけといっていい。自分たちは京橋へ歩いて行った。以前から出ていたゾッキ本の露店が今でも出ている。なつかしかった。三十銭、五十銭という木札も以前のままだ。

おかみさんが、しかし以前は娘々した顔だったが、今はもう、おばさんといった感じになっている。本もまばらだ。全集ものがいっぱい、昔はあったものだが。

京橋で徳田君と別れる。五時五十五分の熱海行に乗る。

有楽町あたりへ来ると、銀座の方の真っくらなビルの上に何かキラキラ光っているのが眼を射った。電光ニュースだった。読もうとおもったが、汽車がつれなく走り去って読めない。読売の電光ニュースだ。以前は周囲が明るかったため電光が今のように強くは感じられなかった。今はどこもかしこも真っくらだ、こんな真っくらな街のなかで果して電光ニュースを見ている人があるのだろうかと思う。以前は六時といえば銀座の出盛りの頃だったが、今はほとんど人がいない。

ルソン島に敵が上ったと聞く。電光ニュースはそれだったのだろう。

秋山君が母と妻とで花合せをしている。母へのサービスである。母はこの遊びが大好きなのだ。自分も親孝行のつもりで加わる。

随分やらない。

札の絵が新鮮に見えた。四季の花の模様が大変風雅に見えた。日本のものらしい風流さが感じられた。

西洋のトランプの模様など、この自然からの取材にくらべると、つまらぬものだ。

日本！　日本！

敵が迫ってきた。
日本よ、日本よ。
――――

警報二回。
敵の操縦士は一回来るごとに四万ドルだか貰えるのだという。
日本では、――近く人間魚雷が出るといううわさだ。
日本！　日本！
深夜さらに警報。

一月十一日
小林秀雄のところへ行く。
今日はいた。床屋へ行こうとして玄関へ出たところへ、自分が「今日は」と入って行った。――梅原龍三郎の画集『北京』について書こうと思って、さんざ考えた末、気分をかえようとして床屋へ行くところだったと、彼は言った。
『北京』を見る。求龍堂の本である。近頃のものとしては素晴しい本だ。

逞しいエネルギーに打たれる。
美とはエネルギーだ。そう言っているようだ。

絵はいい。いい絵はいい。
いい絵を見ると、心がふるいたってくる。いい絵を見ると、人間への愛情を掻きたてられる。

小林が日本の古い陶器を見せてくれた。唐津焼と萩のもの。
美について考えさせられた。
考えることはないのだ。考える必要はないのだった。
美は眼の前にあるのだった。茶碗というものになって坐っていた。
美は実在なのだ。
画でも文学でも、みんな同じだ。

自分はお化けがこわい。
お化けなどありうるわけはないと思っていても駄目だ。

自分は針と安全カミソリの刃がこわい。こわいわけはないのだが、こわい。神経が疲れたときなど、カミソリの刃をただ想像しただけで、それにさっと切られることが頭にきて、もうたまらない。お化けのこわさと同じだ。こわいのだからしようがない。

小林は芋虫がこわいと言った。

一月十二日

書斎に朝日があたっている。書斎に愛情を感じた。そして、これで仕事ができるぞとおもった。

夜、義兄来る。名古屋へ見舞に行くという。『家』上巻を読む。

『家』の人々は正に日本人だ。日本人がいとしくてたまらなかった。

下巻の解説（つまらぬ解説だが）に「『家』には現実社会の暗い生活相が拡げられている」と書いてあるが、その暗さとは、どこの人間のでもない、日本人の暗さだ。そうしみじみ思った。そうしてその暗さに切ないいとしさを覚えた。

こんないとしい日本人が、日本が、戦いに負けようとしている。

政治を考える。

だが、自分には政治は興味がない。情熱を湧きたたすことはできない。

自分はやはり芸術のことに従っているよりほかはない。

一月十三日

藤井さんがコーライ炭？（註＝泥炭。コーライトとはちがう）を一貨車買い、隣組に少しずつ分けてくれるというので、下の豆腐屋さんの角からそれぞれの家へ運ぶ手伝いをする。

書下しの仕事にまだかかれない。

『家』下巻読む。

『家』は、ずっと前に買ってあった本で、幾度か読みかけては本をおいた。読み通せなかった。藤村というのが肌に合わない感じであった。

それがこんどは貪るがごとくに読むのである。面白く読める。

こうなると、小説と読み手との間には、やはり一種の眼に見えない因縁のようなものが存在するのだと考えられる。結ばれるときは自ずと固く結ばれ、結ばれないときは、いくら努力しても結ばれない。

いわば恋愛のようなものだ。

そういうものを持つ小説が小説としていいものにちがいない。

一月十四日

片岡鉄兵告別式へ行く。九時から十時というが、家を出たのは十時。前夜おそくまで『家』を読んでいたので寝坊。

片岡家へ行く途で三雲君（註＝三雲祥之助）に会う。

片岡家で、丹羽（註＝丹羽文雄）、大江（註＝大江賢次）、中山、新田、川端（註＝川端康成）、荒木（註＝荒木巍）、文藝春秋社牧野君、昭森社森谷君（註＝森谷均）等に会う。

秋山君に持参の五目ずしの弁当を分ける。

三雲、新田、森谷、牧野の諸君と辞去。

三雲、牧野君と別れ、新田、森谷、自分の三人は四谷駅で降り、市電で日比谷へ行く。東宝劇場地下室の国民酒場でビールを飲もうというのだ。日比谷は人通りが稀である、変な気がした。

それでも日比谷映画劇場の前へ行くと、長い列をなしている。下らない映画なのだが、――楽しみが他にないのだ。

東宝劇場の前は木材がいろいろ積んである。工場になったのだ。中外加工品株式会社というのだ。もとは華やかなレビュー劇場だったのだが。

地下室は食堂だった。そこが今は昼は雑炊食堂、五時から国民酒場――人影がなく、ヘンだと思ったら休みだった。ただし休みとも何とも貼り出してはない。人影がないので、そうと察せられるのだ。「天国」へ行ってみようと新田がいう。そこも国民酒場になったという。銀座裏を通り抜けて行く。新田とはよく飲み廻った仲間だから、変ったものだと言い合って、もとのバーが或は会社の事務所になったり、廃屋のようになったりしているのを見て歩いた。

「天国」も休みだった。前の「銀座パレス」の扉に「日本重工業株式会社」と書いてある。三昧堂《さんまい》（註＝三昧堂書店）をのぞく。本がまるでなく、棚がガラガラ。

銀座通りを、不良のような恰好をした学生が数人ずつ、群をなして歩いている。またこういうのが出て来たらしい。女の連れのあるのもある。女も不良じみている。

眉をひそめた。だがまたやがて、――銀座は不思議なところだと思った。銀座はもはや昔の銀座ではない。昔日の銀座の魅力といったものを具体的に構成していたものは、もはや何もない。残っているのは単に道路だけだ。汚い、うすよごれた道路だけだ。しかもなお若い男女が銀座を慕ってやってきている。若い男女の華やいだ遊び場所として依然として銀座が選ばれている。もうそんな華やいだ場所ではないのに、――遊び場所としてはどこだっていいのに、――もはやどことも変りのない銀座だのに、――しかもなお銀座が選ばれている。

銀座は滅びないと思われた。昔の夢を追って、昔の華やかさを夢みてここへ来るのかも知れないが、昔の夢は失われていてもやはり銀座には何かあるにちがいない。

「ブラジル」の前を通ると、店があいている。恐らくあいているのは、ここだけのようだった。ここでまあ休もうかと私たちも入った。レジスターに「無糖珈琲九銭」と書いた札がおいてある。もとは十銭だったが、どうして九銭になったのか。砂糖代が一銭というわけか、わからない。

札を買って、それを持ってなかに入り、客がめいめいコーヒー茶碗を自分で奥で受け取って、そして席につくのだ。汚い席で、店内も何か物置のような汚さだ。

通りで見たのと同じような若い男女が、あちらこちらに群がっていた。ここらで青春をたのしんでいるらしい。

嫉妬のようなものが心にきた。だが間もなく静かな同情が、その心に浮んできた。物置のような汚いところで、ほんの僅かの時間に、こうして青春を楽しんでいる彼等、若い彼等がしみじみと同情された。

支那へ行く前、半年前は、こうした風景は見られなかったようにも思われる。すると最近になって、風儀の乱れが目立ってきたのであろうか、（若い彼らの姿を直ちに風儀の乱れと断ずるのも酷だが）と憂いも感じられた。何か捨て鉢なものが、若いそうした青年たちに感じられる。困ったことだと思うものの、彼等の気持もわかるのだった。そこに切ない同情が浮んでくるのだった。

森谷君が、この間、通りで「スリー・シスターズ」の女に会ったところ、たまにはいらっしゃいと言われ、やっているのかと聞くと、ええまあといった返事だったから、行ってみようかという。店を出てその方へ足を向けた。通りはすでに暗くなっていた。暗いなかで、例の青年男女が何人となく群がり立っていて、ヘンに昂奮した奇声などが聞えてくる。やっぱり風儀の乱れが感じられた。

「スリー・シスターズ」は「ルパン」などのある（否、あった）路地のなかほどにあるのだが、路地は真っくらで「スリー・シスターズ」の店も真っくらだった。駄目だなと自分は言ったが、森谷君は、明りがついていると言って、扉を押した。扉はあいていた。森谷君はなかに入って行った。自分は結局駄目だろうと思って、路地を出て、街路樹に向って小便をしていたところ、新田がオイオイと呼ぶ。駄目ではなかったのかと、路地を行くと、静かに静かにと新田がいう。扉を押し、真っくらな階段を上って行った。三階に行くと私室があり、そこへ入った。そこに「スリー・シスターズ」のひとりがいた。

ひとりで住んでいるのだ。隣りの「ルパン」は空屋だった。前も空屋だという。よく気味が悪くないものだと感心した。

日本酒が出た。豚鍋が出た。ふーんと自分はひとりで感心していた。

日本酒五本ほど、それにウイスキーが一人二杯ずつ、――それで勘定は二百円余り。森谷君が払ったので、正確なところはわからないが、――大変な高さだ。こっそりこうして月に何人か客を取って、やっているらしい。

外は闇だった。昔ならまだこれからという時間だ。

裏の電車通り（今は線路が取り払われている）に出ると、附剣の兵隊に呼びとめられた。身分証明書を示せという。自分は別に証明書というのを持ってないので当惑した。幸い新田が海軍報道班員の証明書を持っていて、それを示し、何かあったのかと尋ねると、それは言えないが、朝鮮人がちょっと――という返事だった。

数寄屋橋で森谷君と別れた。新田君と自分は四丁目から地下鉄に乗った。

『家』下巻を読む。読了。

家の問題ということになると、姑と嫁の争いがもっとも日本的な問題ではないかと思われる。それが『家』に出てこないのが、読みながら不満だったが、下巻でやはり出てきたが、簡単だった。すなわち藤村は、このいやな問題にさして悩まされぬ幸福な人だったのだなと思った。しかし子供を三人も失っている。一人失っただけでも心にヒビが入った感じの自分は、三人も失った藤村の苦しみを、しみじみと考えるのだった。

名古屋に再び大地震があったらしい。気の毒なことだ。

フィリッピンの戦いはいよいよひどくなった。

野戦に神機があるというようなことを、新聞は書いているが、陸にあがらせる前に輸送船を叩いた方が有利なのではないか。いや、有利でも叩けなかったのであろう。いよいよ大変だ。

新聞の、いいことばかり言っているのに腹が立つ。

一月十五日
日記を書く。

十一時、家を出る。車中、秋声の『あらくれ』を読む。茗渓《めいけい》会館に行く。榊山君（註＝榊山潤）の話では、（二本松に疎開しているのだ）田舎に徴用官の相談役のようなのがいて、それが鬼の如くに恐れられているとのこと。むかしの悪代官の手下みたいに、ちょっとでもその男から睨まれると、たちまち徴用をかけられる。農業の方は徴用がかからないはずだのに、なんとかかんとかいって、ひっぱって行く。そして一方、徴用をかけるぞと嚇して私腹をこやしている。かけられると聞かされた方は、その男にわいろを持って行くのだ。わいろが少いとさらに嚇かす。

田舎は荒《すさ》んでいると嘆くのだった。

尾崎士郎も、疎開していて、同じような話をした。民間の者がこの頃権力を持たされるようになったが、するとこれは官吏よりもひどい官吏風を吹かせる。もとは憤慨していた官尊民卑を逆に発揮する。困ったものだという。

民が官につくと、かように悪質になるのは、もとよりその人間にもよるだろうが、それだけながい間、官尊民卑に民が苦しめられていたせいだとも言える。たちまち官吏風を吹かせるというような、そういう民を生んだのは官尊民卑のせいだ。

『家』について ――――

明治の生んだひとつの傑作に違いない。

明治期の日本の家と人間とを鮮やかに的確に描き出している。

だが、読後、何か不満がのこった。それはだんだん心の中で大きくなって行った。

それは何か。

――それを読んだことによって心を高められるという作用は持ってない。

人間の運命は描かれている。しかし人間の成長は描かれてない。

人間の変転は描かれている。しかし現実の変転によって人間の精神が育って行く姿は描かれてない。

そこに明治期のひとつの特徴があるのかも知れないが。

読者の精神を激しくゆすぶるものがない。

――自戒でもある。

一月十六日

妻と、帝国ホテルへ赴くべく家を出る。母が幸い機嫌がよくてうれしい。不機嫌な日だと妻と二人で出にくい。

車中、前日の『家』についての不満の感想は、疑いありと反省する。不満の正体を正確にとらえ得ていないのだ。心を高める作用を持ってないから不満だというのでは、未だ当ってない。

横浜から『あらくれ』を読む。『あらくれ』と自分との間にはまだはっきり結ばれるべき因縁がないせいか、いささか読みづらい。

ホテルで松本氏（註＝松本滝蔵）等に会う。松本氏からフィリッピンの話を聞く。

自動車で新橋演舞場に行く。

菊五郎一座。『鏡獅子』と『雪曙誉赤垣』。

しばらくこの世界から離れていたので、菊五郎の踊りをぽかんと見ている。白く白粉を塗った咽喉のシワがややグロテスクでもある。

芸術は、現実とちがって、いきなりそのなかに入れるというものではないのだ。それが芸術なのだ。

やがて、入れた。

女工さんらしいのが、(或は女学生か、この頃両者の区別がつかぬ)遅れて座席に入ってきて、舞台から数列目のところに腰かけた。菊五郎が、踊りながら、チラとそれに眼を落した。

客種がすっかり変っている。菊五郎の踊りをほんとに愛し理解している客は果して全体のどのくらいか。

そうした客の前で懸命に踊っている、菊五郎の心事を察した。気の毒だとおもった。

同時に踊りの――舞台芸術の空しさが心にきた。「国宝」と言われているその芸も、観客の空しい記憶のなかに残されるだけで、文学や絵画のように、形として残すことはできない。そのうち、観客の記憶も失われて行く。

何に支えられて菊五郎は踊っているのだろう。

いや、なんにも支えられてはいないのだ。そう思いついた。自分の愚かさが反省された。

芸とはかくの如きものなのだ。空しいところに芸はある。

菊五郎は誰の為に踊っているのでもないのだ。節穴のような眼をした近頃のお客の為に踊っているのでもなければ、数すくない菊五郎の真の理解者の為に踊っているのでもないのだ。

逆に、かような芸の空しさが、羨しくもおもわれてきた。なまじ、あとに残る文字芸術などに従っているものの、空しさにきびしく直面できぬ不幸、空しいきびしさに鍛えられぬ不幸。
後世に結局残りもしないのに、残るかもしれぬとうぬぼれて何か書いている者の不幸。その醜さが後に残るのに、何か書き散らしている者の不幸。
だが、
書け、
病いのごとく書け。
菊五郎の踊りを見て、心に誓ったことは、かくのごとく、業《ごう》のごとくに書け。

一月十七日
一日無為。
恥ずべし。
夕刻、鎌倉へ散歩。散歩中に感あり。
自分の眼はいま
まるで節穴だ
なにも見てない

それでも光が節穴に入ってくる

一月十八日

精神に運動を与えようと、電車に乗る。

六興出版社に行く。酒の振舞あり。酒に対しこの頃、貪慾なり。

『あらくれ』読了。

『家』は水彩絵で『あらくれ』は油絵。

『あらくれ』は色で押している。

一月十九日

病いのごとく書け

痴のごとくに書け

日記においても然り

自己反省のため、自己鍛錬のため（否、実際は、自己慰楽か）の日記、——かように考えていたが、目的などいらぬ。作用を考えるに及ばぬ。病いのごとくに書け。

寒《かん》だ。庭の木がいかにも寒そうにしている。
植木の葉の合理性とその故の美がもっとよくわかるようにすること。

ドストイエフスキー『カラマゾフの兄弟』を読む。第一巻百五十二頁まで。（河出書房版、米川正夫訳）

一月二十日
家に閉じこもり『カラマゾフ』と格闘。正に格闘だ。第一巻四百二十頁読了。第二巻にかかる。
グルーシェンカとカチェリーナとの会見の場面は、息をのむ思いだった。凄い。実に凄い。自分の仕事のつまらなさをいやというほど思い知らされた。
夜、秋山君来訪。

一月二十一日
『カラマゾフ』を読みつづけていると、海軍予備学生石川君（新田夫人令弟）来訪。間もなく電報あり「ハハシスニツタ」、直ちに外出の用意、妻と共に家を出る。いずれもリュックを背負う。自分のには木炭、妻のには野菜が入っている。電車が混んで買出しの労を知らされる。買出しを一時新聞紙上でなんだかんだと非難していたが、買出しの苦労は大変なもので、良人(或は妻)子供にものを食べさせようという気持は徒《あだ》やおろそかなものではないと思わせられた。

夜、四谷の長野屋で「文学戦友会」の集まりがあると通知が来ていたが、新田の家にとどまり欠席。欠席の口実ができたのでかえってありがたいと思う気持だった。人に会いたくない。

通夜は翌日とのことで終電で帰る。『カラマゾフ』を読む。第二巻三百十四頁まで。

一月二十二日

文報事務所へ行く。

北条(註=北条秀司)、石川(註=石川達三)両君から、文報の調査部長に就任方を慫慂《しょうよう》されたが、固辞す。経綸、抱負、野心なきにしもあらずだが、それに生活的にも就職した方が安全であるが、目下の心境は孤独の内の勉強にある。エゴイストであることを許して貰いたいのだ。

中村局長(註=中村武羅夫)と東日へ行く。前海軍報道班員の会と、陸軍報道班員の会(文学戦友会)とを文報側で招いて懇談しようというのだ。これも出たくなかったが、中村局長に勧められ、ついて行く。東日で集まって柴田賢次郎の「顔」の会場へ行くのである。

「会場」は銀座裏の小料理屋、表に「本日休業」という札が掲げてあり、それをくぐって鼠賊《そぞく》の如く店内に入り、暗い階段をあがる。どこでも今はこのデンなのであろう。鶏肉のすき焼が出る。酒は持参。

一月二十三日
午後、告別式（註＝新田潤母堂の）。
田宮君（註＝田宮虎彦）来る。渋川君（註＝渋川驍）来る。渋川君は家族を静岡に疎開させて、ひとりで大学図書館（註＝勤務先）にいる。朝昼は学校の食堂で食い、夜は自炊とか。顔色がはなはだ悪い。そう言えば田宮君もいわゆる疎開やもめ、同情にたえない。
留守中に、家に鎌倉署の特高係が来たと母が言った。

一月二十四日
家にこもって『カラマゾフ』を読み続ける。
大きな仕事の意欲を湧き立たせられた。
傑作は制作慾をかき立てる。しかしまた私にあっては、愚作も制作慾をかき立てる。腹立ちと同時に安心感（手も足も出ない反省から解放してくれる安心感）から。――

○自尊心からの饒舌。
自己嫌悪からの饒舌。
自尊心と自己嫌悪とからみ合っているものからの饒舌。
自尊心と自己嫌悪とが相争っているための饒舌。
○蟇蛙を思え
○いや、もっと明るいことを考えよう。明るい方に顔を向けよう。この日頃の幸福について感謝しよう。この十年の間、こんなに幸福な時を持ったのは初めてだ。「仕事」をしないで、一日好きな本を読んでいられるこの幸福。

一月二十五日
『文藝春秋』車谷弘氏来訪、同誌三月号原稿の件。
薪割り、畑の土おこし。
『カラマゾフ』を読む。読むというより憑かれたる形。第三巻了。
第四巻にかかる。
八木技術院総裁、議会にて、日本の科学者は特攻隊に対し申訳ないとおもうと声明。

一月二十七日

今日は新田君母堂の初七日故、三雲君（註＝前夜来泊）と遅い朝食をとったのち家を出ようとすると、警報なり、たちまち空襲警報となる。ラジオが数編隊の来襲を告げる。よって外出を見合わせる。前夜と同じく三雲君と美術について語り、終日家にあり、夕刻運動のため鎌倉へ出る。

三雲君は、ずっと北海道へ行っていたそうだが、かぼちゃと言ったような「つまらない」もの、かぼちゃの花といった「つまらない」花の写生に非常に興趣を覚えさせられ、北海道にいた間、熱心にそうした写生を続けたという。そして今もそれを続けているという。三雲さんのためにその言葉を僕は喜んだ。その言葉はまた僕への励ましともなった。三雲さんと二人で静かに芸術を語っている時間を僕は非常に仕合わせに感じた。僕の内になんとも言えない幸福感が流れた。

ところが夜のラジオは敵機七十機の東京来襲を報じた。くわしいことはわからぬが、不幸は察せられる。隣人の不幸を耳にしながら、こっちは芸術の喜びにひたっているということがすまなく省みられた。しかし僕は芸術を打ち捨てて、どうこうするということはできない。かえって自分の内の芸術を守るべきだと考える。それらが僕等の務めだ。

一月二十八日

朝、警報。今日は故片岡氏の三十五日忌なので、片岡家へ行こうと考えていたが、三雲君とまた話し込んで、やめにした。

倉橋君と石野君（註＝石野径一郎）来訪。

人々の話により、前日の空襲が殊のほかひどいものだったことを知る。新聞には何も書いてないので、さっぱりわからなかった。最初の市街盲爆である。夜になって義兄来たり、詳報がいよいよ明らかとなる。被害家屋千余。被害人員数千。

来客の去ったのち警報。三雲君はひきつづき泊ることになり、来客が去ると自分たちはまた芸術の話をはじめた。二時頃また警報。

一月二十九日
終日家にあり、三雲君と芸術を談ず。心楽しく豊か。

一月三十日
義兄来たりて起される。この日議会傍聴の約束をしたのである。三雲君も遂にみこしをあげる。三雲君とはまだまだ語りたい気持だった。

中部日本の社員に化けて議会に入る。はじめてのぞく議会である。

議員のゲートル姿はさすがに戦時風景だが、しかしやはり春風駘蕩たる感じであった。

本会議は一時からということだったが、三時過ぎまで延びるというので、爆撃の被害地を見に行くことにし、地下鉄で銀座へ出ようとすると、新橋までしか行かない。そこで引返し運転をしている。京橋、銀座間がやられたという。新橋で降り三壺堂に寄って『梅原龍三郎北京画集』と『森寛斎画集』を買う。前者は七十九円、後者は二十二円、家にはもう現金が二百円ほどしかなし。預金はもとより皆無。心ぼそい至りだが――

帝国ホテルにまず行く。山水楼の隣りの骨董店に爆弾が落ちたという。

山水楼のところは交通遮断、日比谷に廻る。ガラスが四散している街路を、見物人らしいのがゾロゾロ歩いている。数日前とはすっかり異る人出であった。四丁目に出ようとすると、数寄屋橋の手前で交通遮断。朝日新聞社のガラスはみんな破壊されていて、窓から破片を集めたのを掃き棄てている。伝書鳩はどうしたろう。爆弾は有楽橋に落ち、有楽町の駅にも落ちたという。銀座の方は服部の裏に落ち、池田園の傍にも落ちたという。約束の時間が迫ったので、電車に乗って記者会へ帰る。

本会議を見る。別して感想は浮ばなかった。

帰りに新田の家に寄った。二十七日に行かなかったので、お線香をあげようと思ったのだ。芳子さん（註＝新田潤夫人）ひとりで、新田は国民酒場へ行ったというので、持参の弁当を食べて帰ろうと思っていると、新田が今日は休みだったといって帰って来た。前日、石光君（註＝石光葆）が来て一緒に国民酒場へ行ったという。

日本酒のうまいのを出された。空腹なので酔ってひと寝入りした。十時近く辞去。まるで深夜のように人ひとり通ってない街の上に月がこうこうと照っていた。どうしてこう人が通らないのだろうと、つい、新田にいうと、寝られる時に寝ておこうというのでみんな早く寝てしまうからだろうと言った。何か気味の悪い、不吉な感じさえする街の静けさだった。

——日本はどうなるのだろう。

帰ると中山義秀夫妻が来ていた。泊る。

二月一日

ソ聯軍がベルリンに迫ること百粁《キロ》。

梅原龍三郎の画を一枚一枚ゆっくり見ているうちに、日がかげってしまった。気分転換のため、大船まで散歩に。――

散歩の途上、牛を見た。いつかの「馬と幼児」を思い出した。鎌倉へ散歩に行ったとき見たのだが、幼児が馬の前に立って、石ころを投げた。馬にぶっつけようとしたのだが、力がたりず、石ころは馬の鼻先に転がった。すると馬は、餌でも投げ与えられたかと思ったのだろうか、鼻面を動かして地面を探すのだった。その馬のバカな、人間の信じ方は悲しかった。

バカなと笑えなかった。その哀れな信頼を笑えなかった。哀れなと憐憫を感じたが、それ以上に何か胸を衝かれた。馬は幼児の悪戯に欺されたのに過ぎないが、それが事実ではある尊くさえ考えられた。が信ずることの尊さが僕の胸にきた。

人と人とが信じ合い許し合い、国と国とが信じ合い許し合う——そういう時の来るのはいつか。

牛はぬかるみのなかにじっと立っていて、悲しい眼をしていた。

小田のおばさん来る。唐《とう》もろこしのひげの蔭乾しを煎じた汁がむくみにきくという。母が顔にむくみが来ている。

夜、十二時半、警報。

二月二日

戸を開けると雪景色。

昨日もそうだったが、電車が通ると、時に車輪の音にまじって、バンザーイ、バンザーイという声が聞える。海兵団に入る若者が窓から叫んでいるのだ。外の道を誰も通ってなくてもそう叫んでいるのだ。海軍の言葉でいえば「娑婆」——「娑婆」にそうして別れを告げているのだ。

『東橋新誌』を一冊持って、雪どけの道に出た。線路はもう雪がとけていて、工夫が数人、声を合わせてつるはしを振っていた。線路沿いの道は、雪のとけている所と残っている所とあった。私は東京へ出て行く者のようなセカセカした足どりで駅へ向って行ったが、駅をそのまま通り越して円覚寺から鎌倉へ向けて歩いた。溝の上に、向うから無花果《いちじく》のひょろひょろした枝が出ているところで、顔見知りの美少年の駅員に会った。駅員は大きなマスクをかけた顔を、私にキッと向けて立ち止り「こんど私もこの五日に入営することになりました」と言った。私は何か慌てて帽子を取って、首を小刻みに振った。

亀谷切通しに入った。上り坂を昇りきり、下り坂にかかろうとした時、左手の崖にいきなり陽が差した。ずっと曇り空であったが、太陽が雲の合い間から顔を出したのであろう。しかし、崖に両側をとざされたそこからは太陽を仰ぎ見ることはできなかった。しかしまたそれだけ崖の草木にいきなり明るく差した太陽の光は、崖のこっち側の暗さと対比されて、いかにも明るく暖かく、恵み豊かなものに感じられた。私の身体は光の差さない暗い中にあったけれど、その私のなかにまで、光が差したように感じられた。心が明るくなった。

島木君（註＝島木健作）の家へ行ったのである。子のない彼の家は、いつも、そうだが、ひっそりとしていて、たとえばここで煙草を吸えば煙が静かに真っすぐに立ちのぼるだろ

う と思える、動かない空気が家を包んでいた。玄関にはステッキがひとつあって、履きものはひとつも出ていなかった。奥さんが、あがれと言ったが、私は『東橋新誌』を渡して、仕事の合い間の散歩故、またこんどゆっくり——と言って、島木君に会わないで帰った。ほんとうに仕事をするつもりで、ひとりで忙しい気持になっていた。すぐ私は帰路についた。途中で、ふと、朝日新聞社の伝書鳩のことが頭にきた。あの鳩たちは無事だったろうか。爆撃の前日、何か心をひかれて見上げたものだが、そのときの暗い空まで思い出された。灰色の薄暗がりの空を私がひどく暗澹とした感じのものに見たのは、街の暗い表情から私の心を暗くさせられていたせいだったろうが、鳩は、鳩だけは明るく楽しげに群をなして飛び舞っていた。いつだったか、会があるというので、中村武羅夫氏と一緒に毎日会館へ行ったとき、一番上の階の部屋から何気なく外を眺めてやっぱりこの鳩の群が眼についた。その時も空は暗く、鳩は明るく楽しそうであった。私はその毎日会館のすぐ傍の蚕糸会館の一番上の階の、ホテルになっているところに仕事部屋を借りて、営々と仕事をしていた頃、思えばもう十年近く前のことになるが、よくこの鳩の飛んでいる空に眼をやって疲れた頭を休めたものだった。その頃、下の街は明るく楽しく華やかなものであった。

警報一回。

二月三日

食事の時、古新聞（註＝よごれていた為の表現か。前々日の二月一日付東京新聞）が眼についた。一年前には見られなかった論調である。

一年前に「日本が負けたら大変だから、しっかりやろう」などと言ったら、神州不滅の日本に対し、仮定にもせよ負けたらとは何事かというわけだ。憂うべき神秘主義だった。

快晴、鎌倉へ散歩。建長寺に「予科士体格試験場」という貼札がしてあった。そして八幡宮の境内には、弁当を食べている中学生がいっぱいだ。

今日は節分、八幡宮の鳩は参詣の人から豆を沢山貰って食傷顔。

仕事にかかれない。やはり、だから日記帳に向う。向ったはいいが何も書くことがない。いや、そうでなくて書くことはあるのだが、書く気がしない。

夕刻、豆を煎って豆まきをした。名入りの提灯を出させて、妻と八雲神社に詣でる。寒気きびし。

短篇の乱読。

片岡鉄兵の短篇集『にがい話』（文藝春秋叢書）——『女の背姿』『途中下車』は面白かった。

O・ヘンリー『運命の道』（菊池武一訳）——つまらぬ思いつきの物だがちょっと面白い。

イーディス・ウォートン『冷たい心』、キャサリン・マンスフィールド『新調の着物』（モダン日本社、世界女流作家全集・英米篇より)、――ともにつまらぬ。

二月四日

心機一転のため、省線定期券を買って(四月から運賃値上げで、一月の定期しか買えぬ。通勤証明書は六興から貰った)東京へ出る。六日はピカちゃん(註=レビュー作者井上光)の百日忌故、ピカちゃんの家へ行きたいのだが、過日倉橋君と渋井家(註=渋井清)へ行く約束をしたので、今日、向島へとにかく行ってみようと思う。電車の窓から山水楼のあたりをのぞくと、ごそっと焼跡になっていて、馴染みの山水楼はあとかたもない。人がぞろぞろ歩いているのからすると、交通遮断は解かれたのであろうか、毎日見物人が出ているものと見える。上野で省線を降り、駅前で向島行電車を待った。なかなか来ない上に何十年来の寒さとかで、寒くもあり、業をにやした。やっと満員の電車に乗った。田原町にはやっぱり人が出ている。吾妻橋の停留場に来ると、交叉点の角の一帯が焼野原になっていて、マロミ立退先云々という立札が眼に入った。いつ焼けたのであろうか。仲見世裏の「宇治の里」、奥山の「岡田」の一帯が去年の暮に焼けたことは聞いたが、ここの焼けたことは、ついぞ聞かなかったから、二十七日の爆撃でやられたのかもしれぬ。「マロミ」は『如何なる星の下に』で使った喫茶店なので、その焼失は心に強くきた。焼跡に、古風な倉が二つ焼けのこっているのは、下町らしい感じであった。開けると危険という札がつけてある。向島に入って、街路に「敵性ネクタイをやめて、下駄のハナヲにかへませう」と書いた立看板のあるのが眼をひいた。「敵性」なら、洋服も靴も敵性だ。まだこういういやな感じの愚かしさが残っているのかと慨嘆せられる。

　ピカちゃんの家へ行くと、見知らぬ娘が出てきて奥へ声をかけ、奥から、どうぞというピカちゃんの細君らしい声に、おや、病気で寝ているのかと、靴を脱いであがると、寝ているのは細君の姉さんだった。信ちゃん（細君）が寂しがるので、こっちに移ってきたといい、信ちゃんは野菜の買出しに行っていて、もう帰るだろうという話だった。耳の遠いおっかさんがお茶を出してくれ、お茶菓子代りに京菜の漬物を出すのであった。悠子がこたつのところに寝ていた。どういうのか、頭に座蒲団をかぶせてあって、悠子のいることにちょっと気がつかなかった。姉さんが枕もとにおいたピカちゃんの写真を私に示し、いろいろ世話になったという。耳の遠いおっかさんも「先生」の帰ってくるまで生きていたいとあれは言っていましたが……と言い、それからピカちゃんに浅草の劇場へ連れて行って貰って、大いに面目を施した話などして、ピカちゃんを惜しむのだった。いい家族である。ピカちゃんが信ちゃんと結婚する前、この一家に会いに行ったときのことを思い出した。私はそれを『暖い空気』という題の短篇に書いた。いかにも下町の人々らしい、人情のこまやかな一家だ。姉さんが病床から（何の病気だろう。聞こうと思いつつ聞かなかった。何か聞けなかった）これと言って何か袋をおっかさんに出した。おっかさんは台所へ行っていほうろくでザーザーとやり出したので、豆とわかった。黒豆で、すすめられるままに、私はそれをボリボリかみながら、娘さん（姉さんの娘さん）が出してきた沢山の写真、ほとんどは信ちゃんや妹の舞台写真、役者の写真で、なかにピカちゃんの写真がまじっている。それを一枚一枚ゆっくりと見るのだった。

レビューの写真は、今では何か異国の写真のような距離が感じられるのは我ながら不思議であった。楽天地ショウの舞台写真が一番多かった。今ではその楽天地も、疎開でなくなったというが、一度、その跡へ行って見たいと思いつつまだ行ってない。おっかさんが爆撃のこわさを語った。恐怖を感じつつ、行くところもなく陋巷《ろうこう》に起きふししているこの老婦に、私は泣きたいような親しみを感じた。東京の庶民に私は胸の痛くなるような愛情を覚えさせられた。私は、――悠子ちゃんが破ったのだろう、そして破れたままになっている、ぼろぼろの唐紙に眼をやって、愛すべき庶民のひとりであり、私の親友中の親友だったピカちゃんの、生きていればそこに大あぐらをかいて痩せた肩を張っている姿を思い描いた。私は一昨年と昨年、二人の親友を失った。いずれも井上という姓なのも不思議である。井上立士と井上光、思えばかけがえのない友だちであった。恐らくあのような親交を結べる友人は、生涯にもう再び得られないだろう。思えば早く別れる運命にあったので、あのような熱っぽい交わりを自ら知らずして結んだのであろうか。――ラジオは滑稽な落語をやっていた。柳好で、鈴本からの中継であった。

三時に辞去。路地を出たところで立小便をした。向島終点では、電車の来るのをまたしばらく待たねばならなかった。往来の真中では寒いので、陽の当っている人家の傍に行くと、そこで数の子の配給をやっていた。隣組の各群で箱を作っていて、そういう箱がいくつか持ち込まれている。なかなか便利な箱だと思って見ていたが、小さな桝のなかに、ほんのちょっぴり数の子が盛られているのを見ると、何だか動物園の小禽の餌が思い出され、惨めであった。電車がやっと来て乗ったが、たいがいの客が何か包みを持つか、荷を背負っているのも、今では見なれた風景になっていた。私の前の爺さんは、ご飯のおはちを大風呂敷に包んで背負っていた。これはやっぱり変だった。雷門に来て、私は降りようかどうしようかと迷った。帰ってからまだ浅草へ一度も来ていない。オペラ館などのなくなった跡も見てみたい。しかし次の機会にゆっくり見ようと思いきめて、車内にとどまった。ちょくちょくマメに東京に出ようと思った。角の明治製菓が、もとと様子が違っているので、どうしたのかと窓からのぞくと、亜細亜化学工業という札が入口に出してあった。ここも事務所に変ったのだ。上野で降り、省線に乗る。東京駅では三時五十五分の山北行に乗って車内で持参の弁当を食べた。

持参の本を読みかけたが、頭に入らないので、窓外の景色に眼をやった。大井、大森、蒲田にかけて、線路沿いの家が取りこわされ、あとに石を敷いた大通りが、いつの間にかできている。石の白さが眼を射った。ゆくゆくは自動車道路にでもなるのだろうか。

保土ヶ谷と戸塚の間で、冬木の美しさに眼をひかれた。茶褐色や黒ずんだ緑色の冬木を、今まで美しいと思ったことはなかった。否、むしろ醜いと見ていた。青葉の頃が好きで、冬の風景は嫌いだった。南方から冬に帰ってきたとき、南方の鮮やかな緑、のびのびと大きく高くひろがった樹木にくらべて、日本の冬の木々は、なんという惨めったらしい汚らしさだろうと思った。その嫌悪がずっと残っていて、なるべく眼をそらすようにしていた。今日のように、じっと眼をすえるということはなかったのだが、今日は、その汚らしい冬木が美しく見えた。単に美しいというより深みのある、なつかしいもの、心を打つものがみずみずしく詰っているものに見えた。東京の街の汚さに心を疲れさせられたせいで、自然がよく見えたのだろうか。ブリューゲルの絵を思い出したせいだろうか。たしかに、——木々も苦しんでいる。冬の苦難をじっとたえ忍んでいる。そんな感じが迫り、その忍苦が心を打った。南方の鮮やかな緑は、美しいには違いないが、浅薄だ。——そんな気がした。冬木の美しさは深い。

二月五日

駅へ行く途中で山田君（註＝山田智三郎）に会う。途中の松下家（註＝近所のひと）で葬式の準備中。山田君の話によると、松下さんは一月二十七日の爆撃の時、有楽町駅でやられたのだという。大分身近に犠牲者が出てきた。家へよく来る鳥屋さんの姪とかに当る娘さんも、有楽町駅の出札係をやっていて直撃弾で即死。名古屋では、奥村さん（註＝奥村陸奥男）の一人娘が勤労奉仕の工場で即死。――松下さんはコッパ微塵に肉体が四散してしまったという。ただ現場に時計だかなんだかが残っていて、それでそこでやられたことが確定されたという無慙さ。

東京新聞社へ行く。土方、宮川両君（註＝土方正己、宮川謙一）に会い、『東橋新誌』を贈る。土方君も身近に爆撃の犠牲者の出た話をする。松竹本社へ爆弾が落ち、知り合いが死んだという。帰ろうとすると芳賀檀君来る。文報をやめたと言い、代りに調査部長にならぬかという。飛んでもないと自分は言った。文藝春秋社へ行く。廊下で石井君に会い、同君が今日家へ来るはずと思っていたので、やれやれよかったというと、車谷君がすでに行ったと聞かされる。小説締切は今日、二、三日延期の諒解を得に行ったのである。事務室に入ると、横光（註＝横光利一）、火野（註＝火野葦平）、河上徹太郎などがいる。芥川賞委員会とのこと。火野が『東橋新誌』をくれという。

火野は堂々たる体軀をしている。羨しい肉づきだ。しかし声が極めて小さい。低くボソボソといい、力がない。横光さんはボキリボキリと大きな声でいう。片岡邸で会った時もそう思った。永井龍男がいい顔になった。中年の逞しさを帯びた。小説を書くといいのだがと思った。八階へ行って新太陽社に寄った。須貝君（註＝須貝正義）に先日の留守を詫び、小説原稿、今月はダメという。それから三壺堂に寄り、新橋駅前で洋服に下駄をはいた島田晋作氏に会った。家へ帰ると車谷君がいる。

仕事にとりかかれた。やはり外に出て頭に刺戟を与えたのがいいのだ。書斎に籠るのと、外に出るのと交互にうまくやるといいのだ。

書きはじめた原稿（『文藝春秋』）は、中国の友人・詩人路易士のことを素材にしている。なつかしい路易士。路易士が自作の詩を朗読してくれた時のことが思い出される。

二月六日

過日、倉橋君と六日午後渋井家へ行く約束をした。渋井氏蒐集の浮世絵を見ようというのである。新橋から地下鉄で渋谷へ行き、東横線に乗った。車掌が男なのが変だった。以前なら当り前なのだが、今日ではもういつの間にか省線も都電も車掌は残らず若い女の子になっている。中目黒で降りる。約束の一時半前だったが、倉橋君はもう来ている。駅の向い側の歩道で日向ぼっこをしながら三雲君の来るのを待った。

渋井家へは約一年振りの訪問である。浮世絵は、いいのは既に疎開済みとのことであった。支那の話が出て鄭振鐸編著『中国版画史図録』を示される。戦前の風俗資料の話が出て、『モダン・ダンス』の揃いを示される。『風俗画報』の増刊の揃いを見る。事変後の出版で、見事なものである。映画雑誌『スター』を示される。

二階の茶室風の部屋へ行って歌麿二枚を見る。単なる線で年増女の脂の乗った顔のヴォリュームをはっきり出しているのに驚嘆する。三雲君にそういうと、西洋の画家が驚いたのは、とりもなおさずその点なのだという。私の驚嘆は従って発見でも何でもないわけだが、私にとっては正に発見であり、ここでも「因縁」が感じられる。歌麿を見るのは今が初めてではなく（原版を見るのは初めてだが）おでん屋などに前はよく複製がかかっていて、しょっちゅう見ていたわけだが、このようには見ていない。すなわちこのように歌麿を見るには、そこに時と因縁がなければならなかった。

二月七日

文学者動員計画（軍事班）の相談会に関し石川達三君（動員部長、（企画部長の改称）から招集あり、原稿執筆のため欠席のつもりのところ、眼をさましたのが遅いので散歩代りに出掛けることにした。石川には援助を約したので、欠席は実は心苦しかった。

文報事務所で相談会、海軍報道班員側から間宮茂輔、山岡荘八、井上康文、柴田賢一、鹿島孝二、湊邦三、倉光俊夫、新田潤、半田義之等出席、陸軍側から武田麟太郎、寺崎浩、安田貞雄等、事務局から石川君に多田裕計。

会員を班組織にして、軍事班、工場班、農村班等にわけ、動員活動せしめるという。

武田、新田、寺崎、倉光の諸君と外へ出て、自分は仕事のため別れようと思ったが、国民酒場で一杯やらぬかと誘われ、遂にひっぱられる。意志薄弱というべきだが、武田君等と語りたかったし、国民酒場風景も知りたいと思ったのだ。赤坂の新田の馴染みの国民酒場である。五時半からというが、その時四時半で、すでに裏の路地には行列だ。二列縦隊──銀座の「ユニオン」の行列に本間君（註＝本間立也）等と立った時から半年振りだが、人々の服装が、その時から比べると格段の相違だ。頭巾にゲートルのものものしい戦時服装といえば聞えはいいが、一様に薄汚くなっている。昔だったら土方の行列だ。

夕暮が迫り、路地の上の暗い空をカラスがいっぱい横切って飛んで行く。どこにねぐらがあるのだろう、声を立てず黙々と急いで行く姿を見ると、自分もこんな路地にぼんやり立ってないで早く家へ帰り仕事をしたらいいのにと思う。行列は刻々にふえ、行列の中途の知り合いのうしろにこっそり割り込むのもいて、はじめから見ると私たちの前の人数はよほど多くなっている。間に入れるな！　と殺気立った声が、うしろから響いてくる。

やがて世話役が来て、十人一組に分ける。倉光君が一人、うしろの組になる。路地を抜けて大通りの酒場へ急ぐ。こんな恰好はジャワやビルマの人達に見せられんねと、走りながら自分は武麟さんに言った。

ひどく惨めな不快な感じだった。なんだか捕虜みたいだ。こういう不快感に無感覚になることが恐ろしい気がせられた。自分がでなく、国民が──である。国民酒場の前でこんどは一列に並ぶ。新田が組長になって、金を集め出したが、その場になると、たしかに十人だったのが十一人になっている。誰か中途で割り込んだのだ。一人どうも怪しいのがいて、君じゃないかと私がいうと、冗談いうなと恐ろしい剣幕だ。私もたしかにその人だとは断言できないのでそのまま口をつぐみ、駄目だったら棄権しようと思う。十人一組になっていて、組長が二十円五十銭（一人二円五銭）かためて払うので、半端は駄目なのだという。あとで新田に聞いたが、この割り込みで、よく喧嘩があるという。慣れたのはビールの空瓶を持っていて、酒場のなかに入ると、新しい瓶と空瓶と代えて、すぐ行列のうしろに駆けてゆく、そうすると二本飲めるのだという。喧嘩の場合は、その空瓶で相手を殴ったりして流血の騒ぎになるとのこと。なお組長はなかなかむずかしく、あらかじめ十円札を二枚用意しておいて、みなから受け取る小銭とかえるようにしないと、帳場で払う時、小銭ではごたつき、そんなトーシロの組長は駄目だ、ひっこめとやられる。

　新田は馴染みなので、一人追加を特別許して貰い、おかげで私はビールにありつくことができた。入口のところでビール券を貰い、それを持って奥でビールと引き替え、コップもひとつ貰って適当のところへ自分で持って行って飲む。ほとんど立ち飲みだ。自分は幸い非常食にと南京豆を持っていたのでそれをおかずにと皆に分ける。客はそれぞれおかずを持参でよろしくやっている。最初の一杯はうまかった。二杯目となると、寒かった。飲み終ると出口に空瓶とコップを持って行く。空瓶は直ちに箱につめられる。

　銀座の「ナポレオン」がまだやっているかも知れないと寺崎君が言い、では行ってみようということになって、赤坂見附から電車に乗る。

電車に乗ると酔いがほのかに出てきた。今日は朝方偵察機が来たので、八時頃もしかすると空襲があるかもしれないと言いながら、四丁目に出る。真っくらだ。角のキリンビアホールのところが、真っくらながら、歯が抜けたような空地になって見える。服部の裏へ入ると、その一帯がまた焼跡だ。教文館はのこっている。「ナポレオン」改称「正美」はやっていた。文藝春秋の花房君（註＝花房満三郎）、千葉君（註＝千葉源蔵）、もといた小山内君（註＝小山内徹）等の顔が見える。狭い店に客がいっぱい詰り、「うしほ」にいたミサちゃんが一人で大童《おおわらわ》の活動、飲んだら帰って頂戴と客の肩をこづいている。ビール一本ずつ当てがわれる。やれやれと自分は武麟さんと顔を見合わせた。小魚の乾物のほとんど頭ばかりのが乗った小皿が、眼の前にある。前客の持参のさかなの食いのこしと察せられる。見栄も何もなく手をのばした。驚いたものですなと自分は武麟さんと顔を見合わせた。狭い店内はワイワイという騒ぎで、ちょっと戦前のバー気分、全然旧体制だと新田が言っている。勘定は四十円、一本いくらだかわからない。

飲ませるところがあるから一緒に来ないかと小山内君と千葉君がいう。京橋へ歩いて行く。橋に差しかかると、顔につめたいものが落ちてきた。雪だった。京橋の交叉点から左にそれる。待てよ、あすこじゃないかなと武田君がいう。昔よく会をやった「たちばな」へ行くのではないか、――勘は当った。代はしかし変っていた。三級店おでん小料理班という札が壁に出ている。

ビール一本一円五十銭、清酒一円五銭、御料理二円といった札が出ている。小山内君が執拗に交渉したが駄目だった。千葉君がそこで他の店へ電話をかけた。「ふたば」とかいう店で、ウイスキーがあるという。

雪のなかを歩く、真っくらなので懐中電燈を出したところ、蓋が落ち、なかの電池がころげ、新田と共に手探りでさがしたが見つからぬ。

行き先の店がまたなかなか見つからないのだった。八重洲口まで出て、こんなに来るわけはないと戻り、さんざ聞いて探したあとで、やっとわかった。なんだかもうヤケクソだった。

帰りは新田と東京駅へ出た。新田は新橋まで乗った。――絵などにお前、ひかれることはないと新田はいうのだった。文学をつきつめれば美に到達する。道は違っても美は同じだ。文学をやっている者が、文学の道を棄て、絵で美をつきとめようとするのは、つまらんことだ。焼きものなどで美をつかんだなどといっているのは、そういう文学者は自らの文学を軽蔑している者だと言った。

いい言葉だと思った。

自分が絵にひかれるのは、ちょっと違った気持なので、そのことを言おうかと思ったが、新田の言葉はいい言葉なので、黙って素直に聞いていた。

北鎌倉につくと、雪はもう厚く積っていた。

二月八日
宿酔。前夜のウイスキーがいけなかったらしい。飯を食ってまた床にもぐる。
四時。頭に刺戟を与えるべく外出。銀座の爆撃（註＝一月二十七日の爆撃）の跡を見に行く。
石角春之助『銀座秘録』により焼失した銀座街の店をしらべると、
カワセ羅紗店（清話会に変る）
千代田婦人帽子店
ブレッツ・ファーマシー
ブラジル
バー・ジャポンと煙草店（何か他のものに変る）
森永
ワシントン靴店（東条靴店と改名）
高島屋ストア
オリムピック
大黒屋食料品店（事務所に変更）

グリル不二屋
栗原煙草店
鳩居堂
佐野屋足袋店（骨董屋に変更）
キリンビアホール
（服部時計店）（註＝服部は焼失をまぬがれた）
木村屋総本店
山野楽器店
御木本真珠店
モーターボート商会
御木本分店（？）
新川洋服店
栗本運動具店

先日入った「ブラジル」がもうない。隣りの「ブレッツ」の建物の前面が焼け残っていて、Bret's Pharmacy という文字が見える。

アメリカニズム跋扈《ばっこ》時代の銀座街を思い出させた。カワセ羅紗店は「清話会」なるものに変っていて、清話会という字がやはり残っていた。清話会というのはどういう団体か知らないが、羅紗店が変って、そういう不思議な事務所になったのはいかにも時世を暗示している。ワシントン靴店が東条内閣時代に東条靴店と変ったのも象徴的だった。焼跡には鳩居堂の煉瓦建築が残っていた。角の交番がポツンと残っていた。

数寄屋橋に出、泰明小学校前の焼跡を見、（大雅堂書店など丸焼け）山水楼の焼跡の方へ廻った。東宝地下室の国民酒場が早くも再開していて、人々が行列を作っている。何か逞しい感じであった。日比谷公園へ撃墜されたB29の展覧を見に行った。今さらながら大きいのに驚く。一緒に日本の戦闘機が出してあったが、今さらながらその小さいのに驚いた。

徹夜薬ゼドリンを飲んで『馬上侯』を徹夜で書く。

二月九日
二、三時間ほど寝た。起きて清書をしていると石谷正二、妻木新平、対島正の諸君来訪。青年文学者会のことで意見を聞きに来た。
昼食を共にしながら語る。仕事のためゆっくり語れないのが残念だった。

海軍報道班員吉川誠一君来る。川端氏訪問の帰り、報道班員を依頼したとのこと。帝室博物館の『日本美術略史』を持ってきてくれる。

夜、『馬上侯』二、三枚書いて寝る。

二月十日

朝、空襲警報発令。

『馬上侯』二十九枚脱稿。

警報三回。

二月十一日

前日の空襲は九十機、太田へ来襲。

マニラで市街戦が行われている。

伯林《ベルリン》も市街戦になろうとしている。

警報あり。

上海の池田克己君から来翰。路易士、武田泰淳君の手紙も同封。『馬上侯』の末尾に「この貧しき一篇を友、路易士と池田克己に」と書いた。その池田君と路易士君とからなつかしい手紙が来たのだから感動した。池田君が蘇州で撮ってくれた自分の写真、路易士、朝島雨之助、池田の三人の写真、池田君夫婦の上海神社での写真など同封。なつかしい。

二月十二日

警報。

文学報国会へ行く。行きたくなかったのだが、（こういう会がバカバカしく、時間潰しに思え、いやで仕方がない）大東亜文学者大会議案処理委員会とあって、同大会に代表として出席した以上、公的な責任が感じられ、止むなく出掛けて行く。

長与（註＝長与善郎）、戸川（註＝戸川貞雄）、豊島（註＝豊島与志雄）、土屋文明、北条秀司、中村武羅夫、石川達三の諸氏出席、戸川氏議長となって相談、情報局より斎藤氏出席、大東亜文芸院の設立が大会可決事項中の最大のもの。だがこの処理は別に準備委員を設けてやることになった。非常に大切な重要なものだが、いざとなるとなかなか実現困難だろうと察せられる。

○例によって、手の皮がむけ、左の親指の先などは赤むけの感じ。むいてもむいても、限りなくむける。むくのをやめればいいのだが、神経質に絶えずむいている。よそうと思いながら、気がつくと一心にむいている。気味悪くささくれ、異様なシワまででき、我ながら気持が悪い。石川がそれを見て「――ひどい、一種の病気だね」と言った。

冒頭に「例によって」と書いたのは、毎冬こうだからである。だから自分では例によってといった感じで、気にかけなかったが、石川に病気と言われ、なるほどこれは病気かも知れぬと思った。何か神経的な病気かも知れない。

病気、――精神も病気なのではないか。異常なのではないか。病気の故に仕事をする――

夕方、食事中に警報あり。

○平凡な、つまらない、当り前の人間が嫌いだ。三流の人物でも、一癖あり、当り前でない人間となら、つきあえる。非凡でなくとも、つまらなくない人間。ただしこれは作家（芸術家）とのつきあいの場合。普通の人とのつきあいは別。

○もっと、どしどし、敵を作ること。
自分を育てるために、敵を作ること。

だが自分から無理に作る必要はない。というより、自然に作られてくる敵が多くなるということが大切なのだ。自分の方からは愛することが大切だ。自分の方から敵意を示してはならぬ。否、敵意を持ってはならぬ。ここが大切だ。
自分の方では敵意を持たず、愛を示しつつ、しかも向うからは敵意を持たれる。その敵意によって自分が育てられる。
いま最も大切な心構えは、いままでのように人から悪く言われまい、よく見られるようにしよう、人から愛されるようにしようなどと考えていたケチな根性を大胆に切り捨てることだ。

仕事から愛されるようにすること。

この間の晩、ビールを飲みに行って、他の客の残して行ったおかずを食ったことが、恥かしくてたまらぬ。恥かしさが心に残って消えない。自分が至らぬのだとは思うが、人間をああいう恥知らずに突き落す雰囲気が呪わしい。

しかしそういう雰囲気は従来のジャーナリズムでは極く普通の普遍的なものだった。現実のそういう場合、恥を心に刻みつけ、芸術の場合、少しも恥を感じなかったということはなかったか。自分にとっては芸術の場合の恥こそ最も大きな恐ろしい恥であるべきなのに。――

そうだ、現実の恥はそう憂えるにたりない。恥をかけ、そうして大いに恥を感じるがいい、そうして仕事のなかで懺悔をせよ。

二月十三日
約束により倉橋君と上野地下鉄入口で会う。共に浅草見学をしようという約束だったが、その前に戦争文化展なるものを開催中の博物館に寄ろうと誘う。京成線に乗ろうとすると、博物館前なる停留場が廃止になっているので、公園を歩いて行く。動物園に出ると、人気のない寒々とした中に、鉄カブトを背負った大の男が二人、切符を渡して入って行くのを見かけた。動物も大分いないはずなのに――。

博物館の切符売場で二十銭出すと、なかから若い男が昔流行《はや》ったアメリカのジャズを歌っているのが聞えてきた。しーんとした古風な雰囲気とその歌との対比は妙であった。

展覧会は二階だった。別に何も掲示してない。最初の部屋は絵である。狩野青白斎筆、牟礼高松宇治川屛風を見る。桃山時代の犬追物図屛風を見る。狩野晏川摸写の後三年合戦絵詞を見る。狩野伊川筆、勿来関図を見る。つまらぬ。菊池容斎の蒙古襲来図を見る。これは見られた。住吉慶舟の勿来関図、狩野益信の楠木正成図を見る。ともに面白くない。岩佐勝以の本性房怪力図を見る。屋島宇治川合戦図屛風（伝土佐光起）、源平合戦図屛風を見る。ボストン美術館蔵平治物語の摸写を見る。江戸時代の曾我仇討図屛風、源平合戦図屛風を見る。次は鎧、カブト、太刀、装束等、江戸時代の陣羽織が羅紗地なのは面白かった。

宇野浩二氏の家に寄ったが留守で、奥さんに『東橋新誌』をおいて帰る。何年振りかで奥さんに会ったのだが、老けて見えた。家の前の道は霜解けでぬかるんでいた。

地下鉄で浅草へ出た。賑やかだった仲見世が、戸を締めている店が眼立ち寂しかった。

「ボン・ソアール」がもしかするとやっているかも知れないと倉橋君がいうので、行ってみると、やっていた。珍しい感じだった。黙って坐っていると可愛い女の子が（顔が可愛いだけでなく、清潔な化粧が施してあり、身だしなみも清潔で、清潔な可愛さである。この頃こういう清潔感が乏しくなった）コーヒー茶碗に昆布茶を入れたのを運んで来た。

つづいて冷凍のミカンを皿に少々盛ったのを持って来た。珍しく思われた。両方で九十銭。

奥山の焼跡へ行った。「岡田」の跡らしいところに石燈籠が立っている。石燈籠だけが残っているあたり、無慙な印象のなかに一抹の日本的なすがすがしい感じが漂っていて、見ている人の心を救うのである。

名物の露店の占い師が、何事もなかったかのように、焼跡の近くにすでに出ている。女学生とも女工さんとも、服装だけでは見分けのつかない若い女連れが、布の扉（？）をあけて、入って行くのが見られた。結婚の占いででもあろうか。

観音様はやはり参詣人がすくない。裏へ廻って映画館街へ出ようとして、楽天地のあたりに来て驚いた。楽天地はもとよりその辺一帯がことごとく取り払いになっていて、『如何なる星の下に』に書いた「びっくりぜんざい」も「大善」もない。「米久」もなければ「昭和劇場」もなく、そこから入谷に突き抜けて広い通りができ上っている。

感慨無量で、楽天地跡で立小便をした。鉄筋コンクリートの建物はまだ残っており、コンクリート製の山もまだ残っていて、「鳥獣供養碑」というのが、こっちを向いて立っている。花屋敷の名残りと察せられる。

花屋敷は昔のおもかげをとどめないでも、楽天地があったので、ここに昔、花屋敷があったのだと思い出の機縁になったが、この楽天地も跡を絶つとなると、花屋敷は何処にあったかわからないことになってしまうであろう。

六区に出る。池に面して櫛比《しっぴ》していた映画館もポツンポツンと間びき疎開、池の縁には露店がびっしり出ていたものだが、今は影も形もない。否一軒だけ、ゴム紐とかボタンとか、そんなものを売っているこの頃流行の、どこでも見かける露店が、昔の記念のように出ていた。『東橋新誌』を書いていた頃、すでに露店は少くなりかけていて、貝のおでん屋だけが変に殖えていたものだが、それも今はなくなった。

国際通りに出、どこかで食えるものがあったら食っておこうと見廻すと、合羽橋通りの角の「今半」の前に行列ができている。

「今半」ならそうひどいこともないだろうと倉橋君がいうので、行列のうしろについたが、かなり急速に行列が動くところから察すると、こりゃ相当粗悪で少量だぞと思わせられた。やがて代用食壱円と貼紙のしてあるレジスターに近づき、小銭を用意して内部をのぞくと、なるほど少量だ。皿にほんのちょっぴりのせてあるその代用食なるものの正体がまた、ただのぞいただけでは見当のつきかねる代物で、白いものに真黒な、ひじきのようなものがまじっている。いかにもまずそうな、見ただけでも食慾の減退する代物であったが、それでもひとりで三皿も取っているおかみさんがあった。おかみさんは竹製の弁当箱をゴソゴソ取り出した。そうして皿の上のものを食べないで弁当箱にしまっている。ふーんと私がいった時、もう六人でおしまいとレジスターの男が怒鳴った。数えると私の前でおしまいだった。やむなく列を崩し、合羽橋通りを行った。頑張っていれば、ああいう場合一人や二人は余分があって食えるものだと倉橋君が言った。

「染太郎」によく来るおやじさんが通りで屋台を出している。景気のいい煙があがっているが、近附くと臭い。にんにくを焼いているのだ。別に袋に入れた乾にんにくを一円で売っている。倉橋君の話だと、せんは、にんにく湯というのをやっていて、「さあ、こいつを飲めば身体がポカポカとあたたまって、夜中に防空壕に入っても風邪をひかない。一パイ十銭」とそう言って売っていた。十銭で風邪よけになれば安いものだとわれもわれもと、通りすがりの者が一杯ずつやり、たちまち大儲けをしたという。にんにく湯とは、にんにくをおろしたのを湯の中に入れ、それにちょいと焼海苔なんぞを振りかけたもので、まるでタダみたいなもの、——今は、こういう商売が儲かってしようがない。

合羽橋の寿司屋、メシ屋の前はいずれも行列。菊屋橋通りに近いところに鹿島屋という外食券のメシ屋があり、ここは珍しく行列がない。(あとで倉橋君が、行列の長い外食券の食堂ほど、おかずがいいのだと言った) 倉橋君は一枚だけ外食券を持っている。生徒のなかに半島出身のもので外食券で食っているのがあって (外の食堂で食事をしている中学生があるということは私を驚かした）、それが、券の残りを売ってくれるのだという。——私は弁当持参だった。そこで倉橋君が食堂でおかずだけ貰って（食堂では米が大事なので、おかずだけというのはかえって歓迎と彼は言った）持参の弁当を食ったらどうか、そう言って、交渉をしになかに入った。なかはやはり、——外に行列がなくとも、人が立っていて混んでいる。私は「倉橋君、いいです」と辟易の声を挙げた。「僕は外で待っています。弁当はゆっくり何処かで食います。あんた、いいですから食って下さい。ゆっくりどうか」

外に立って、なんとなく街を眺めていた。筋向いの店屋に「獣米を屠殺せよ」と書いた札が貼ってある。「獣米」に「ケダモノアメリカ」とルビが振ってある。セルロイドの湯桶を持った女が小走りに私の前を行く。反対の方から顔を赤く上気させた家族がやってくる。風呂屋が近くにあるのだ。風呂屋を目指してあわただしい空気が流れていた。

口をモグモグさせて倉橋君が出て来た。私たちは国際通りに再び戻った。通りに近いところに「弁当を使う方にはお茶があります」という紙の出してある店があったことを私は覚えていたので、そこへ行こうというわけだ。行くとその紙の他に「あられ、昆布茶アリ」と下手な字で書いた紙を板に貼ったのが、椅子の上に乗せてある。

入口は、まるで空家か何かのようにガラス戸半分だけが開閉できる狭い口で、そこから泥棒か何かのようになかに入ると、なかは薄暗く、薄汚く、まるで倉庫の感じだが、それでも四つばかりテーブルがあって、客がそれに向っている。昆布茶を飲みながら、あられ

(唐もろこしの実を煎ってふくらませたもの、はじける時にパーンと大きな音がするので「バクダン」ともいう)をボソボソ食っている。台所の前まで客が行って、なかから渡される茶碗、皿を自分で自分の腰掛けるテーブルまで運ぶのである。倉橋君がその役目をひきうけてくれ、「——乾柿取りましょうか」という。乾柿もあるらしい。結構ですネと私は返事したが、倉橋君は席に戻って来て「やめました」と小声でいう。値段を聞いたら三円五十銭だという。「たまげてやめました。いいでしょう」

私はそこで弁当を食った。どこかの工員らしい若い男が入って来て、昆布茶を飲みながら、あられを食い出した。ひどく侘しそうな顔つきである。私はちょいと、あられを摘《つま》んで口の中に入れてみた。無味乾燥。サクサクしていて、ひどく侘しいものである。この侘しいあられで、夕方の空腹をごまかさねばならないらしいその工員の前で、飯を食うのは、悪いような気がせられた。(註=「した」の意)

そこを出て、国際劇場の方へ行きかけると、三州屋のあたりに行列が見える。国民酒場だ。(もとのビアホール)「一杯やりますか」と三州屋の横町に行って行列の後尾につく。三州屋の表には「東京都交通局芝崎大和寮」という札が出ていた。「ビルマへ、あんたが従軍する時、ここで送別会をやったもんだが——」と倉橋君が言った。昔から、私にとって馴染みの深い三州屋だ。

列が何か動揺した。表通りに出てみると、店の前の防空壕の上に乗った、口ヒゲを生やした警防団服の男が「もうないよ、今日は」と列に向って言っている。店の者ではない。顔役である。——列を離れながら「ああやって追払っておいて、あとで自分等がたらふく飲むんだろう」と私はつぶやいた。

吉原の喜久屋へ行ってみようということになって、夕暮の町を鷲《おおとり》神社の方へと歩いて行った。鷲神社の境内を抜けて（酉の日の雑沓、賑やかさを思うと、ウソのような荒涼さだった）吉原病院の前に出た。喜久屋へ行くと台所に明りがついていて、戸があいた。夕食のちょうど前で、火鉢のところにおっかさんが坐っていて、台所で一番末の娘が何かおかずを作っている。上の八重ちゃんも、去年、私が支那に行っていた間にお嫁に行き、今は二人暮しらしい。子供とばかり思っていた末娘もいつか娘さんになっている。——思えばこの店とはもう十五年以上の馴染みだ。懐しい店だ。お茶をご馳走になって帰る。

この日の倉橋君の話から

一、大町龍夫君発狂、式場博士の病院に入った。

二、上代利一君戦死とのこと。

三、「孔雀」（註＝バーの名）が闇でつかまった。（ちと旧聞に属するが）

四、鷗外の観潮楼が、この間の空襲で焼失。

五、清金《シミキン》（註＝清水金一）その他、軽演劇の役者が、以前は叱られてばかりいたが、こんどは、大いに滑稽にやれと言われた。

六、闇屋の話数多。

二月十四日

朝、警報二回。

大根掘り。

詩の如きものあり。

畑の地

畑の地は凍っている

わが心のごとく

けれども

凍っている表面を掘りおこせば

下にはやわらかい暖い土がある

畑の地は生きている

○ねえやが結婚のため、家へ帰った。妻の話では、その縁談は、ねえやに何の相談もなく兄夫婦が取りきめたもので、ねえやは嫁入り先の家の事情も将来の良人のことも、よく知らないという。「ああいう結婚が、日本ではまだ普通のことなのでしょうか」と妻はいう。

○貨物列車がゆるやかに走って行く音を、耳にして女中はいつか、こう言った。「なんて重そうなんでしょう」

あまり重い荷を女中に持たせては可哀そうだと私は思った。

○家へ帰る日も、女中は山へ行って薪を沢山取ってきた。取ってきてくれた。――一日中、黙々と働いている女中だった。お嫁に行っても黙々と働きつづけるのだろう。そして死ぬまで……

○日本の女の一生

学ぶべし

○庭の樹木を見て感あり

植物　(一)

作品を毎年失って

また

作品を毎年繁らせる

植物（二）
枯れて
生きる
生きて
枯れる
立派に枯れるために
壮んに生きる

○三雲氏来訪。滞欧作品を私の家に預かってくれという。
デッサン、水彩等を見る。いい水彩画があった。

二月十五日
文報事務所へ行く。石川達三に会う。満洲派遣作家の人選につき石川から相談に乗ってほしいという来信ありたるため。富沢有為男、福田清人にも同様の依頼を発したとのことだが、両人は来なかった。話なかばで空襲警報発令、防空壕に退避。
女子事務員が大きな防空頭巾をかぶっていねむりをしている。斜め前から見ていると、頭がすっぽりと頭巾にかくれ、『真夏の夜の夢』の馬（?）の頭をつけられた男を思わせる不気味さだ。――いろいろ不思議なものを見るようになったと思った。

牧屋善三、和田芳恵の両君が文報に来合わせ、久しぶりで会った。映画配給社の斡旋で、南方に映写宣伝隊員として赴くはずだったのが、戦局の都合で、行かれなくなったという。

三時半、田村町の浅野昇氏（註＝弁護士）宅に行く。約束の鳥鍋会。石黒敬七氏も来る。他は司法省関係、勅任判事をはじめとして判検事数名、酒が沢山出た。酩酊した。

二月十六日

七時半頃、空襲警報でおこされる。

今までとちがって艦載機の波状攻撃。終日連続攻撃。

近くの飛行場を襲ったらしく猛烈な高射砲の音。

ラジオの報道により延千機以上の来襲と知る。敵有力機動部隊が近海に出現したのだ。

明日も厳戒を要すという。

読書、その感想を詩の形で書く。自戒なり。

樹木　（一）

——ある作家の感想録を読んでの自戒——

窓の中の人間よ
悧巧振るのは止めるがいい
意味ありげな言葉は止めるがいい
俺はただ枝を張るだけだ
この俺に
意味ありげな枝振りがあるか
悧巧振った枝があるか
窓の中の人間よ
わが枝を学ぶがいい
樹木の成長を学ぶがいい

——————

昼、高射砲弾の轟くなかでラファエルの素描の摸写をした。いかなる心か自らわからぬ。
十四日に書き忘れたが、大根掘りの際の感想。

凍土の大根

お前を育ててくれた大地の中に
お前は甘えてながく居過ぎて
お前の頭は腐ってしまった

二月十七日

今日もまた、敵小型艦載機の波状攻撃。

いんいんたる砲声、頭上で炸裂する砲弾、――内地もまた戦場とかねて新聞紙上で見、自らも口にしていたが、その実感が遂に来た。現実となった。

今日もまた、爆音砲声のなかで素描（ルノワル）の摸写。いかなる心理か自分にもわからぬ。

夜、読書、義兄来る。


――――

樹木　(三)

葉はやわらかく
枝はかたい
かたい枝が
やわらかい葉をつくる

樹木（四）

葉と枝は人に見せ
大切な根は人に見せない

二月十八日

今朝は警報なし。畑を耕す。薪作り。

今日は素晴しい天気だった。庭に立って樹木をながめる。部屋に帰って今日もまた素描（デューラー）の摸写。

夕方散歩。よく晴れた日の黄昏の風景は素晴しい。冬の鎌倉は、こういう日の黄昏が最もいいのではないかと思う。

浄智寺前の踏み切りから駅へ向けて線路沿いに行くと、円覚寺の杉木立、向うの空の紺色の雲、くちなし色の雲……いいなアと思ったが、そのなかに鉄道のシグナルの青電気が光っていて、これが澄んだ鮮やかなきれいな色には違いないが、黄昏の色とは調和しないもので、その不調和からその色が浅薄ないやなものに感じられた。

夜、読書、心重し。

東京新聞新連載、武田麟太郎『微笑』、腕はやはり確かなものだ。

二月十九日
敵の対日処理案が新聞に発表された。一月中旬に開催された太平洋問題調査会第九回大会で反枢軸《すうじく》十二カ国の民間代表が意見一致したという決議の内容
一、日本の全面的占領
一、国体の変革
一、戦争責任者の処罰
一、米政府の企図する政府の樹立
一、全面的武装解除並びに民間航空の廃止
一、軍需工場の完全破壊と経済的武装解除
一、黒龍会の如き結社の廃止
一、日本国民の再教育
一、カイロ宣言に基く日本帝国の分割
一、商品による賠償
午後、おきまりの時間にB29の編隊来襲、百機内外。
一日部屋にこもっていると一日が早い。

夕方、散歩に出る。細雪《ささめゆき》が面を打つ。今年はいつまでも寒い。

——わが精神も寒い。日本も寒い。

＊

『激流』を書きはじめた。

二月二十日
新田来る。

縁側で陽を浴びながら新田と話をした。話をしながら頭にきたこと。——魔ものということ。情熱ということ。

魔もの、自分は魔ものが好きだ。自分の好きな人間は、魔もの的な人間だ。過日自分は、平凡なつまらない人間が嫌いだと書いたが、それはつまり魔もの的な人間が好きだということなのだ。

新田と鎌倉へ散歩に行く。浜辺へ行く。そうして二人で子供のように貝殻を拾った。嬰児の爪のような貝殻。脆い美しさ。

貝殻のほとんどは微塵にくだかれ、砂が螺鈿《らでん》のように光っている。砂の上に打ち上げられた貝殻は、こうしてみな微塵にくだかれるのだ。

新田が言った。「みんなくだかれているなかで、残っているのもあるのは、いいなア。

気持が慰められる——」

二月二十一日

硫黄島上陸の大本営発表を新聞で見る。

読売報知曰く「皇城三時間圏に醜夷犇《ひしめ》く」

毎日曰く「敵の醜足本土の一角を汚す」

朝日は敵上陸開始の見出しの記事のみ、他に「戦場正に本土へ——祖国防衛を鉄壁化せん」というのがあるが、自分は朝日の文章を取る。

毎日は蘇峰の論説「大権発動の急務」を、多大のスペースをさいて掲載している。蘇峰等言論報国会の有志はさきに皇国革新十箇条なるものを当局に建白した。その実行を促しているのだ。東京新聞は社説において「大号令を待つ」「総武装を即行せよ」と叫ぶ。

＊

『激流』を書き進める。

七枚書いて疲れた。疲れ休みに日記に向う。

三時まで机に向う。『激流』を書きつづけたのだが遅々たる歩み。

机——と書いたが、前にも日記に机と書いたかもしれぬが、今年は炭の節約のため櫓炬燵の上にちゃぶ台をおいて机代りにしている。初めてのことだが、なかなかよろしい。前からこうすればよかったと思う。

二月二十二日

雪

新聞に次のような記事が見えている。

今の如く何にでも『顔』がものをいひ『実績』がものをいふことはなかつた。商人から物を買はうとしても過去のお得意関係がなければ木で鼻を括つたやうな『ありません』の一語でそつぽを向く。それが薬品などだと、配給がないだけに保健上、困つたことになる▲甚だしきは、仁術を標榜する医師でさへ、新らしい患者は然るべく敬遠せられ、少くとも入院や往診はお断りとある。だから平常病気の実績がなかつたことを残念がることにもなる▲それはやむを得ない点もある。どうせ品不足な薬品は売れるにきまつてゐるのだから、お得意関係のために保留する気になるのだが、そこに闇が行はれ易い▲医師にしても、一般的公共の仕事が多い上に、特殊の義務も負つてゐる。しかも自動車でも廻り切れなかつたほど流行つたものは、乗物の不自由なために新患者など断るのだ。▲公平な商売は、銭湯だらうといふ。なるほど番台から浴客の顔を見て入れるといふこともなく、情実は先づない。文字通り赤裸々、露堂々の商売である▲ところが、入浴時間を待ち切れず銭湯の前に行列をつくつてゐるものが、節穴から覗いて見ると、すでに好い心地で入浴してゐるものがあるといつて騒いでゐたのは、或る町での実景である▲世間万事かういつた風であるのが疎開者の悩みでもある。何しろ地方は昔から商売でも義理人情がものをいつた。その純朴味に新らしい世情がまじつたのである▲縁故疎開でもないものは、気心も知れぬ他人として取り扱はれる。西を向いても、東を向いても、路上の人ばかりで、財布にものをいはせる階級でない限り、不自由だらけである▲一切の職業に国家性を帯びさせなければならぬ必要は、もはや議論ではない。旧い自由は封じなければならぬ▲現に葬儀の如き人生最後の厳粛なものにも、闇でなければ棺桶も手に入らないといふ。断じて闇の生活をしなかつたやうな人でも、最後に有終の美を欠くことになる。嘆かはしい。政治家はかういふ世相を冷眼に見てはならない。（毎日新聞「硯滴」）

こういう世相、こういう事実を私もひどく嘆いたものである。なんということだと痛憤したものであるが、今はどうしたのか、こういう事実を目撃しても、さらにまた自分の身に振りかかってきても、さほど怒ったり憂いたりしなくなった。慢性になったのだろうか。それほど現実はさような事柄にみちみちているからであろうか。――これもまた面白い（といってはどうかと思うが）と感ずるようになった。これがつまり現実というものだ。これがつまり人間というものだと思うようになった。ここに政治が生れ、そしてまた文学も生れる所以があると、こう思うようになった。

妻を誘って駅の方まで散歩に行く。妻は中村さん（註＝隣組のひと）を誘う。雪道が歩きにくく、家に戻ると激しい空腹を覚えた。飯を三杯食う。腹ごなしにと玄関の雪をかく。やり出すと夢中になり、気がつくとひどく疲れてしまった。あわてて書斎に入ったが、ぐったりとして、ペンを取る気力もない。仕事を諦めて床に入った。

二月二十三日　快晴

新聞が来ない。

雪かき。

本の整理、大森から引越してきて以来、まだ本の整理がついてないのだ。気がつくと、大事な午後を本の整理でつぶしてしまっていた。あわてて中止して書斎に入る。新聞夕方になって来る。神風隊、硫黄島に出撃。――「皇土空の包囲企つ。一億一兵に徹し反撃へ」（朝日）、「備へよ、緊迫の本土決戦、敵攻勢瓦解の転機、一億待つ・指導者の大号令」（読売報知）、「軍は神機を待つ、最後を決する国民の士気、忍んで築け必勝戦力」（毎日）

＊

『激流』にかかったが牛歩漫々、胃がやや悪く頭鈍く駄目である。

二月二十四日　快晴

ゴム長靴をはいて散歩に出る。北条泰時の墓に詣でんと小坂村の常楽寺に赴く。

家に帰ると鎌倉署の特高係菊池氏が来た。書斎で話をする。

文報から速達が来た。今般再興設立の決定をみた「南方文化研究会」の準備相談会並びに文化動員軍事班の会合を合同開催する。そして軍事班第一回事業として左記の講話を聞くことになったから、出席願うというのである。講話は三増海軍司政官の「最近のフィリッピン事情と今後の動向」、期日は二月二十四日午後一時半。――速達がついた時は、すでに会が開かれている時間だ。欠席のつもりだったが、どうしても頭の調子が悪いので、気分転換のため、みなに会いに行ってみようと、家を出る。電車のなかで、異常な頭の疲れを覚えた。穴のなかに落ち込んだ精神の疲れだ。

文報に着くと、四時過ぎで、講話がちょうど終るところだった。出席者すくなく寥々たる感じ。武田麟太郎、浅見淵、大林清、神保光太郎、たったこれだけ。

石川達三が一杯やりに行こうという。神保君は帰って、あとは行くことになった。地下鉄で新橋へ行き、そこから京橋まで単線往復のに乗換えて、京橋で降りる。降りたところで東京新聞の土方君、宮川君に会い、ともに銀座へ向けて歩き、京橋を渡ったところで別れる。われわれは、もとの「ブラジル」（今は何か不明）の地下室の「鎧屋」に行く。以前はいわゆる新興喫茶の店だったが、「鎧屋」と改称して日本料理屋風になったのは、いつからか。新興喫茶の時分はちょくちょく行ったが、改装後は入ったことがなかった。鴻野君が依然としている。店を預かっているのだ。筈見君（註＝故筈見恒夫）に会う。上海で別れて以来だ。岸松雄、林文三郎、藤本真澄の諸君に会う。ビルマ従軍の際一緒だった梅本君に会う。ビールを飲む。うまい。マネージャーの鴻野君が旧友なので（ただしこの夜は石川君の「顔」なのだが）ビールのお代りが取れる。ただしお代りのビールと一緒に、必ず「料理」がついてくる。「料理」をあまり食べない私の前には、見る見る内に皿が所狭きまでに打ち並んだ。「料理」は――誰かの言葉だったが、「食べてみないと何かわからない」代物だった。いや、食べてみても何かよくわからない代物だった。

石川が『生きてゐる兵隊』三百三十枚を十一日間に書いたという話をする。おきている間は書き続けていたという。一日三十枚。――感心する。やはり一種の傑物だ。武田君が『生きてゐる兵隊』は、君のもののなかでやはり一番いいものだろうねと石川に言った。同時代に生きている女性の話になって、石川はワイニンゲルの説によると……と言った。同時代に生きていながら、石川と私とは、読んでいる本が随分違っているのが不思議だった。

武麟さんが、私の『如何なる星の下に』について、力を出し切ってないなと言った。私はうなずいて、どうしてこう僕たちは忙しいのだろうと言った。あれを書いていた時分は、あれに充分の力を注ぎ得る時間の余裕がまるでなかった。ほとんどは、締切に追われて印刷屋の校正室で書いた。だから力を出し切ってないのは当然である。――だが、時間の余裕がたとえあっても、力を出し切れたかどうか、これは疑問だ。

飲んでいると警報が出た。一機来襲、——外に出ると、明るい月夜で、日本橋の方に当って、火の手が挙っている。一機でも必ずこういう被害がある。

新橋まで歩く。四丁目の焼跡が、かつて私のいた南方の戦場を思い出させる。「カワセ」（清話会）の手前の家に「文明堂」という字が残っている。「千代田婦人帽子店」がいつか長崎カステラの店に変っていたのだと気づいた。

二月二十五日
朝四時前に隣組の中村さんが来て、今日は大空襲があるらしいから飯の用意など早くしておくようにと、防空集団長からの達しがあったという。自分も起きて台所の手伝いをした。遠くの警報が聞えて来た。横鎮発令の警戒警報だ。東部軍管区の警報はまだなので、地もとの警報はならない。

食事をして再び床に入った。すると地もとのサイレンがなった。艦載機の来襲。

雪がまた降り出した。午後になるとB29の編隊来襲。

新聞は硫黄島の激闘、マニラの死闘を告げている。

今日は片岡氏の命日。自宅で会があるはずだったが、警報のため不参。

昨日、東京へ行って人に会い酒を飲んだので元気回復。精神の沈没から救われた。——

ほんとうの孤独にはたえられない弱い精神なのだ。ダメな精神なのだ。数日自分だけでいると、精神が穴の中に落ち込み、まるで仕事ができなくなるのだ。だらしのない自分。

前夜、銀座で見た火事の場所は末広町とわかった。というのは隣組の平野さんの息子さんが末広町に店を出していて、それが昨夜焼夷弾でやられ、家族が病院にかつぎ込まれたという。近所の人が、鎌倉へお嫁に行っている平野さんの娘さんのところへ電話してきたので娘さんがそのことを知らせに来て、平野さんは朝方大急ぎで東京へ行った。

中村さんの所へ、立川の工場に挺身隊として出ている親戚の娘さんが休日で遊びに来ていて、その話だと、この間（十七日）の爆撃で中島飛行機工場はひどくやられて、死傷者が多数出て、未だに死体の始末がつづけられているという。棺の木材がなく、井の頭の杉を切ってそれに当てているが、何しろ沢山の棺なので公園の杉がみんな切り倒されてなくなったという。

〇

ゼドリンを飲んで仕事をする。

休憩時の楽書

雲の如き小説と、岩の如き小説。

自分の性に合っている小説と、全くその反対の小説。

反対だから書ける。——反対だから書けない。

反対だから読める。——反対だから読めない。

＊

九時半にまた警報。B29一機、投弾する。

雪紛々。この雪のなかで家を失った人がいるのだ。

新聞は、先日の雪を四十年ぶりと書いてあった。四十年ぶりとすると、私が生れてから初めての大雪というわけだ。

＊

三十九歳の彼曰く「四十年ぶりの大雪ですね」

＊

才能貧しく、書けない小説家曰く
「小説は、あんなに書けるものではない。あれは、ほんものではない」

＊

鉛筆曰く（ペンを顧みて）「僕は、インキという自分以外のものを借りなければならないなんてのは、——軽蔑する」

ペン曰く（鉛筆を顧みて）「僕は、小さな貧しい自分自身しか出せない存在を軽蔑する。

自分を使いつくしたらもう書けない」

＊

コタツ曰く「俺のおかげで、高見さんは暖い」
コタツの火曰く「冗談じゃない、俺のおかげで暖いのだ」
コタツ曰く「冗談じゃない、小さな火よ。そんなら火鉢に行ってみろ、そんな小さな火で暖いかどうか……」
コタツの火曰く「俺がいなくなったら、古コタツよ、お前だけで暖いかい」
私曰く「けんかはやめなさい。お前さん達の威張るほど、実はそう暖くない」

＊

机上の時計曰く「にらまれ通しで、少しも休めない」
書棚の本曰く「こっちは、ちっとも見て貰えない。読んで貰えないので、ご覧の通り立ち通しだ。たまには横になって休みたい」

＊

日記帳曰く（原稿用紙に）「主人は実に才気煥発ですな。次から次へと何か書いて下さる」

原稿用紙曰く（日記帳に）「チェッ、バカバカしい！　大事な小説は下手クソで、書き渋っていて、――愚にもつかぬことで、よくもない頭を使っている」

＊

影法師曰く「なんたる奴だ。薄志弱行。ずるずるべったり。意志というものがない。自分がない」

主人曰く「ちょうど、お前のように……」

＊

万年筆曰く「いたずら書きを、もうやめたらどうです」

書き手曰く「インキを出すのを、やめたらどうだ」

＊

「二兎を追うものは一兎を得ず」

日記と小説と同時に、――小説曰く「日記扱いは侮辱だ。こっちは仕事で道楽ではない」

日記曰く「小説扱いは侮辱だ。こっちは、はばかりながら金銭で売られる身ではない」

＊

かつてレコード会社から流行歌手たれとすすめられたある芸者、――イヤですよ、あんなイヤな歌をうたうなんてとキッパリ拒否してこう言ったと聞く。「身は売っても芸は売らぬ」

＊

電燈曰く「もう、いい加減にしなさい。節電、節電。仕事にかかりなさい」
私曰く「ハイ。では、もうやめて、――寝ます」

＊

寝床曰く「なんだ、怠け者！　まだ寝てはいけない」
怠け者曰く「なんだ、怠け者！　お前はながながと寝そべっている癖に」

＊

枕曰く「ずるずるずるずると、のびたソバみたいなことを書いて、一体あんたの頭の中には何が入っているんです」
頭曰く「恐らくソバガラでも入っているんだろう」

＊

反省癖曰く「昼のあの自己呪咀と、夜のこの紙上漫才と、――同じあなたとは思えませんね」
防禦癖曰く「昼のあの明るさと夜のこの暗さと、――同じ日のものとは思えませんね。でも同じ日ですね。私も同じなのです」

二月二十六日
十時目をさます。頭がもうろうとしている。雪がまたほとんどこの間と同じくらいの高さに積っている。朝食をすますと外出の仕度をして積雪を踏んで出た。前夜床に入ってから、ふと、明日は大森へ行ってみようと思いついたのだ。

疎開ですっかり大森が変ってしまったのはかねて電車の窓から見ていたが、その実地を一度踏査したいと前からそう考えてはいた。

大分たって満員電車が来た。しかしこの電車は横浜どまりで、人でごった返している歩廊へすげなく突き出されてしまった。京浜線に乗りかえた。

大森へ来た。十数年間私の暮していた大森へ、——大学を出るとともに大森の陋巷に移り住んだのだ。それから数年の会社員生活（ああ、あの頃、私はどんなに作家生活というものにあこがれたことか、一日の時間を、挙げて文学修業に捧げ得る作家生活というものを、どんなに私は欲したことだったか。——そうして今、私はあんなに欲した、あんなにあこがれた作家生活というものに入っているのだが、夢想のそれの楽しさと現実のそれの苦しさと、なんという違いだろう）——それから十年の売文生活（作家生活とは言わぬ）その十数年が、ここで過されたのだ。私の若さ、青春、その冒険、痴行、そのための涙、黒い悔恨、愚かな笑い、それらに満ちている大森よ、それ故忘れ難い懐しい大森の街よ。

私は海岸口の出口に立ったが、なつかしい街が何か冷たい表情で私を見るではないか、それほどひどいここの変貌であった。

その出口からいわゆる大森銀座へ出る道の、線路沿いの右側には、小さな店屋が賑やかに並んでいたものだが、それがすっかり取り払われている。その店屋のなかには、私が検印用の判をいつも頼んでいたハンコ屋があった。老人夫婦で暮していて、その爺さんは恐ろしい近眼であった。おそらく長い生涯、細字の判を彫りつづけていたために、まるで不具のような近眼になったのに違いない。そのうち視力を失ってしまいはせぬかと私は心配したものだった。そうなるとこの老人は、どうして食って行くのだろう。しがないハンコ屋では貯えというものもないであろう。万一視力を失ったらどういうことになるだろうと私は何か気にかかって仕方がなかったものだが。――その店は今取り払いになっている。どこへ移って行ったろう。

ガードのところには花屋があって、四季の花がいつも私の眼を楽しませてくれたものだ。その隣りはソバ屋で、ときどきここの厄介になった。寿司屋もあった。これは比較的新しくできた店で、たまにしか私は行かなかった。

そうした店屋と反対側に、時計屋、金つば屋、飲み屋、（もとはすし屋だった。たしか呉竹?）ブラジル・コーヒー店、カフェー大森パレス、屋台のすし屋、うなぎ屋などの家並があったのだが、これも取り払い。このブラジル・コーヒー店は、馴染みのところであった。今は一兵卒として支那戦線にいる吉田貫三郎君とここでよく会ったことが思い出される。その一角と白木屋との間の道路、――大森海岸駅へまっすぐ出る道路、これは私が大森へ初めて移り住んだ頃は、道路でなく、京浜電車の支線があった。その線路の側の路地に、大森で初めて私の住んだ家があるのだ。

省線の線路の両側が取り払われたのだ。私の馴染みの線路脇の、というより線路下の、呑兵衛横丁の屋台は今は跡形もない。

呑兵衛横丁は、右側の線路沿いに屋台が並んでいて、左側は屋台でなく店屋、そして右側も入ってしばらくは、店屋がつづき、すし屋、古道具屋などがあったが、一軒、汚く小さな家に、貝屋があったのが忘れられない。

小谷さん（註＝知り合いの洋装店）を訪ねた。もと私のいた家を見に行った。それからそこへ移る前にいた家は、取り払いでなくなった。そのまた前の家はこれはまだ残っていた。

四時半、家に帰る。横浜で小田原行に乗りかえ、大船から歩いた。

平野さん（註＝隣組のひと）の末広町の家では、四人死んだ由。

夕方、新聞が来た。前日来襲の艦上機は約六百。B29は約百三十。雲上より帝都に盲爆。

「毎日」は「敵の本土上陸作戦企図は必至」と論じている。

アレクセイ・トルストイが死んだ。二十四日。享年六十二。

二月二十七日

『文藝』一、二月号が来た。

前夜警報二回。朝の一回と合わせて前日は三回の警報。

東京へ出る。まず三壺堂に寄って、下店静市『大和絵研究』(三十八円)、西村貞『日本初期洋画の研究』(三十五円)を買う。

三壺堂の客の噂話を聞いていると、二十五日の盲爆で罹災者が十万人出たという。(はじめ、一万人の間違いではないかと思った)神田小川町辺の、この間焼けなかったところが、今度の爆撃ですっかりやられたという。では昭森社は?

中部日本新聞社へ行って義兄に会った。今夜風呂を立てるから入りに来るように伝えて、二十五日の罹災地を尋ねてみた。小川町がやられている。——昭森社へ見舞に行かねばなるまい。

日比谷から大塚行の電車に乗った。神田橋へ出て驚いた。あたり一帯、惨澹たる焼野原でまだ煙のあがっているところもある。小川町へ向けて、足を急がせたが、なるほどその左側は前は焼け残っていたのだが(右側が前はやられたのだが)今はずっと錦町河岸にかけて、真黒な焼跡だ。右側も省線神田駅まで見渡す限りの焼野原。

家並がすっかり焼けてしまうと、昭森社は一体どの辺だったか、その見当がつかなくなってしまった。昭森社のあった横丁は神田橋停留場と美土代《みとしろ》町停留場の間だったか、美土代町停留場と小川町停留場の間だったか、それさえわからなくなり、やっと後者だと判断がついたが、さて今度は横丁がわからない。行きつ戻りつして、結局わからない。ただどの横丁にしろ焼けてしまったことは確かだった。――

新田は荷物を昭森社に預けていたはずだが、それも焼けてしまったわけだ。(新田は今九州に講演旅行中) 昭森社に預けるとき、ほんの傍をやられて残ったのだから、もうやられることもあるまい、まずは安全地帯と、新田もそう判断し森谷君もそういっていたという話で、私もそう思ったものだが、そして今度やられた神田の住民もまたそう思っていただろうに。――

これと思う横丁に入ってみた。罹災民が焼跡を掘りかえしている。焼跡のなかに、呆然自失したようにペタリと坐り込んでいる婆さんがいた。胸の潰れる想いだった。焼跡はまだ生々しく、正視するに忍びない惨状だ。右も左も、前もうしろも焼跡で、どこへ眼をやっていいか、眼のやり場に困る気持だった。焼跡で何かしている罹災民たちは、恐らくそれしかないのだろう、汚れた着物を着て、いずれも青い顔をしていた。だが、男も女も、老いも若きも、何かけなげに立ち働いている。打ちのめされた感じではない。そうした日本の庶民の姿は、手を合わせたいほどのけなげさ、立派さだった。しかし私は大急ぎで逃れるように焼跡を離れた。――

銀座がやられた時は、見物人がゾロゾロ出ていたが、今日は、ここでは、見物人らしい者は全く見られなかった。

銀座といえば、ここへ来るとき、日比谷映画劇場の前を通ったが、そこでやっている東宝映画の「海の薔薇」という衣笠貞之助演出の間諜映画を見ようという人たちが物すごく長い行列を作っていた。それを見た時は、そこからそんなに遠くない神田でこんな悲劇が起きていようとは夢にも想像できなかった。——東京は広い。東京の人間は多い。

駿河台下に出た。左側はずっと焼け、右側は線路沿いのところだけが焼けている。左側も、駿河台下に出る手前の数軒は、うまく焼けのこっていた。幸運な感じというより、不思議な感じだった。

御茶ノ水駅へ急ぐ。途中、何かの配給で、おかみさん達がニコニコ顔で家から出てくるのを見たが、惨澹たる悲劇の傍で、常に変らぬ生活がやはり行われているのは、——頼もしいことには違いなく、それでなくては困るけれど、またそれが当り前のことでもあるのだが、妙な感じで強く心にきた。

東京駅へ出る。途中、神田駅から下を見ると、右側だけでなく左側もひどくやられている。客の一人が「この神田が、まあ大統領でしょうね」と言った。一番ひどくやられたところという意味なのだろうが、変な言い方もあるものだと思った。そしてその客はつづけて言った。「上野も相当です。それから浅草。——松屋から仲見世まで、ずっとやられています」

横須賀行が遅延するというので、大阪行普通列車に乗って大船から歩いた。昨日大森へ行った時は、東京がそんなにひどくやられたとは少しも知らなかった。気づかなかった。電車の中の客が少しでも東京の噂をしていればわかったのだが。——その沈黙はどういうのだろう。知っていても、みだりに口にしてはと控えているのだろうか。誰も私のように知らないとは考えられないが。

人々は一体に、沈黙勝ちになった。

家に帰ると新聞が来ている。東京の悲劇に関して沈黙を守っている新聞に対して、言いようのない憤りを覚えた。何のための新聞か。そして、その沈黙は、そのことに関してのみではない。

防諜関係や何かで、発表できないのであろうことはわかるが、——国民を欺かなくてもよろしい。

国民を信用しないで、いいのだろうか。あの、焼跡で涙ひとつ見せず雄々しくけなげに立ち働いている国民を。

隣組の稲葉氏の夫人（註＝稲葉修）の実家、神田にあり。丸焼けとのこと。

夜、義兄来たり、二十五日の被害を聞く。新田潤夫人の実家、根岸の秋山君の家、ともに焼失を気づかわる。

二月二十八日

浅草松屋裏の別所さん（新田潤夫人の実家）、中根岸の秋山君の家の安否をたしかめるべく東京に出た。義兄が社の自動車を利用できるかもしれぬと言ったので、とにかく社へ寄って見ることにした。ちょうど昼食どきで、新橋から銀座通りにかけて、途中の、次に列挙する店の前に、えんえんたる行列が見られた。新橋駅内の食堂、明治製菓売店、大文字（外食券食堂）、新橋郵便局前の某店（名を知らぬ）、天国、千疋屋、資生堂、チョコレート・ショップ（ここは飲物）、ちなみに、資生堂の横の交番は、警官不足で閉鎖、四丁目の角の交番は開いている。ここだけ焼け残り、焼跡にポツンと交番がある。

中部日本新聞社へ行くと、自動車が故障で夕方まで直らないという。電車で廻ることにした。

四丁目から地下鉄に乗ったが、雷門へ行くのに、京橋と三越前とで二度乗りかえ、新橋京橋間、京橋三越前間は単線の引きかえし運転なのだった。ただし普通は二輛連結だが、引きかえしのところは四輛連結で、満員は満員でも、乗り切れないということはなかった。

浅草は松屋口から出た。出ると、なるほど前日の省線の客の言ったとおり、松屋の前から仲見世にかけてすっかり焼けている。これはと思わず唇をかんだ。別所さんも駄目だなと馬道に眼をやると、松屋側は残っている。無事である。これはと愁眉を開いた。馬道を行くと、角の大黒屋（メシ屋）も無事である。そこから右に入るのだが、東武電車のガード近くに進むと右の一角が焼けている。目ざす家はその左側の横丁を入ったところで、ありがたいことに無事だった。お婆さんに会って、よかったですねと見舞をいう。そしてこれから秋山さんの所へ行くつもりだというと、お婆さんのいうには、秋山さんはいつもこういう場合すぐ飛んで来てくれるのだが、今度はまだ見えないという。ここが無事だったので秋山君のところも同じく無事なような気がしたのだが、そう聞くとまた心配になった。急いで別れの挨拶をした。

焼跡に出た。道にはいずれもナワが張ってあって、巡査が立っていて、なかには入れない。焼跡の木材などを持ち去ってはならぬという札があちらこちらに立ててある。「金田」の通りから仲見世に出た。

「金田」は無事で、雷門寄りの次の通りから向うが焼けたのだ。十日ほど前に行った「ボン・ソアール」はちょうど焼跡の真中だ。「ボン・ソアール」の前の「三河屋」(竹村書房主の妹さんの嫁入り先)も丸焼け。「ボン・ソアール」の隣りの「ピカソ」(最近はなんだったか記憶なし、この「ピカソ」は有名な喫茶店だった)、そしてその隣りの「ジェー・エル」(これはまた最近はなんだったたか、――「ジェー・エル」時代のマダムは××君(註＝武田麟太郎)の恋人？　だった。××君と手が切れてから何年かして○○元帥(註＝東郷元帥)の孫娘が行方不明になったという事件が新聞紙を賑わしたことがある。そのお嬢さんが家出するとき、怪しい女性が一緒についていたことがわかったと、やがて新聞に出た。その怪しい女性とは「ジェー・エル」のマダムだった。マダムはそのお嬢さんとダンス・ホールで知り合いになり、どういう家のお嬢さんかよく知らないで、頼まれるままについ店に引き取ったらしい。それが「行方不明」事件となり、そのため、店も閉鎖、マダムも見えなくなった）――これらも焼けてしまったのである。

映画館街に出ると、そこは映画を見に来た人々で雑沓している。この、人間の逞しさ。軽演劇のかかっている小屋から、朗らかな音楽が聞えてきた。この生活の逞しさ。

根岸に行くべく田原町から都電に乗ろうと思ったが、停留場には乗客の行列、来た電車はすごい満員、よって地下鉄にしようと思い、雷門へ歩く。仲見世の片側は無事で、片側が焼けたのだが、家はレンガ建てのためか（？）残っている。郵便局も残っている。その並びの地下鉄入口、東橋亭等の表通りは残っているが、その裏は焼けてしまった。

上野で地下鉄を降りた。車坂、御徒町が惨澹たる焼野原だ。眼をひかれたが、根岸へ急がねばならぬ。三ノ輪行きに乗るべく駅前の停留場へ行ったが、ここも行列。エイ歩いちまえと線路に沿って上車坂の方へ行ったが、ここはずっと無事。金杉一丁目の停留場（と思ったが、実はその一つ先の三島神社前まで行ってしまったらしい）から左に入った。下根岸とある。根岸病院がある。中根岸はまだ先かと思って行くと、家の表札に荒川区日暮里と出ている。これはいかんと人に尋ねると、中根岸はもっと鶯谷の方に戻った方だという。大し爆撃のことを聞いて見ると、「笹の雪」のあたりと、五行の松の寺に落ちたという。大したことはないらしい。すでに歩きくたびれて、中根岸七十一番地の秋山君の家を探し出す気力がなくなった。「笹の雪」は知っているので、鶯谷駅へ出るついでに、そこへ行ってみよう。その辺が七十一番地でなければ秋山君の家は無事というわけ、無事とさえわかればいいからと、そう思って鶯谷駅へ向けて、いい加減の横丁を入って行った。このあたりは震災（註＝大正十二年の大震災）から免れているので、古い家が多く、古い落ちついた東京の趣が感じられた。そう言えば、今まで爆撃でやられているところは多く震災のときも焼けたところで、（例外もあるが）その因縁が妙だった。震災でやられまた爆撃でやられ、というのは全く気の毒な話だが——。

さらに、——この前の爆撃でやられたところがまた今度やられている。この間やられたからもう大丈夫というのでなく、この間やられたから今度も心配、というわけである。そんなことをぼんやり考えながら雪どけの泥濘の道を歩いていたが、ふと、側の家の表札を見ると、中根岸七十一番地とある。ちょっと驚いた。折柄、近くの家から出て来た人に、秋山さんという家を知らないかと尋ねると、この横町のあの二階家だという、あまりのあっけなさにまた驚いた。

留守だった。奥から女の声があり、風邪で寝ていて出られぬという。名刺に見舞文を書いた。もとの道に出、真っすぐ歩いて行くと、鶯谷駅の下に出た。鶯谷駅から省線に乗った。省線から見ると、その省線と、上野駅と広小路の間の都電線路と、御徒町、広小路間の都電線路とで囲まれた細長い大きな三角形の地帯が、ごっそり焼けてしまっている。左側の竹町鳥越方面が、また見渡す限り焦土と化している。秋葉原駅、神田駅、この沿線の両側がまた焼野原だ。全焼家屋二万軒というのが初めてわかった感じだった。

家に帰ると三雲君が来ている。疎開のための油絵持参。

三雲君泊る。

三月一日

家にイワシの配給あり。一人二つずつ。珍しきことなり。

中村さんの家の裏山のトンネルに、この頃、海軍の人夫が来て横穴を掘っている。大船の海軍○○廠まで地下道を掘るのだという噂あり。

この山は小泉さんのもので、穴を掘ったのは隣組の高尾さん。入口に「好々洞」なる額を掲ぐ。高尾さんは新橋駅前のトンカツ屋好々亭の主人なり。（今は廃業）

この洞穴に、隣組のための防空壕として横穴を掘らんとかつて高尾氏に申し入れたるところ、同氏曰く「あれは処女のままにしておきたいのです」

峻拒《しゅんきょ》された。ところが、のちに山の持主の小泉さんが自家用防空壕として、ここに横穴を掘った。持主とあっては峻拒できなかったのであろう。そうして今、海軍の人夫が来て、さらに深く掘っている。いささか痛快である。

敵の本土上陸の場所について、いろいろ言われている。九十九里浜、伊豆、静岡辺等々、敵が帝都へ迫るとなると、このあたりも戦火を免れられない。

いや、その頃は自分も銃を取って戦う身となっているだろう。果して、この日記、いつまで書きつづけられることか。

モンテーニュはいう。

「運命が我等を遊惰柔弱でもなければ退屈でもない世紀に生活せしめたことを多としよう」

私はまた「模糊集」の一節を思い出した。

「――禍機に触れ災難にかかって死ぬ人は大抵みな君子及び普通の平民ばかりである」

＊

昼の留守中、三雲君は妻と中山義秀君のところへ行った。私と前後して帰り、泊る。

○横浜で乗りかえの時、(註＝この日東京に出た帰りである。) ちょうどラッシュ・アワーであった。電車を出た客が、どっと階段を降りる。そうして暗い地下道へひしめきながら流れて行く。その階段の向い側に当るこっちの階段から、その、人間でいっぱい詰った階段と暗い地下道を見て、私は（そういう私も、こっちの階段にびっしり詰っている人間のひとりだったのだが）何かゾッとした。人々は皆、足もとに眼を落していて、誰も口をきく者はなく、いずれも工場帰りの、うす汚い服をきた、疲れて汚れた顔をしたその人たちは、鈍い光を受けてひどく陰惨な感じだ。私の頭にふと、ブリューゲルの「死との闘い」の画面が浮んだ。死の檻（？）に黙々と吸い込まれて行く厖大な人の群の画が。――

○妻の話。中村さんと茅ヶ崎へ行って、この間も一緒に笑ったというが、三等車は全部三人掛け（二人用の座席に三人掛ける）。ところが二等車の座席は三等車のより広いのだが、三等の切符で二等のその席についている人々は（近県の汽車は二等がない。二等車はあっても）いずれもひどく、ふんぞり返って二人だけで占領していて、三人掛けを許さない。どういうんだろうと中村さんと笑ったという。二等の席につくと、切符は三等でも、何か優越的な気持にでもなるのだろうか。この話、人間の滑稽な心理をあらわしていて、面白い。

○茶の間での雑談から。――母が正月に成田の不動尊にお詣りに行って護摩をたいて貰った。大変な人出だったそうだが、護摩の札は一人につき二枚限りという注意書きが出ていたという。お札の買い溜めをする者もあるまいに、――つまり護摩の札を受けるためには、本人がやってこなくてはならないわけで、そうして大切な輸送機関を混ませるわけである。

三月二日

雨。三雲君と川端康成氏の家へ行く。

○川端さんの書斎

東南二面が縁側をへだてて庭に面した八畳間。赤い机の横に古風な長火鉢、五徳、猫板の上に急須、番茶茶碗五つあり（お茶を盛んに飲むためならん）。火鉢の横にこたつ（お客用）。床の間に虎の掛物。床の間の前に大日本史料（最近購入されしもよう）。ジャワ更紗でおおいがしてある。壁際に書棚。研究書多く、小説本はなし。（小説本等は別棟においてあるらしい）書棚の上に古賀春江の「花火」の画を掲げ、柱に同じ画家の水絵（？）、机のうしろに文楽人形（お染）。

古賀春江の華麗な色彩の水絵（シュールレアリズム）を新しく書斎に飾ったことについて、川端さんは、気分を明るくしようと思ってと言った意味のことを言った。それは、全く明るいきれいな色彩であった。

三雲さんは古賀春江と川端さんとの親近が不思議に感じられたらしい。それを私は面白く思った。古賀春江の画集には川端さんの跋《ばつ》が載っている。川端さんと古賀春江とは親しかったのだ。だから書斎に古賀春江の画があっても、昔の川端さんを知っている私には、何の不思議さもないのだが、昔の一種冒険的な「実験家」だった川端さんを知らない人には、シュールレアリズムの画家と川端さんの親近というのに、妙な不思議なものが感じられるのに違いない。しかし、今の川端さんは、（川端さんの作風からすると）シュールレアリズムの画家と親交を結んだ頃の川端さんとは、たしかに境地が違っている。

川端さんは、たしかに変った。川端さんほどたえず歩いている、進んでいる、成長しているということを感じさせる作家もすくない。これからも歩みつづけるだろう。今の境地は川端さんの遂に行きついた最後のものというのではなく、それからなお出て、歩みつづけるだろうと考えられるところに、大きな楽しみがあり、川端さんに私の頭を下げる所以がある。

常に歩みつづけ、変化、成長する。――だが、一方すこしも変らない部分も感じられる。そこに古賀春江と川端さんとの今日における親近が不思議でも何んでもないわけがある。

＊

四月には大動員があるという。さすがに心が動揺した。

平野徹君来訪、泊る。

三月三日

里村欣三戦死す。

江の島に××（註＝要塞？）工事が行われているという。そのうちもう行かれなくなるかもしれない。それどころか、敵が相模湾に来襲して艦砲射撃でもやれば、江の島はなくなってしまう。なくならないうちに見ておこうと思った。子供の時分に遊覧に行ったきり、私はついぞ江の島へ行ったことがない。あまり母と一緒に遊びに出たことのない私はこんなことでも親孝行をしておこうと、母を誘った。三雲さんも行くという。一家総出だ。戸締りをして、玄関に「外出中、御用の方は福田さん、中村さんへ」と書いておいた。

電車に乗ると、どういうのか、便所から汚い水が扉の下から車内へといっぱい溢れ出ていて、なんともいえない臭気が鼻をついた。すべて故障だらけだ。鎌倉駅前から江の島行電車に乗ろうとすると、えんえんたる行列だ。行列に加わって待っていると川端さんに声をかけられた。東京へ出るらしい。甲斐甲斐しい（？）いでたちだ。やっと車が来て、乗ろうとすると、私たちのところでもう満員で乗れない。電車は普段はたしか二十分おきなのだが、三十分おきという掲示が出ていて、またそれから三十分待つのはたまらない。向うへ着くと四時だ。止そうということになった。そうして歩いて大仏詣でをしようときめた。

中山家へ寄る。川崎長太郎が徴用で軍夫になり、どこか外地へ出されたという。宇野浩二が、これを聞いて、感慨無量といったという。その宇野さんが愛蔵の絵その他を中山君の家へ預けに、近く来るとのこと。

母は鎌倉の雑貨屋に入って、楊枝はないでしょうか、たわしはないでしょうかと聞いていた。どっちも、ありませんと言われた。

三月四日

三雲君が今日は春陽会の研究所で講義をするので会場のニコライ堂（御茶ノ水）に十時までに行かねばならぬと言っていたが、家を出ようとすると警報がなった。もうそろそろ来そうだと思われていたB29だ。今までは十二時半から一時半まで頃ときまっていたが、来襲の時間が変った。しかも四梯団にわかれ、数も多そうだ。曇っているのでまた雲の上からの盲爆であろう。

午後、新田夫人来る。今日は夫人の弟が家に来るはずだったが、空襲のため外出不能となったのか、やって来ない。夫人から、昭森社に預けた荷物は神田でなく、軽井沢の方へ送ったのだと聞いてやれやれと胸をなでおろした。

雪が降って来た。爆撃で家を焼かれた人は、どんなだろうと、想像するだに心が暗くなる。この前の爆撃で、幸い無事だった新田夫人も、爆撃の恐怖の上に大雪が降って来て、その辛さは全くお話にならなかったと言い、一体どんな悪いことをしてこんなバチが当るのだろうとつくづくそう思ったと述懐した。家を焼かれた人は一層その想いが強かったであろう。

前日書き忘れたが、お嫁に行った女中が昨日留守中に訪ねて来て、昨夜は家に泊ったのだが、嫁入り先が仕合わせとみえ、なにか言っては朗らかに笑っている。今朝は、家にいた時のように早く起き出て、ごはんをたいてくれた。新郎は中央線のどこかの工場に出ているそうだが、どこかと聞いても、よく知らないという。まことにのんきな話だが、そののんきさは、あきれるというよりむしろ羨しく思われた。結婚式のとき、白粉がなくて、義姉の古いコチコチに固まった白粉でごまかしたと笑っている。妻が白粉までは気がつかなかったと言って、白粉を持たせて帰した。雪の中を帰って行った。家に五年もいたので、実家より私の家の方がなつかしい感じらしい。なつかしがって来てくれるのは、私たちにもうれしいことだった。そして嫁入り先が仕合わせらしいのも、うれしいことだった。

三月五日

夕暮に散歩に出た。夕暮のなかに浮び出ている、狭い道の両側の、灯をかくした真黒な人家が何か戦線の廃屋のような感じで、ギョッとした。敵の本土上陸とともに、このあたりも戦災を蒙るだろうと、そんなことを考えつつ、歩いていたからであろう。このあたりは、東京に近い便利な疎開地として見られていたが、そして今のところは東京のように爆撃を蒙らず安泰であるが、近い将来には戦禍から免れられないという専らの噂だ。敵がもし由比ヶ浜から上って来たら、このあたりは灰燼《かいじん》に帰してしまう。その由比ヶ浜上陸説は、相模湾の狭さを考えると、疑心暗鬼の類いと私は思うが、しかし東海道の沿岸から上るとすると、敵の目指すところは東京だから、このあたりはどうしても敵の進攻の道筋に当る。戦禍に見舞われることは覚悟せねばならぬ。――すでにまっくらになった。まっくらな中を歩いていると、警報がなり出した。

三月六日

企画会議の招集で文報事務所に行く。

調査部長の就任を私が辞退したので、その後、春山行夫に交渉したところ、他に仕事があるのでと断られ、未定のままだという。

事務所で初めて聞いたのだが、スパイが横行しているという。ほんとうだろうか。信じられない。

石川に誘われて、また銀座の「正美」(旧ナポレオン)へ行った。他の会議に出ていた立野信之と三人で。立野の話では、四日の爆撃で、家の周囲がすっかりやられ、立野のところは幸い助かったという。滝野川は大分ひどくやられたらしい。「正美」は例によって馴染客ばかりで、生ビールを五杯のませてくれた。珍しい店だが、勘定も高く、三人で七十円。払おうとしたら、石川が饗応費にすると言って、払ってくれた。

飲んでいる途中で小便がしたくなったが、奥へ行く狭い通路は立ち飲み客で詰っていて通行不能、よって外に出て立小便をした。服部と教文館の間の焼跡に向って小便をしていると、まだ夜の闇がおりず、銀座通りが丸見えなのだが、まるで人通りというものがなく、陥落直後のラングーンが思い出された。「正美」を出て「鎧屋」に寄ってみたが、真っくらだった。立野、寺崎とはぐれ、石川と私と二人で京橋から地下鉄に乗った。——品川で石川と別れて汽車に乗った。汽車のなかで、酒はやはりいいものだなと思うのだった。いいもの、というより、ありがたいものだ。しみじみそう思った。

敵の本土上陸の予想が新聞記事に公に出たのは、ついこの間のことであったが、今日の新聞あたりはどれも大きく、敵は必ず上陸すると書き立てている。朝日新聞は「をみなわれら断じて戦ふ。皇土護り抜くのみ、驚かじ敵の侵入上陸」という三段抜きの見出しで、侵入上陸に対する女性の覚悟を、羽仁説子、松平俊子、氏家寿子の三女性に尋ねて、それを大きく記事にしている。侵入上陸があった際、国民が狼狽しないようにとあらかじめその時の覚悟を固めさせておこうというのだろうが、こういう記事ばかり読まされては、一体日本はどうなるのだろうとかえって浮足立ちはせぬかと会の人々は言っていた。「必勝の信念」をぐらつかせるというのだ。だが、そういう人たちは口には出さないが、「必勝の信念」をすでに失っているのではないか。

三月七日

長谷川さん（近所の金物屋さん）応召。

昨日、文報で貰った通勤証明書で一カ月の定期券を買い、上野に出る。御徒町で降りて広小路へ出、公園へと歩いて行ったのだが、右側はずっと惨澹たる焼跡だ。この辺は震災でも焼けたところだが、焼け方が震災のときよりも（この辺のみならずどこでも）ずっとひどい。

公園下に行くと、不忍池寄りの左側も焼けていて、馴染みの「揚出し」も灰燼に帰している。池寄りの道を行くと、警防団服の人がメガホンを口にあてて警戒警報解除といった。電車に乗っていて気がつかなかったが、警報が出ていたらしい。動物園の裏口に出、清水町を通って、電車道に出た。この辺は一高や帝大にいた頃、よく歩いた所だが、町並が汚くなって変ったせいか、十数年振りなので（一高時分からすれば二十年振りだ）記憶がぼんやりしているせいか、初めてのところみたいな感じだ。帝大時分、新田が下宿していた大工さんの家は、たしかこの横丁だったと、根津須賀町の方へ入ったが、根津神社前に出て、新田の下宿は横丁が違うようだった。

徳田一穂さんを訪ねた。いつでも道を間違える。ひとつ手前の横丁に入るのだ。徳田さんの家にはまだ「徳田末雄」という秋声先生の書いた先生の表札が出ていて、一穂さんの表札は出ていない。奥さんが出てきて、一穂さんは菊坂の髪床屋に行ったという。場所を聞いて、行ってみる。ガラスにおおいをおろした中で、一穂さんが髪床屋のおやじと話をしている。休業である。女の子をおんぶした一穂さんが出てきて、廃業だと言っていると苦笑した。ぬかるんだ道を一緒に家へ戻った。途中で焼跡があったので、爆撃かと聞くと失火だという。

家へあがって、茶を飲んだ。庭に面した先生の書斎は雨戸がおろしてあった。竹がのび放題にのびて、軒におさえられ、苦しそうに横に首を曲げている。庭の向うは先生の持っていたアパートだ。一穂さんがこの間はありがとうという。先生の著書や原稿等を鎌倉に疎開させたいというわけで、トラックの紹介を頼まれたのだが、文藝春秋の沢村君（註＝沢村三木男）が疎開のときにうまくトラックをつかまえることができたという話を聞いていたので、石井英之助君が家に来たとき、話をしたら、同じトラックを使えるかもしれないと言った。結局、石井君の紹介で、トラックを頼めたのだが、一穂君の話では、一台一回八百五十円取られたという。それも平塚かどこかのトラックが東京に荷を運んだ帰りの「闇」仕事で、文字通り暗くなってから来たので、闇の中で大慌てで荷を上げ、鎌倉へついたのは十一時頃だったという。なんだかんだで千円かかったという話に、礼を言われてかえって心苦しかった。

福井に、一穂さんの妹さんが嫁に行っているので、その関係で、そっちの方か、山中温泉かに疎開するつもりだという。しかし東京の家を空家にしておくわけにいかないので、（空家にして疎開することは固く禁じられている。空家に爆弾が落ちると困るからだ。一家を挙げて疎開するには、あとに住む人を探さねばならぬ。それで疎開したくてもできない人が、沢山いる）いっそ取りこわそうかとさえ思っていると一穂さんは言った。秋声さんが幾多の名作を生んだこの家をなくすことは惜しい。しかしそのうち、観潮楼のように焼けてしまうかもしれない……。

大学図書館に寄ってみた。前のように受付はいない。森閑としていて、空家のようだ。事務室をのぞくと、女の人がいたので渋川君に電話して貰ったが、外に出ていていないという。時計を見ると、三時なので、もう帰ろうと思った。腹も減った。観潮楼は次のことにしよう。

大学の構内に、大学生はほとんど見かけなかった。大学通りも寂しく、汚くなって、昔の面影はない。

御徒町まで歩いた。

昼、常会があって、妻が出席した。爆撃で東京の息子を失った平野さんのお爺さんが、この年になって孫をまた育てなくてはならないとは……死んだ伜が羨しいと、言ったという。

妻と身の振り方の相談をする。全く、身の振り方だ。——家に金はなく、稼ごうにも、早晩原稿生活はなりたたなくなる。どこかへ勤めて稼がなくてはならない。そこで、石川から話のあった満洲行に自分も加わろうかと考えたが、事態が悪化すれば、日本と満洲との連絡が絶える。送金不能に陥る。妻も、満洲など行かないで、一緒にいて欲しいという。現在の家も、やがて立ち退きということになるかもしれぬ。立ち退き先を用意せねばならぬ。そうなると、前もってどこかへ疎開しておくということも考えられる。中山君が蓼《たで》科《しな》に家を見つけてくれるという。だが、今から蓼科に籠っては、生活ができない。母の故郷三国へ行くという手もある。しかし、行くには、一年くらいの籠城費を用意せねばならぬ。

義兄が来た。松本支局長へ転出の運動中だという。松本へ一緒に移る手もある。そこで何か職をもとめて、わずかでも月給を取り、それで暮すのだ。とにかく、持ち物を売って、少しでも金を作ろうときめた。

三月八日

朝、警報。

朝日新聞に「本土決戦に成算あり」という見出しの記事あり。「我に数倍の兵力、鉄量敵上陸せば撃砕　一挙に戦勢を転換せん」——比島の時も同じようなことを新聞は書いていた。しかるに実際は……。だから、この記事も国民は果して信用するだろうか。撃砕が事実となってくれねば困るが。

先日、寺崎君（註＝寺崎浩）に会った時、隣組長が応召で、歓送会のための物資を入手したいがと言っていたので、野菜をわける約束をした。文藝春秋社で文学戦友会の書下しの相談をやるため三時頃行くといったので、そこでその時間に会うことにした。

文藝春秋社に行くと、寺崎君が鈴木俊秀氏と書下しの相談をしていた。車谷氏に『馬上侯』の稿料を貰う。百八十円。一枚六円だ。一パイやると百円は消えるこの時世に、一枚六円——以前と変らぬ稿料だ。それから税金が差し引かれる。

満洲文藝春秋社の香西昇君が来ていた。

一体どうなるのかねと香西君は言った。誰も返事ができなかった。誰にもわからない。何にも知らされていないからだ。しかし、みんな不安で、新聞記事ではないが、大号令を待っている。けれど、それも出ない。だからなんとなく、一日一日を送っている。
二十二、三から十三、四の年のものは、絶対に日本は勝つ、勝たさねばならないという固い信念を持っているねと香西君は言った。
清水に立退命令が出たという。

敵は鹿島灘と駿河湾から上陸し、後者の上陸部隊は厚木平野を通って東京に迫る。なお、日本軍が信州の山にこもるのを防ぐため甲府あたりに空挺部隊をおろす。そういう宣伝をしているという。

茨城辺の百姓は、敵が入ってくるのでは植付けをしてもしようがないと迷っているという。

デマがだんだん飛び出す。

夜、読書。

三月九日　快晴

代田橋の森さんが来た。甲府の知り合いに疎開の荷物を預けたところが、最近行ってみたら、いっぱい兵隊が入りこんでいて、周囲の山に陣地を構築していて、まるで戦場のような騒ぎ、今さら東京へまた荷物を戻すわけにもいかないし、悲観しましたという。

夜になっても、ハッパの音がたえない。附近の山で陣地を作っているらしい。深更に及んで、B29の集団来襲。やはり来た。ラジオの情報は、はじめ三機がバラバラに来て、やがていずれも海へ去ったと言った。だが、B29の音らしいのが頭上でして、東京の方へ行った。友軍機なのだろうかと言っていると、ラジオがいきなり、B29数十機が関東地区一帯の上にいると報じた。戸塚、保土ヶ谷方面で爆弾投下の音がし、退避命令の半鐘がなった。東に当って、空が赤い。火事だ。風が強い。ラジオは焼夷弾を投下しているという。この風では――と胸が痛んだ。ラジオの情報は、ひどく間をおいて、うんともすんとも言わない。不安だった。東京のどこがやられているのだろう。情報所もやられたのではないか。心配していると、ブザーがなった。

三月十日

昨日と同じ快晴。陸軍記念日。

庭のサフランが花を開いた。地面からいきなり花を出したのだ。一夜のうちに花を出した、そんな感じだ。庭におりて、花をのぞいた。花に話しかけた、そう言った方がいいかも知れぬ。ついでに庭を廻ると、二、三日前まで雪が積っていたところに、よめながみずみずしい芽を出している。

昨夜の爆撃に関する大本営発表をラジオで聞く、被害の詳細がわからず不安。

今日は『新太陽』の小説の締切日。書こうと思っていたが、書けなかった。

省線が品川どまりで、市内不通。被害激しいと察せられる。

ラジオが、仏印における駐屯軍が単独防衛の行動に出たと報じた。政府の声明を聞いていると、猪俣和子さんが突然福島から訪れて来た。東京はすごいという。本郷で、焼け出されの家族を連れて、大の男が泣きながら歩いて行くのを見たという。心痛む。

三月十一日

軍公務者以外に汽車の乗車券を売らない。

庭に穴を掘った。茶碗等瀬戸物類を埋めておこうというのである。二つ掘ってクタクタになった。意気地のないことである。夜を徹して机に向っていることはできても、肉体労働はてんでできない。

夜、義兄来る。九日夜の、というより十日暁方の爆撃の被害は今までにないひどいものだった由。罹災家屋二十五万軒、罹災民百万と言われている由。

事態は急速度にけわしくなる。

三月十二日

浅草へ行くべく東京駅で山の手線に乗りかえようとしてその歩廊に行くと、——罹災者の群だ。まるで乞食のような惨澹たる姿に、息をのむ思いだった。男も女も顔はまっさおで、そこへ火傷をしている。そうでなくても煙で鼻のあたりは真黒になっていて、眼が赤くただれている。眉毛の焼けている人もある。水だらけのちゃんちゃんこに背負われた子供の防空頭巾の先がこげている。足袋はだしが多い。なかにははだしの人もいた。ぼろのようなものをさげている。何も持ち出せなかったのであろう。満足なものを持っているものはない。

兄妹連れが一隅にうずくまって、放心したように足もとに眼を落して、じっとしている。両親はどうしたのだろう。腹が減って動けないのだろうか。眼が熱くなった。

上野へ降りて、再び息をのんだ。駅前は罹災者でいっぱいだ。汽車で田舎に去ろうという人たちだ。焼け出されて、すぐそこへ来て、そうして、そこで夜明かしをして、汽車に乗れるのを待っている。みんな地べたにしゃがみこんで、配給の握り飯を食べている。

浅草へ向けて歩いた。この間、秋山君の家を見舞に行ったとき、通った街、見た家並はもうことごとく焼けている。ことごとく、――駅前から見渡す限り、ことごとく焦土と化している。ひどい。何んとも言えないひどさだ。想像以上だ。

本所の方からの罹災者がえんえんと列をなして歩いてくる。こっちからも、焼跡へ掘り出しに行く罹災者、見舞の人々、見物の人々が列をなして行く。菊屋橋へ出た。電車が焼けている。合羽橋の方へ曲った。国際劇場が、ついそこに見える。間の家がみんな焼けてしまったからだ。――猫八（註＝木下華声）の家も焼けてしまった。田原町の「染太郎」も「五一郎アパート」も……。

同じような焼跡で、どこが合羽橋通りか、わからなくなってしまった。やっと見当をつけて六区の方へ曲る。先月、倉橋君と歩いたばかりのところだが、「鹿島屋」も、弁当を食った店も、「今半」も、あの思い出の多い「つた家」も、「河金」も、『如何なる星の下に』に書いたどじょう屋も、それからレビューの女の子たちとよく行ったふぐ屋も、何もかも、灰燼だ。

六区の映画館も焼けた。『東橋新誌』に書いた橋館も、今は跡形もない。――公園は全滅だ。この間残った片側の仲見世も、新仲見世通りも。仲見世から観音さまを見ると、いつも正面に見えた本堂が夢のように消えている。空になっている。すぐ行って見たかったが、松屋裏（註＝新田夫人の実家）が気になるので、その方へ急いだ。駄目だろうと諦める一方、もしやと思うのだった。だが、——やっぱり駄目だった。
きれいさっぱり消えている。学校の前の掘り抜き井戸のところで、若い娘たちが京菜を洗って、夕ルに漬けていた。京菜の色が眼に染みた。若い娘たちの元気な頬、明るい声が、心にしみた。

松屋寄りの馬道に、わずかながら人だかりがしている。何かと行ってみると、道に焼けたトタンが重ねてあって、その上に載せた木板に「吉川錠子、二十五歳」という字が見えた。傍に「葬儀店吉川……立退先……」と書いた木が立ててあった。葬儀店の娘が死に、その死体がそこにおいてあるのだ。観音さまへ行った。仁王門もない。五重塔もない。焼けた本堂の前には、人がたまっていた。小さい庫のようなのがひとつ焼け残っていて、その前に「本尊御安泰、金龍山浅草寺」と書いた札が立ててあった。それに向って、人々は手を合わせ、ありあわせの賽銭箱に銭を投げている。日本人の虔《つつま》しさに打たれた。左手の、何か気づかなかったが、石造りの記念碑のようなものの石段に、私は疲れた腰をおろした。肉体よりも精神が疲れていた。がっかりしていた。がっかりした風でそこに腰をおろしているのは、私だけではなかった。

愛する浅草。私にとって、あの、不思議な魅力を持っていた浅草。山の手育ちながら、なんとも言えない愛着、愛情の感じられた浅草。その浅草は一朝にして消え失せた。再建の日は来るだろうが、昔日の面影はもうとどめないに違いない。まるで違った浅草ができるだろう。あのゴタゴタした、沸騰しているような浅草、汚くごみごみした、だからそこに面白味があり、わけのわからぬ魅力があったあの浅草はもうない。永久に、ないのだろう。震災でも残った観音さまが、今度は焼けた。今度も大丈夫だろうと避難した人々が、本堂の焼失とともに随分沢山焼け死んだという。その死体らしいのが、裏手にごろごろと積み上げてあった。子供のと思える小さな、――小さいながら、すっかり大きくふくれ上った赤むくれの死体を見たときは、胸が苦しくなった。

象潟《きさがた》、千束《せんぞく》にかけて一望の焼野原。吉原も焼けたようだ。行って見たいと思ったが、約束が気になり、上野へ戻らねばならぬ。二時に三越の映配で会おうと先日、寺崎君と約束したのだ。里村欣三の会のことを南方局に相談してみようというのだ。

国際劇場は、外は残ってなかはすっかり焼け落ちている。ところが松竹新劇場（もとの江川劇場）は無事だった。昭和座が疎開で、前が空地になっており、横は瓢簞池、そういう関係で助かったのか。出演者や演し物の看板をおさめた飾り窓風のガラスもそのまま、なかの看板もそのまま（その無事な色彩が異様だった）、そして裏手の家も残っていた。国際通りの外画の映画館（名を今思い出せぬ）も、同じように助かっていて、「格子無き牢獄」のビラやスチールがガラス窓のなかで、そのまま残っている。そのガラス窓に近づいて、なかのスチールをじっと見ている若い男があった。国際通りをへだてた前の家並は全焼だ。三州屋も、騎西屋も、神社もその隣りのビアホールも丸焼けだ。この間そのビアホールの前の防空壕の上に立って、もうおしまいだよとすげなく私たちを追い払った警防団服の男のことが思い出された。

『如何なる星の下に』に出したいろいろの家や店は、これでもう全部消失した。

上野から省線に乗る。神田で降りて三越まで歩いた。エレベーターがなく六階へ昇って行ったが、映配南方局には、女事務員が一人いるきりだった。

六興出版社へ廻ることにした。

六興もてっきり駄目だろうと思ったら、前はすっかり焼けているのに、六興の側は二、三軒先でとまっている。何という幸運。

六興出版部に千円ばかり前借を頼んだが、そのまま何の返事もない。小田部君（註＝小田部諦）が出征したり、またこの騒ぎだったりしてはとても借りられそうもない。家を担保にして柴山氏あたりから金を貸して貰えぬかと秋山君に頼んだが、いつ家が戦火にかかるかわからぬ状態ではこれも絶望。文なしの心細いありさまだ。働きに出なくてはならぬ。秩父はいいなと思ったが、妻や母まで連れて行くことはできぬ。妻や母をどこか安全なところへやるとなると、まとまった金がいる。それがない。なければ一緒に、今の家に住まねばならぬ。そうして働き口を東京に求めねばならぬ。金のない者は結局、こうして身動きができず、逃れられる災厄からも逃れられないのだ。東京の罹災民は、みんなそれだ。金持はいちはやく疎開して、災厄からまぬがれている。疎開しろ疎開しろと政府から言われ、自分も危険から身を離したいと充分思っていても、金がなければ疎開できぬ。そして家を焼かれ、生命を失う。——それにしても、私はこの十年、徹夜に徹夜を重ねて稼いだ。書きたくない原稿も書きまくった。そうして今、一文なしなのだ。そうして文士には、いざというとき頼れる会社も役所もない！

○罹災民は二百万人に達しているだろうという街の噂だ。罹災家屋二十五万という。

○「あれは、どういうんだろう」とある人は言った。小さな交番のなかに人がいっぱい詰って死んでいるのがあったという。

○鎧橋のところで、十五、六の女の子が、小さな弟妹を連れてトボトボと歩いていた。その女の子は、片眼をやられ、髪が焼けていた。小さな子たちもぼろをひきずっている。同じ罹災民らしいおかみさんが、何か話しかけていた。すると、その女の子が「お父ちゃんもお母ちゃんも死んじゃったんだよ」と大きな声で言った。その声が私の耳をうった。連れられた小さい女の子が、腹が減っているのだろう、防空頭巾のヒモを口の中に入れて、しゃぶっていた。深川の子だった。深川、本所は一番ひどいという。

○中仙道は避難民と疎開者がぞろぞろとひきもきらず歩いているそうだ。

B29百三十機がまたまた名古屋を襲った。

三月十三日　曇り。寒し。

母、三国へ行く。切符は十日朝に買ったので（今は軍公務以外の者は買えない）今日限りしか使えない。罹災民でごった返している汽車に、六十九歳の老母をのせるのは心配だった。母は平気だというが、もし混雑がひどかったら止めてもらうことにしてとにかく東京駅まで行って見ようと、妻と二人でつき添って北鎌倉駅へ行く。汽車の時間を聞くと、大阪行普通列車が四時二十一分に大船を出る。大船でその汽車の様子を見てみようと、十五分ほど待つと、やっと来た。案外空いている。座席はなかったが、茅ヶ崎あたりで通勤者がおりるかもしれない。それに乗って母は行くことになった。

大船駅でお茶を売っていた。今となると、珍しい感じだった。妻はまだ東京の爆撃跡を全然見たことがないので、東京行の切符を買ったのを利用して行ってみようではないかとすすめた。

東京駅で乗換え。上野行を買う。今日はもう、昨日のような悲惨な罹災民の姿は見えなかった。

上野で降りて、汽車の乗車口の方へ行って驚いた。あの広い駅前が罹災民でびっしりと埋められている。昨日よりその数がふえている。東京駅では、何か波が去った気がしていたのだが、ここへ来て横ッ面をひっぱたかれた感じだった。

母を乗せた大阪行はそう混んではいなかったのだが、避難民は目下のところ安全と見られている東北を選んで殺到して、東海道線に乗るものは少いせいか。駅や、焼け残った壁に激励のビラが貼ってあった。夕闇が人々の頭上におりてきた。

大声が聞えてくる。役人の声だ。怒声に近かった。民衆は黙々と、おとなしく忠実に動いていた。焼けた茶碗、ぼろ切れなどを入れたこれまた焼けた洗面器をかかえて。焼けた蒲団を背負い、左右に小さな子供の手を取って……。既に薄暗くなったなかに、命ぜられるままに、動いていた。力なくうごめいている、そんな風にも見えた。

私の眼にいつか涙がわいていた。いとしさ、愛情で胸がいっぱいだった。私はこうした人々とともに生き、ともに死にたいと思った。否、私も、――私は今は罹災民ではないが、こうした人々のうちのひとりなのだ。怒声を発し得る権力を与えられていない。何の頼るべき権力も、そうして財力も持たない。黙々と我慢している。そして心から日本を愛し信じている庶民の、私もひとりだった。

車中で新聞を見る。煙草が日に三本になると書いてある。七本から三本になるのだ。

＊

安南帝国、独立を宣言。

三月十四日　曇り　午後細雨、寒し

カンボジャも独立を宣言。

新聞記事中のカンボジャ王は、私がプノンペンの王宮で会ったあの若い王であろうか。

帝都国民学校当分休校。

赤軍キュストリン占領。ベルリンへの攻勢近し。

読売報知の今日の社説「被害の報道は具体的たれ」は私も賛成であり、心ある国民の、かねてすべて言わんと欲していたところであろう。

昨夜、敵機の編隊が本土に迫ったとラジオの東部軍管区情報が告げたが、やがて警戒警報解除となった。どうしたのかと思ったら大阪に行ったのだ。

＊

○寒い。三月も半ばだというのに、寒さがまた戻った。しかし――猫がニャゴーニャゴーと変な声をあげて、歩き廻っている。寒くても春なのだ。

＊

どうも風邪らしい。

この間から読みかけの武者さんの『ある男』を、床の中で読もうと思ったが、今日は、ついて行けないのでやめて、潤一郎の『源氏物語』を読む。

武者さんのものは、読んで頭のよくなる時と逆に頭の悪くなる時とある。

三月十五日　曇り。

働き口を紹介して貰おうと思って東京へ出る。朝方、警報が出、艦船が近づきつつある故、警戒を要すとのことであったが、間もなく警報が解けた。車中、山田智三郎君と一緒で、同君は北鎌倉に居残るつもりだという。敵が上陸しても厚木平野に出るだろうという観察だ。

新橋に着くと十二時ちょっと前で、駅の二階の食堂で昼食をとろうという人たちが、駅のなかで物凄く行列を作っている。駅前の、ビフテキで有名だった小川軒も、今日はやるらしく、行列が見える。

地下鉄に乗るべく銀座に出た。

矢花医院にふと寄って見たら、扉がしまっていて、臨時休院とも何とも掲示がしてない。やめたのだろうか。このあたりは、人気がなく、何だか陥落直後のラングーンの街を思わせる荒涼さだった。隣りのバーだった二階家の背に、シャンクレールと横文字がまだ出ているのが眼についた。

地下鉄は、すいていた。下町がもうないので、乗る客も少いのであろう。切符が、まだ固い厚紙なのが、不思議な感じだった。電気が暗く足許が危いくらいだった。汚い恰好をした人々の表情も暗かった。

雷門で降りて南千住行の電車通りを行き、言問橋に出た。橋際の隅田公園に人が出ていて、なんだか地をいっぱい掘っている。橋からのぞこうとすると、兵隊がいて立っちゃいかんという。死体を埋めているのだった。

警防団服の人々が橋上を掃除していた。

橋を渡ったところに、壕の潰れたのがあり、そこから死体を出していた。

大倉別荘のところから右にそれた。このあたりは無事だ。目指すピカちゃんの家も無事だった。

玉の井は全滅とのこと。吉原も全滅。

六区に出た。松竹新劇場がたすかったことは書いたが、隣りの白十字も、大都劇場も、花月劇場もたすかっている。ガラス窓の広告がそのまま残っている。裏の橘館は焼けた。

大勝館も軒が焼けているが、建物はそのまま残り、なかも大丈夫のようだ。富士、千代田、電気館等もたすかり、金龍館、松竹座が駄目だ。

田原町から地下鉄に乗った。本郷に廻ろうかと思ったが、すでに四時、曇り日なので暗くなりそうだったからやめにした。日蓄（註＝コロムビア）では社員が、敵機が十五日には横浜へ伺います、十七日には東京の残ったところへ伺います云々と、書いたビラをまいたというから、今日は横浜がきっとやられるぞといっていた。事実そんなビラをまいたのであろうか、流言であろうか。――この日、敵機は遂に来なかった。

日蓄からビクターの石谷君（註＝石谷正二）に電話してみようと思ったら、築地のビクターは全焼だという。明治座も全焼。避難民がいっぱい詰っていて、死者をひどく出したという。


三月十六日　曇り。

ずっと風邪気味、熱っぽい。中山義秀夫妻来る。

浅酌。伊東にオークションがあり、同地にいる中山君の知人の秦氏（旧目黒茶寮主人）に頼んで中山君はものを売って、南方旅行の借金を払った。「君も金が欲しいのなら、秦さんに手紙出して頼んであげようか」と中山君が言う。「是非頼む」と私は言った。「千円位ならひとまず俺が貸してもいい」と中山君がいう。「是非頼む」と私は言った。

蓼科に、家が借りられそうだ。もとは年三百円ほどの家賃だったが、今は五百円から七百円ほどにあがった。「是非頼む」と私は言った。鎌倉が危くなったら、みんなで蓼科へ難を避けようということになった。蓼科には大きな牧場があって牧夫を求めている。宿屋に雇われて帳附けをやってもいい。何とか食えるだろう。そんな話が出た。

「久米さんに会ったら、貸出文庫をやろうと言っていた。川端さんも賛成していた」と中山君が言う。

「僕も蔵書を出そう」と私は言った。

三月十七日

小林秀雄が自転車に乗って煙草の配給（ペン・クラブ＝註・鎌倉ペン・クラブ＝員への特別配給）を持って来てくれた。明日伊東へ行くというので、オークションへ出す品物を持って行って貰うことにした。ジャワで買ったカバン、鰐皮の妻のハンド・バッグ（内地で買ったもの）、鰐皮の札入、銭入れ（ジャワ製）、バルダックス（写真機）、ジャワ更紗数枚等々。二千円程入るだろうか。

小林秀雄も現金を得たく、愛蔵の焼物類をのこらず骨董屋に売った。

三月十八日

風邪がなおらぬ。

毎日警報だ。今日は九州が襲われた。敵の本土上陸について、もうすぐやってくるだろう、五月頃だろうという説と、敵は今までの例をもってしても、充分慎重に準備して確算がなければ行動を起さないから、まだまだだ、今年の秋か、暮だろう、そういう説と二つある。

楽天論と、悲観論と二つある。前者は地方、後者は東京において有力である。

三月十九日
国民学校初等科を除き学校の授業が全部停止となった。
一龍斎貞山、中村魁車が空襲のため死んだ。

三月二十日
警報二回。
昨十九日また名古屋へＢ29が来襲。艦載機が四国及び阪神地方に波状攻撃を行った。
新聞は敵の本土攻撃の切迫を伝えている。

○人は私をアマノジャクと言った。もとはそうかもしれなかった。なぜならアマノジャクと言われて恥じなかった。——今はあまりアマノジャクではなさそうだ。それだけ貧しくなったのだとしたら、それを今は恥じねばならぬ。

浅草観音のあの屋根の三角になったところに、赤鬼が三ついて、まるで逃げ出すのを防ぐかのように金網が張ってあった。天邪鬼である。——焼けてしまった。

三月二十一日

富永君（註＝富永惣一）の荷物が駅に積んであって、軽井沢行となっていたと、隣組の人がいう。軽井沢は駄目だと言っていたが、――蓼科行は止めたらしい。隣組の人々はみんな動揺していて、どこかで荷を出したというと、たちまちそれがひろまって、動揺をいよいよますのである。台山（だいやま）では昼夜ダイナマイトの音がたえず、中村さんの裏の山は海軍の兵隊が百名も入って、これまた昼夜鑿岩、動揺は当り前と言えば当り前だ。急に立退命令を出されても困るというので、動揺し、種々の噂が飛ぶ。あらかじめ立退き準備をさせておく方がいいと思うのだが、命令は闇から棒に出て、すぐ立ち退けというにきまっている。こういう、涙のない不親切（？）というのはどういうのだろう。

今朝、四時に妻が駅へ行って、切符売場の前に二時間並んで、やっと三国行の切符が買えた。明朝もう一枚入手できたら、疎開の荷物を妻と二人で三国へ運ぶつもりだ。その準備をしていると、三時の報道。

硫黄島玉砕の発表。栗林司令官の電文をアナウンサーが涙でぬれた声で伝えた。胸がこみあげてきた。硫黄島で怨みをのんで死んだ人々のことを考えると、安閑として生きていることが、何か申しわけない気がした。

心が滅入る。いたずらに心を滅入らせてもしようがないので、あたりの本を取って読む。露伴の『洗心録』に次の語がある。（『人の言』より）

──或る田舎の人の言ひける、掌《て》の皮の薄きものには心の病多しと。正に私の掌の皮は薄い。そうしてまたあくことなく指先の皮がむける。正に私の心は病んでいる。

三月二十二日

富永氏、わざわざ家に寄って蓼科の様子を話してくれる。家を一軒借りることにしたが、取りあえず家具の三分の二を軽井沢の親戚の別荘に送り、妻子をそこへ疎開させることにしたという。

暗鬱な曇り日で風が強い。かような烈風に、敵がもし来襲して焼夷弾を落したならば、十日の時以上の災禍があるだろうと恐れられる。

妻と二人で母を迎えに三国へ行くつもりで、妻は四時に駅へ行ったが、前日の一般発売は間違いであったという話で入手できない。そこで私だけ行くことにして、三時にトランクを持って駅へ行くと、切符をなんとか都合してくれるという話になって、明朝再び二人で行くことにした。夕食後私は中山君の家へ行った。蓼科の借家に関して静枝氏（註＝中山義秀前夫人）より速達あり、一年三百円乃至五百円の家は少しく奥に入ったところで、便利な場所のは七百円以上、どちらにするかという問い合わせで、それへの返事をしに行ったのだ。安い方が結構、適当にきめておいて下さいという。

三月二十三日

昨二十二日の新聞に軍事特別措置法案成立の発表があったが、今日の新聞には国民の武装化と防衛隊組織とのことが見えている。

四時二十分、大船から汽車に乗り込む。この前、母が乗った時はそうでもなかったようだが、今日は恐ろしい混みようだ。人が大勢の上に荷物がいっぱいだ。私達も、私はリュック、妻は風呂敷を背負った上に、トランクを私が二つ、妻が一つ持っている。郷里へ預ける衣類だ。いつかの新聞か何かに、この期《ご》に及んでまだ私慾を断ちきれないで家財道具を持ち運んでいる痴《し》れ者云々という言葉があった。そういう言葉を簡単に言える人がうらやましい。頼れる役所や会社などを持っている人に違いない。私にはいざという時、頼れるものが何もない。身一つだ。だから、せめていくらかの衣類くらいは頼みに残しておかなくてはならないのだ。

車と車との間に立っていた。水兵が大きな荷物を持って入って来た。身動きもならない様子に、私は、荷物をこっちにやりなさいと私の前におかせた。そのため私は身を細めて片足で立ってなくてはならない状態になった。

とある駅で、どっと乗客がつめかけた。いくら押しても、数人しか乗れない。無理やりに乗ったのが、昇降段に足をまかけたままで、汽車は動き出した。危いから、なかへ入れてくれませんか、もう少し詰めてくれませんかと絶叫する。扉がしまらないので、寒風がヒューヒュー入って来て、昇降段に近い人々もたまらないので、なかへ押す。見ると、(私は背が高いので見えたのだが)反対側の昇降口のところに、兵隊が二人いて、そこは裕々としている。そこへ、水兵が例の荷物を移して詰めて行けば、兵隊も昇降段に足をかけたままで悲鳴をあげている人は、充分なかに入れそうだった。だが、兵隊も水兵も悲鳴がまるで聞えないような顔だった。水兵は、大きな荷を持ち込んだ時、私が無理に場所を作ってやったので助かったのだから、こんな場合自分に示された親切を他にまた示してもよさそうなものなのだが、ぽかんとした顔で、詰めてやろうとはしない。そうだ、ぽかんとしているのだ。薄情なのではない、鈍感なのだ。他の苦しみに神経をやろうとしない鈍感さなのだ。そうでなくては戦えない、――そんなことを私は考え出した。

ひどい遅着で、米原に着いた。乗りかえだ。

――福井から電車に乗って三国へ行った。妻が電話すると八十島さんがすぐ来てくれた。聞くと、母が今朝、福井から発ったはずだという。そうだ。二十四日になっている。

三月二十四日

駅からすぐ円蔵寺へ行った。母は円蔵寺に世話になっていたのだ。今朝発ったはずだが、もしかすると、三時二十分のにしているかもしれないという。そうとすると、急げば一緒に帰れるので、挨拶もそこそこに飛び出した。あまりあわてたので、急いで作って貰った折角の握り飯を忘れてしまったことに、電車に乗ってから、気がついた。

福井に着いて、改札口の前の行列を探して見ると、行列の一番先の改札口のところに、大きな風呂敷を背負ってその重さで顔を赤くしている母がいるではないか。眼が熱くなった。よかった、よかった、と言った。すぐ改札がはじまった。汽車は混んでいた。母に会えてよかった、と再び思うのだった。

行きの場合と同じく乗客間の口争いが耳に響いた。くちもとの客が、なかに向って、「なかはあいてる。もっと詰めてくれ」と叫ぶ。すると、なかの客が、「あいてやしないぞ。あいてると思ったら、入って来たらいいじゃないか」と、やり返す。そして今度は、なかの客が尿意を我慢しきれず、苦心惨澹して便所の方へ行くと、便所のあたりに頑張ったのが、「ダメ、ダメ、便所の中にだっていっぱい人がいるんだ。入れやしないよ」——窓からしろという。「ひどいわ」と泣き声で戻ってくる女もいたが、そのうち、たえられなくなったとみえ、恥も外聞もなくもらしてしまうのが出てきた。さあ、あたりは大騒ぎで、床においた風呂敷包みなどは、濡れちゃ大変と持ち上げなくてはならない。

軽井沢についた。窓をあけて、若い女たちが窓から飛び出して行く。用をたしに行くのだ。

三月二十六日

イワシの配給があった。一人五つ宛。三日ほど前に一人三つ宛の配給があった。珍しい。イワシの大漁があったのだろうか。それとも東京が焼けて、こっちに廻るようになったのだろうか。妻が留守なので、頭を切り、腹を割って料理をした。みんな卵を持っていた。母と夕食を食べていると、山田さんが来て、私の家のあたり一帯の強制立退の命令が出たという噂を聞いたが、——という。初耳だ。デマにしろひどくこたえた。われながら情けなくなるほど、ひどい衝撃を受けている自分を見出さねばならなかった。こうなると「やがては立ち退かねばならぬことになるだろう。……」と考えていた自分が、ちっとも本気にそう考えてはいなかったということに思い当らざるを得なかった。「たいがい大丈夫だろうが……」そう実は考えていたわけだ。今度こそほんとうに覚悟をきめねばならぬ。噂が立つ以上、事実化するものとみねばならぬ。

前夜、名古屋がまた爆撃を受けた。三月二十五日零時頃より約一時間半にわたり、B29百三十機名古屋地区に来襲、爆弾及び焼夷弾を混用、市街地を無差別爆撃したと大本営発表にある。

敵は琉球に艦砲射撃を行っている。琉球に上陸するのだろうか。琉球には六興出版部の大門一男君が兵隊となって行っているはずだ。

『東橋新誌』の出来上る頃に、召集令が来、一目見たいといって琉球に発ったという。大門君！　大門君！

妻が帰って来ての話に、小谷さんのところは、強制疎開でてんやわんやの騒ぎだという。妻は新田の家へ廻ったが、新田のところも強制疎開命令を受け、あとで、予算の都合上一時取りやめということになったという。いずれは立退きということになるだろうと、新田も毎日、疎開先へ荷物を運んでいる始末というが、どこもここも同じ状態だ。

爆撃で焼け出されて避難した先がまた焼かれ、三度も焼け出されたという人があるが、疎開の場合も、商売の関係上遠くへ行かれず、やはり近いところを探して、やっと落ちついたと思ったら、また立退命令、そんな家が幾多あるようだ。

伊東へ売りに行くものを選んだ。

この前、小林秀雄に託した時、上海で買ったオメガの時計も売ろうと思って、チョッキのポケット、机の上などさんざ探したが、どこへおいたのか、見当らない。それでやめたのだったが、小林君が帰ったあと、机に向って、本を読もうと、机上の本を取りあげると、なんと、さんざ探した時計が本の下にちょこんといる。かくれている。その瞬間、時計がなんだか私に向って、すまなそうに、侘しそうに哀しそうに笑いかけたような気がした。

売り飛ばしてやれという私の無情な声を聞いて、小さな時計が「あんなに可愛がってくれていたのに、――あの愛情は偽りのものであったのか」と裏切られた絶望にかまれながら、それでも私から離れまいと、こっそり身を隠した。――そんな感じだった。私は、ごめんよとつぶやいた。私から離れまいとしているのなら、やはり可愛がってやろう、売り飛ばすのはやめようと思った。時計といえども、小さな生命あるものに見え、愛情に胸を締めつけられた。

三月二十七日
母と妻、四時に駅へ行って伊東行の切符を買う。
快晴。庭の土手のフキノトウが、いつの間にか大きくのびてしまった。味噌に刻んで煮て食べたいと思って、まだでぬか、まだでぬかと探したのは、ついこの間だったが、でたと思うともうのびて食べられない。
プレヴォの"La Chasse du Matin"（邦訳名『青春の猟人たち』）に「私は、自分より一層不幸な人間のそばで、希望を取り戻したのだった」という言葉がある。それを、ふと、恥を覚えつつ、思い出した。

三月二十八日
妻と伊東へ行く。秦氏を訪れ、持参の品物の売却方を頼む。
この前、小林秀雄に持って行って貰った品物の代金中、内金として千五百円を受け取る。

敵、慶良間《けらま》列島上陸。本日の新聞で知る。
岩波茂雄氏、東京都貴族院多額納税者議員補欠選挙で当選。有田ドラッグで有名だった
有田音松氏死去。享年七十九。

四月三日

秋山君来訪。一緒に川端家を訪れる。

妻は中山家へ行ったが、中山夫人の真杉静枝氏より、川端家へ電話があり、蓼科の家のことで相談があるから来てほしいという。歩いて行った。蓼科の大滝氏（註＝大滝重直）より手紙あり、蓼科はだんだん暮しにくくなって行くから、同地への疎開は考えものだという。どうする？　と中山君がいう。軽井沢などはすでに恐ろしい物価騰貴と聞いていたが、蓼科も軽井沢同様になるだろうとは、かねて心配していた。わずかな金を持って籠るのでは、とてもやって行けまい。――よそうと決めた。中山君が、郷里の白河へこい、及ばずながら世話はすると言ってくれる。友情に感謝する。

北鎌倉駅の桜が咲きはじめた。

四月四日

小林秀雄来訪。鎌倉に立てこもるについて、籠城組の鎌倉文士の間に、対策を今から立てておいたらどうだろうという話を持って来た。翌日、久米正雄を訪れて意見をきこうということになった。

夜、ラジオで小磯内閣総辞職を知る。

四月五日

久米家へ行く。小林はさきに来ていた。貸本屋の話がでて、急速に具体化しようということになった。ペン・クラブ（註＝鎌倉ペン・クラブ）の有志が集まろうということになった。川端さんにも来て貰って相談した。発案者は久米、川端。駅前に家を借り、鎌倉文士の蔵書をあつめて貸本をやろうというのだ。

当局との折衝、貸家の交渉は久米さんが当り、本集めその他の雑務は私がひきうけようと言った。

久米さんの家のラジオで、モロトフが日ソ中立条約破棄の申入れをしてきたことを知った。

連日、いやなニュースばかりだ。

敵の上陸地は九十九里と相模湾のどこかだろうという専らの噂だ。

久米さんは、しかし、相模湾は絶対に入れないという説だった。琉球の次は、どこへ敵がやってくるか。四国辺という説と、すぐさま東京へ迫るという説と二つある。久米さんは支那へ出るだろうという説だった。

○過日、中山君と「卑怯」ということについて話し合ったが、エドガー・アラン・ポウの『マルジナリア』に次の如き言葉がある。
――卑怯に見えるか卑怯であるのが必要な時に、それができないのは、本当に勇気のあるものではない。
○十日の空襲で、貞山（講談）、李彩（手品）、扇遊（落語）、岩てこ（音曲漫才、上方落語から漫才に転身、夫婦とも防空壕で焼死）、丸一丸勝（大神楽）、梅川玉輔が死んだ。以上は、いずれも江戸館等に出演の芸人。講談の燕楽、浪花節の愛造、越造等行方不明。（正岡容の消息から）
庶民とともにあった芸人は、庶民とともに死んだのである。

文士は今のところまだ死んでいない。だがそのうち、犠牲者はきっと出てくる。

そうして上層の政治家、富豪などは最後まで死なない。

〇「戦災」――新しくできた言葉だ。

〇奏さんから手紙あり、十日の空襲以来、品物の値段が暴落したという。頼みにしていたのだが……。

〇中山君の家の側に前××（註＝内相）のU氏の邸がある。海軍のマークをつけたトラックが何台も来て、家財道具をさっと運び去って、いちはやく「疎開」してしまった。トラックなどをそうやって使える人々はいいが、そうでない庶民は、逃げ出したくても逃げ出せない。私の隣組でも、金利生活者のFさんとHさんはすばやく家を売って、逃げ出した。いずれも貨車を借りたらしいが、正式の手段では借りられない。「よく借りられましたね」と妻がHさんの娘さんに言ったら、「家は鎌倉の××さん（註＝署長）と懇意にしてますから……」と娘さんは得々として答えたという。闇を取締まるはずの〇〇（註＝警察）が、今では闇の元締になっているのであろうか。

私のところも所詮動けない。私のところへくる近所のお百姓さん達も、土地を動かすことはできないから、動けない。私もお百姓さん達と一緒に居残れるだけ居残ろう。

四月七日

小田のおばさん来る。世間話のなかで、スパイが火あぶりの刑に処せられたという。火あぶりなんて刑罰はないでしょうと妻がいうが、いいえ、火あぶりだそうですとおばさんは断乎としていう。東京には、そういう噂が流布しているらしい。

敵機大編隊来襲、翼をキラキラと光らせて頭上を行く。「堂々たる」編隊で、まるで自国の空を行くような跳梁振りだ。母が「――友軍機ですね」と言った。友軍機と間違えそうな傍若無人振りだ。「敵ながら、きれいね」と妻が言った。小さな「友軍機」がひとつ、編隊のなかに「なぐり込み」をかけている。胸が熱くなった。

＊

『日記』は事実を書いておく方がいい、と花袋は言っている。(『花袋文話』)「こう思ったとか、ああ思ったということよりも、こういうことをした、ああいうことをしたという行為を書いておく方が『日記』というものの本来の性質にかなっている。自己の後年の追懐のためにする上から言ってもその方が便利だ」

私もそのつもりでいたが、事実だけだと何か味気なく、「こう思ったとか、ああ思ったということ」を書き出した。そこに面白味が出てきたが、先日、日記がさっぱり書けなくなった。その原因は、思うにその「面白味」に対する嫌悪にあったのだから、おかしい。

小説と同じだ。事実だけ書くのが、小説の究極の姿だろうと考えられるが、若いうちはなかなかそれができない。そのきびしさにたえられない。そこで「こう思ったとか、ああ思ったということ」が入ってくる。そこに小説を書く面白味、小説の面白味を求める。ところが、その「面白味」が小説の弱点になってくるのだ。一番腐りやすい部分になってくる。小説のいわゆる新しさ、新味はその「面白味」のところで工夫され発揮されるのだが、そういう新しさが一番さきに古くなる。十年も立たないうちに腐臭を発してくる。

鷗外などの日記は、事実だけなので腐らない。

私の日記は、——腐ってもいい。いや、腐っていい。

四月八日

新聞に内閣の顔触れが発表された。政治に暗い私には、前内閣とどれほど「強力」な顔触れなのかよくわからない。第一、どうして前内閣がやめなくてはならなかったのか、さっぱりわからない。新聞記事だけでは、国民にはさっぱり納得できない。

特攻隊の攻撃しきり。夜、久しぶりにラジオが海軍マーチ（註＝軍艦マーチ）を伝えた。琉球の戦果発表。敵艦船三十四撃沈破。

四月九日

眼覚し時計で四時半に眼をさまし、ひとりで身仕度をして、まだ薄暗い中を円覚寺へ行く。在郷軍人会の暁天動員である。円覚寺の竹やぶへ入って、竹を切ることを命ぜられる。ただし私は、かんなを持って行くのを忘れたので、他の人たちがせっせと竹を倒すのをぼんやり見てなくてはならずバツが悪かった。六尺ずつに切る。「一本は実戦用で、一本は練習用の竹槍です」と班長がいった。「実戦用はさきを尖らせて、油を塗って置いて貰います。これは家に用意しておいて、いざという時以外は、濫《みだ》りに持ち出さぬよう。練習用はさきを尖らさず、そのままにして使う。危険ですからさきを尖らせません」

野々上君（註＝野々上慶一）が出て来ていた。山田君等と一緒に帰る。三木清が検挙されたという。はじめて聞く話だ。疎開先から何かの用事で東京へ来た時、ちょうど当局の手がのびて拉致されたというが、疎開ということから察すると別に何かやっていたとも思われぬ。過去の思想傾向、友人関係などから罪を問われたのである。

四十歳までの男子は近く根こそぎ動員があるだろうという。家へ帰って、勉強するつもりでいたのだが、寝床の中にもぐりこんだ。

雨が降って来た。微熱は去ったようだが（註＝二、三日来風邪であった）、気分すぐれず、三雲君（註＝七日より来泊）とボソボソと話をしていると、平野少尉来る。

貸出文庫をはじめるについて、私のところからも本を出すのだが、昭和の小説本は、代表作家の代表小説集を除いてはあらかた出すことにした。しかし、大正時代の小説本はどうしようと迷った。

一冊、二冊と買い集めたもので、その苦心を思うと、手放すのが残念である。しかし手もとに残しておいても、家が戦火に見舞われたら灰になってしまうのだから、いっそ出した方がとも思うけれど、散逸はいかにも口惜しい。――そんなことから、この際一冊ずつ読んで、頭のなかにしまっておこう。（実際は、短日月に読み切れるものではないが）そう思い立った。そうして最初に中戸川吉二を選んだ。五冊ある。

四月十日

雨。三雲君と出る。駅で「東京往復――」と言って、二円六十銭出したら、「もう一円！」と言われた。値上げである。

新橋で地下鉄に乗ろうとして、十銭玉を出したが、ここも二十銭に値上げ。

文報へ行く。企画会議である。出席者は、企画委員は沢山いるのに、戸川貞雄、田郷虎雄、私のたった三人、文報側から中村、石川、岡田（註＝岡田三郎）、武川（註＝武川重太郎）、羽田（註＝羽田義朗）。二十年度の事業計画の審議。石川の案らしいが、民心を明朗にするために、また今のところ上意下達のみで下意上達が全くないから、そのためにも、全国に、民衆をして胸に鬱積した意見を開陳せしめる会をやろうという。私は文報が政治運動に逸脱する危険がありはせぬかと警告を発した。国民文学執筆の案は、文学者の団体たる文報の仕事らしいものとして、大いに賛成した。

田辺君（註＝田辺茂一）のところへ行こうと、雨中、日比谷まで歩いた。貸出本のカバーに使うため、もし紀伊国屋書店の包み紙が残っていたらゆずって貰おうと思ったのである。だが何んだか新宿へ行くのが面倒臭くなって、有楽町までまた歩いて電車に乗った。

ちょうど会社の退けどきで、若い女性がいっぱいいた。美しい、というより蕾のパッと開いた感じのみずみずしい爽やかな、若い生命の輝いている女性が、こんな険しい時でも、常時と同じようにやはりいるのに、眼をひかれ、頼もしいようなそしてまた寂しいような気持にさせられた。

桜は、春というと、こんな年でも、どんな年でも花をひらく。爛漫と咲いている。若い女性も次々と咲いて行く。自然と同じだ。そして、私は、青春から一年一年と遠ざかって行く。——

四月十一日

午前、日記を書く。

午後、うどん粉とみつばを持って川端家へ行く。玄関で「ごめんなさい、今日は」というと、洋服を着た川端さんが出て来て、いま君ンところへ行こうと思っていたところだという。うどん粉の包みをドシリと上り框においた。

「ちょっと上りませんか」

「ええ、——これから久米さんのところへ行こうと思うんです。義秀さんと、久米さんのところで落ち合う約束をしたもんですから。例の貸本屋の話、それから廻覧雑誌の話もあって……」

「僕も行きましょう。ちょっと上りませんか」

書斎に上った。奥さんは留守で、お嬢さんがお茶を持って来た。お茶を飲んで、ちょっと雑談をすると、

「では、行きましょうか」

と川端さんが言った。

久米家の前に、薪を積んだ大八車がおいてあって、隣組の女の人らしいのが、そのまわりで何か評議している。薪の配給らしい。

川端家へ行く途中でも、奥さんや女中さんが、薪をリヤカーや車に積んで、ふうふう言って運んでいるのに幾度も会った。

艶子夫人が表に出て来た。この前はそうも思わなかったが、外で見ると小柄な奥さんだ。おいでですかと川端さんがいう。

「はい。どうぞ。――ちょっとお客さんがみえていますが……」

奥さんはまた、家に入った。誰の世話か、庭がきれいに耕されている。川端さんがその畑を見に行ったので私もついて行った。ホウレン草が立派に育っている。冬を越したそら豆が、同じ大きさとそして同じ間隔で、ちゃんと並んでいる。

「薪ですね」

と川端さんが笑いながら指さしたのを見ると、屋敷の周囲の桐（?）の枝だ。枝という

より、頭を思い切って切り落して小枝を取った太い幹だ。どこの家でも燃料に困っている。頭を切られた桐は、低い橋ぐいのように立っていた。まだ切られない桐もあった。

応接室の前を通ると、なかから「――松井翠声などもいます」と客に言っている久米さんの声が聞えた。鎌倉芸能連盟（?）へ慰問出演を頼むについて久米さんのところへ相談に来た客らしい。海軍の人らしかった。

茶の間で待っていると、客を帰した久米さんが、やあどうもと言って現われた。貸出図書館をはじめるについて久米さんにあらかじめ警察の特高へ許可を得に行って貰うことにしてあったが、「この間行ったら特高に誰もいなくて……」という久米さんの話だった。

みんなで、特高へ行ってみようと、外へ出た。が、時計を見るともう五時で、これでは帰っていないだろう、大仏君（註＝大仏次郎）のところへでも行ってみようということになった。途中で、中山書店に入った。珍しく店が開いていた。開いているとなると、客がどっと入ってくる。川端さんと中山君が古本を買った。私は、買いたい本がなかった。

川端さんの奥さんに会った。隣組の人と一緒に車押しだ。「冷えて来たから、まさ子に言って、外套を大仏さんのところへ届けてくれ」と川端さんは奥さんに言った。

自転車をひいてくる真杉さんに会った。私の家の自転車だ。五百円で譲ってくれと言われ、よし、売ろうとこの間、言った。うちが金がなくて困っていると見ての中山君の好意だとわかっていたが、それを口には出さなかった。中山君も口に出さない。

大仏さんの家は例によって門はしまっている。台所の門から入って、外から茶室に廻った。庭の防空壕には、水がたまっていた。大仏さんは冬の支那服を着ていた。顔がやつれていた。久米さんが、鎌倉文士の集まりを近く持って、いろいろ相談したいという話をし、貸本屋のことも言った。

「仕事はどう、できる?」

と大仏さんが川端さんに言った。

「まあ、ボチボチ」

「えらいね。僕はやっぱりこの頃、落ちつかなくなった」

「仕事と言ったって、まあ、ボチボチ」

大仏さんは蔵書家だ。いい本だけ、どこかへ移した方がいいなと久米さんが言った。

「移しようがないんだ」

「国宝館など、どうだろう」

「円覚寺に立派な書庫があるんで、いくらか預かって貰えないだろうかと話に行ったら、檀家の道具でいっぱい……」

「籠城」の話になった。米も大切だが、塩も重要だという話が出たら、いい釜があると大仏さんが言った。

「うちの湯殿はスチームで、石炭でたくやつだから、薪となると、このくらい（等身大の円を描いた）いるんだ。とてもかなわないから、五右衛門風呂にしようと思って大釜を買って来た。それで、塩がつくれる」

「割りに簡単に作れるものらしいな」と久米さんが言った。

「でも、手製のは、はじめ腹下しをするらしい」と川端さん。

「ははあ、にがりが取ってないせいかな」と久米さん。外においてある釜を「――これだな、これですな」と見ながら、私たちは外へ出た。

　家へ帰って久し振りに風呂に入った。ながい風邪気がやっと抜けて、身体が常態に復した。一時は肺病ではないかと思った。

　夜、義兄来訪。

　里見弴の『強気弱気』を読む。中戸川の『北村十吉』を読む。

　四月十二日
　暖い。
　敵機編隊来襲。
　高田一夫君来訪。連れがあるとのことで、玄関で立話。さきに義兄に、もし買い手があったら家を売ってその金でどこかへ籠ろうかとも考えていると言ったことがあり、義兄はそのことを同じ社の高田君に話した。そこで高田君が、買い手があるのだが――と言いに寄ってくれたのである。好意はありがたいが、——いられるだけ踏みとどまることにしたので……と高田君に言った。

一時は、騒然たる空気だったが、慌しく逃げ出す人々が(逃げ出し得る人々といった方がほんとうだ)逃げ出してしまったあとは、また静かになった。そして、私や私一家の気持も、落ちついた。残れるだけ残ろうという気持だ。信州の山の中などに逃避できるところがあったら逃避した方が安心で、ほんとうに落ちつけるというものだが、逃げ出せるさきがない。よしあっても、そこで暮せる自信もなく、荷物を運ぶ手だてもない。やむなく、不貞腐って腰をすえる形だ。

庭の掃除をする。

戦争に対しても、先頃までの悲観的なうろたえた気持から脱することができた。底を突いた落ちつきであろうか。

四月十三日
日記を書いていると川端さんが来た。一緒に鎌倉へ行き、邦栄堂書店から川端さんが久米さんに電話をかけた。八幡通りで、久米さんと落ち合い、三人で二の鳥居の前の雑貨店へ入った。土間に自転車が数台おいてある。リュックなどもあって、預り所をやっているのだ。前日、久米さんがここの棚がそのまま使えて便利だというので当って見たところ、

貸してもよさそうだというおかみさんの話だったというのだが、今日改めて行ったところ、品のいいおかみさんが出て来て、

「うちの人と相談しましたところ、どうも……」

という渋った返事。自転車の預り料をすでに何カ月分か前払いで受け取っているのがあるので、やめるわけにいかない。これが断る理由だった。理由としては薄弱である。広い店なので、一部分借りるだけで結構、なんだったら一方で自転車の預りをつづけておやりになってもこっちはかまわないと言ったのだが、

「でも……」

と愚図っている。店をそもそも貸すというのが、いやなのらしい。どうせ商売をやってない、あいている店なら、ひとに貸してもかまわないだろうと、こう思うのは、素人の私たちの考えで、商人の気持としては、たとえ店を閉じていてもひとに明け渡すというのは、好ましくないようだ。理窟でなく、感情である。すぐ簡単に貸して貰えるとばかり思っていた私は、そのわがままな料簡から、思わぬ拒絶にいやな気がしたが、商人の感情に触れ得たことは勉強であった。自分の世間知らずの甘ちゃんの気持を、ぴしりと叩かれた。

第二候補に当ることになった。駅前の通りを八幡さまの方へ曲る角の、大木果実店の売店で、場所としては、この方がいい。

夜、空襲。

四月十四日

過日、留守中に『新太陽』の須貝氏来訪。小説を今度は逃げないで書いてほしいという話。なお十四日に『新太陽』句会を鎌倉で催すので北鎌倉駅に十一時に集合、そのとき会いたいという妻への伝言だった。それで十時四十分の下りの電車を迎えに駅へ行った。昨夜の空襲はまた大分ひどいらしく、電車の不通のところがあり、句会への参集者が果して来られるかしらと思いながら、電車を待つと、四十分ので同社の石田君(註=石田昇)が来た。落花の下で罹災の話をしていると、鎌倉の方から来た和服の青年が、

「新太陽の方ですか」

と私に話しかけた。

「清水基吉です。石塚さんが来られるというので……」

ハキハキした語調だった。石塚友二の友人なのだなと思っただけで、芥川賞の今度の受賞者だとは知らなかった。

次の下りで多田裕計君が来た。多田君が『新太陽』の句会に入っているとは知らなかった。俳句をやっているとも知らなかった。

次の上りで大仏さんが来た。吉屋信子さんと一緒で、

「吉屋さんは茅ヶ崎へ用足しに行って、あとから参会すると言っている」

と大仏さんが言った。褐色のジャンパーを着ていた。

次の下りで須貝君が来た。宗匠の石塚君も同じ電車で、スフの国民服にゲートルをつけ、地下足袋であった。石塚君らしい。昔ながらのかまわない恰好だ。横に橋本英吉氏がいた。

私はただ須貝君に会うだけのつもりでここへ来たのだが、なんだか久しぶりに俳句をやってみようかと気持が動いた。それで、ここから歩いて建長寺に出、鎌倉へ行くという皆と別れ、直接、大仏家へ行くといって、鉛筆と帳面を家へ取りに戻った。ちょっと机に坐って、俳句ができるかどうか、気持をしらべてみた。初心の上に、すっかり離れていたので、見当がつかない。とにかく行って見ようと電車に乗って、大仏家へ行くと、みんなはまだ来ていない。八幡さまあたりにいるのだろうと、行ってみると、果して池のあたりをぶらついている皆を見出した。境内には、紐やボタンなどを売っている露店や靴直しが出ていて、人だかりがしていた。人が出ていた。空襲の翌日とは思えぬ、ここはのんびりした風景であった。

いくらあがいてもできなかった。身体の自由がきかないような苦しさだった。七句出すところをやっと三句しかできなかった。

はじめの句に点が入っただけだった。吉屋さんが最高点だった。

会が終ってから吉屋さんと、挨拶をかわした。ジャワの話などをした。吉屋さんは『鶴』に投句しているらしく、そして清水君も『鶴』派で、その関係で知り合いらしく、

「今度は、清水さん、おめでとうございます」

と、吉屋さんが清水君に言った。芥川賞のことであろう。

明日、うちで句会をやりますから、よろしかったらどうぞと清水君に言われ、私は「はあ――」と言った。

四月十五日
新聞に十三日の爆撃の記事が出た。
Ｂ29帝都を無差別爆撃
宮城の一部にも火災
明治神宮（本殿拝殿）焼失
百七十機来襲　四十一機撃墜
東京新聞に主な罹災地域と施設が簡単ながら発表されている。はじめてのことである。新しく情報局総裁になった下村氏（註＝下村海南）が、これからは事実をできるだけ知らせるつもりだと声明していたが、そのせいであろうか。
畑を耕す。里芋の植付。
海棠、木瓜《ぼけ》が咲く。
吉川誠一君来る。三雲君来る。

三雲君は中山家に行き、吉川君と私とは川端家へ行った。川端さんは海軍報道班員になっていた。その交渉に行ったのが、吉川君である。前々日、川端さんは、報道班員になることを承諾したが、一度報道部へ行ってみねばなるまいと言っていた。そこへ吉川君が来たので、その話を吉川君にして、一緒に川端さんのところへ行ってみようと言ったのだ。

小島政二郎氏夫妻が来ていた。鑿岩用の鎚とのみを手にして、

「わたしンところも、これで横穴を掘ろうかな……」

と小島さんがいうと、

「お掘んなさい」

と川端さんがすすめる。川端さんはその鎚とのみで裏に自分で防空用の横穴を掘った。

「力がいりやしないかしら」

「力なんか、ちっともいりませんよ。ひとりでコツコツやっていると、何んにも考えないで、いい気持ですよ」

この頃買った鎚とのみだそうで、いくらかできが悪くやわらかいのかもしれないが、それにしても、鎚の当るのみの頭がまくれたようになっていて、川端さんの努力のほどが偲ばれる。

「頼むと三千円かかりますからね」

川端さんは笑いながら言った。自分でやれば、つまり三千円稼ぐことになる。

「原稿を書くよりいいですよ。原稿を書いて三千円稼ごうとなると大変ですからね」

みんな、笑った。小島さん夫妻は川端さんの掘った横穴を見学に行った。

私は吉川君を残して、ひとりで中山家へ行った。

吉川君も家に泊ることになった。（註＝三雲氏宿泊）東京と違ってのんきだなアという吉川君たちに手伝って貰って蒲団を敷いた。寝ようとしたら高射砲がなり出した。横須賀辺と思われる空に、物すごい曳光弾の線の交錯だ。これはひどそうだと、みんなで中村さんの裏の穴へ行った。隣組の人も集まっている。

敵機は一機ずつ北の空を行く。照空燈にまるで送られるようにして東へ行く。次から次へと、やってくる。

東の空が赤くなった。ピカッピカッと空が光って、投弾と知れる。東京だろうか横浜だろうかという話が交わされる。

穴の向う側、藤沢茅ヶ崎に向った方から、歓声と拍手が聞えてきた。敵機が撃墜されたのだという。

実に執拗な波状攻撃だ。そのうち、ビューッという飛行機の急降下のような、また大型爆弾の落下のような音が聞え、私たちは穴のなかに飛び込んだ。

四月十六日

電車は大船までしか行かない。京浜間不通というので、その辺がやられたことが察せられる。新聞は来ない。

四月十七日

中山義秀君来る。清水崑君の家の前に、私も知っている山村一平君が住んでいて、同君が貸本屋の話を清水君から聞いて、警察署の前の茶店を知っているから紹介していいと言ったという話を、中山君が持って来てくれたのである。昨日、例の大木さんの店は、やはり駄目だという返事があった由、久米さんから聞いた。そこで、川端さんの奥さんが八幡通りの「ちゃわん屋」という呉服店のおかみさんから店を他に貸すという話を聞いたというので、奥さんに当って貰うことにした。候補が二軒駄目になったが、また新しい候補が二軒できたわけである。

四月十八日

沖縄に、戦果が続々と挙っている。

空母等廿二艦船を撃沈破。

東京新聞に貸本屋のことが出ていた。

文士が産業戦士の貸本店

〔鎌倉〕文化人の多数が帝都から地方に疎開した決戦下、文化運動は各地方地方で強力に働きかけねばならない。鎌倉文化聯盟では率先して運動に着手することになったが、先づ鎌倉ペン倶楽部の母体となつてゐる同聯盟文学部では久米正雄、大仏次郎、里見弴、川端康成、高見順、真杉静枝氏らの計画で産業戦士が書籍入手に悩んでゐる現状に鑑み、会員の蔵書の一部を集めて貸本屋を開くことに決定、鎌倉駅前附近に場所を選定中で、開店の暁は高見順氏が店に坐つて大番頭をつとめる外、久米氏らが交代で店員役をつとめる

隣組の田辺さんの家へ川崎の罹災者が来た。川崎からここまで歩くつもりで、出たところ、横浜から電車に乗れてホッとしたという。中村さんがその罹災者から聞いた話だというが、一緒に避難した人のなかに、老いた父親が病床についていたのを背負って逃げたのがあった。逃げるうちに火煙に巻かれ、背中の父親がこう言った。わしはどうせ寿命のない身体だから、ここで死ぬ。わしをここにおいて逃げるがいい。わしを背負っていたのでは逃げきれない。わしを捨てて逃げなさい。——そう言われて、病いの父親をそこにおいて逃げ出した。翌朝、火がおさまってから、戻って見ると、その父親は、その場に、——焼死ではなかったが、煙に窒息して死んでいた。

なんというむごたらしい話であろう。老父がなんと言おうと、火煙のなかにおき去りにして自分だけ逃げ出すとは、——わからない。その心事がわからない。

四月十九日

昨日の五時のニュースに、軍艦マーチが奏され、空母五隻を撃沈したという大本営発表が報道されたが、今日の新聞にはいちように今こそ待ちに待った勝機が来たと書いてある。

朝日は「勝機の把握今にあり」、毎日は「勝機把握は今、一億〝特攻〟に徹せん」、読売は「今にあり勝機の把握」。社説の題目は、朝日「勝機に立つ試煉」、毎日「絶好の機到る」、読売「生産陣奮起せよ」。

東京新聞に、高村光太郎氏が『戦災記』を書いている。十三日の爆撃で、とうとう高村さんの家も焼けたのだ。

「書物は一冊も出さなかつた。今後私の書く詩から書臭が抜ければもつけの幸である」

書臭――何かどきッとした。

浅草の映画館が近く開かれるらしい。焼野原の真中で開いて、どうするのかと思うが――。

東京新聞の芸能欄（註＝広告欄）を見ると、小屋が昔と比べて十分の一くらいになっている。それでも、東京の罹災から考えると、随分と沢山ある。不思議に焼けてないと思われるところがある。「当分休場仕候」とあるのは、半焼のところだろう。

藝能欄・映畫と演劇

番組	館
日本ニュース一括封切	銀座全線
むすめ	名畫座
突貫驛長	中野映畫
撃滅の歌	荏原大映
休場仕候	京濱映畫
紅顏鼓笛隊	澁谷松竹
	横濱松竹
後に續くを信ず	成子松竹
休場仕候	板橋松竹
間諜海の薔薇	人形町松竹
名刀美女丸	麻布松竹
支配者	武藏野館
祖國に告ぐ	銀座松竹
祝言太閤記	百軒店松竹
休場仕候	神田松竹

今週の東寶系番組（十八日迄）

番組	館
海軍省後援 桃太郎海の神兵	日比谷映畫
同時上映 航空體育	新宿東寶
紅顏鼓笛隊	横濱寶塚
陸軍特別攻撃隊	牛込東寶
海の虎	薬師東寶
名刀美女丸	根津東寶
當分の間休場仕り候	志村東寶
姿なき敵	千住東寶
マライの虎	荒川映畫
希望音樂會	後樂園映畫
忠臣藏	神田東寶
世紀は笑ふ	新宿文化

十二日ヨリ十八日迄日活系番組

番組	館
近日開館	淺草富士館
桃太郎海の神兵	新宿帝都座
紅顏鼓笛隊	横濱日活館
撃滅の歌	川口日活館
	上野日活館
	川崎帝國館
海の薔薇	横濱帝國館
必勝歌	日比谷日活
父子櫻	浦和劇場
格子なき牢獄	鳥越日活館
姿三四郎	品川日活館
當分休場仕候	荏原館
當分休場仕候	動坂松竹館
當分休場仕候	池袋日勝館

番組	館
撃滅の歌	芝園館
後に續くを信ず	大井昭榮館
近日開場 尾上菊五郎久々の出演	新橋演舞場
劇團たんぽぽ 陽春公演	邦樂座 丸ノ内三八一
新青年座 森川信一座公演	第一劇場 四谷四七八四
作文館舊ムーランルージュ	新宿座 四谷三一六四
新生喜劇座 清水金一一座公演	新宿松竹館 四谷〇三四一
松竹演藝大會	金春演藝場 銀座三〇七二
輕喜座伴淳三郎一座 明石潮一座石田一松	澁谷ジュラク
小夜福子 灰田勝彦 音樂劇公演 「家庭音樂會」「安南の結婚」 零時半ゟ二回	東横映畫劇場
當分休場仕候	神樂坂演舞場
毎日一時より三回	帝都座演藝場
當分の間休場仕候	蒲田大東亞館

四月二十日

草の緑をしみじみ美しいと思った。

われは草なり
伸びんとす
伸びられるとき
伸びんとす
伸びられぬ日は
伸びぬなり
伸びられる日は
伸びるなり

われは草なり
緑なり
全身すべて
緑なり

毎年かならず
緑なり
緑の己れに
あきぬなり
己れの緑をいとわぬなり
趣向をかえて
赤ねらう
莫迦は決して
なさぬなり
われは草なり
緑なり
緑の深きを
願うなり

四月二十一日
庭のつつじ、赤い芽を出す。
ベルリン攻防戦の火蓋が切られた。

煙草が切れてしまった。かかる時の用意にと妻が吸い殻を取っておいた。それを吸っている。それを箱に入れて家を出た。駅で電車を待っていると、妻が自転車でかけつけ、私を呼ぶので、何事かと思ったら、配給の煙草を入手できたというのだ。「光」の箱を線路越しに投げてよこす。中身はきんし。一日三本宛の配給だから、一箱と言えば三日分だ。

　東京駅で中央線に乗りかえ、飯田橋で降りる。神楽坂を見ると、すっかり焼けて、はげ山になってしまった。坂の入口の左側が、すこし助かっている。そのなかの一軒の文具店で花を売っている。飾窓の赤い大輪のチューリップの色が、なまなましく眼を射った。

「寿司屋だったんだね」

　道行く人のそういう声に、私も道ばたにころがった大皿に眼をやった。寿司の皿だ。右側の、たしか「亀ずし」と言ったと思う。握りのめしが大きくて閉口したことがある。

　毘沙門天も焼けた。高麗犬（註＝コマ犬の像）が焼けのこって、なんにもない前に番をしている。紅屋も焼けた。第一公論社も焼けた。電車通りに出た。交番も焼けた。その反対側、あれは何という名だったか、小さな寄席、あれもない。

　本郷の高台が、すっかり見える。建物が焼けて、はじめて見えるのだ。安田講堂の時計台が見える。

　赤城神社も焼けた。

　消防署の手前で、火がとまっている。新潮社は、たすかったのだ。防火装置をしきりにしている。応対の親切だったこの社も、さすがに受付に誰もいないで、電話が窓口に出してあり、御用の方は電話で呼び出してほしいという意味のことを書いた紙がおいてある。だがその電話も通じなかった。そこへ、顔見知りの女子社員が来合わせて、二階の応接室へ案内してくれた。途中で佐藤出版部長と顔を合わせ、思わず「おめでとうございます」と言った。焼けないでよかったという意味だが、おめでとうは変だったと、言ったあとで、思った。渡辺さんが出て来た。私に手紙をくれた橋本晴介君は、中山君と私とに会いに鎌倉へ行ったという。原稿の話をして辞去。

焦土の神楽坂を降りる。坂下の焼けのこったところに、女の物売りが出ていた。千代紙などを売っている。「見物」相手の商売か。

たくましい。人間はたくましい。たくましいのは支那人だけではない。日本人だってたくましい。

省線で新宿に行った。新宿駅は、いつも通りの混雑で、変りはないようであったが、出てみると、駅前は焦土だ。紀伊国屋は、これは駄目かなと思って、その方へ行くと、左側は焦土で右側は助かっている。その助かった側の人道に、この前来た時と同じ物売りがいっぱい出ていて、それぞれ人だかりがしている。そのゴミゴミした感じは戦乱後の支那街にも負けない汚さだった。

紀伊国屋は助かっていた。隣りまで焼けて助かっている。この前ここへ来た時、「僕は、ここに頑張ります」と言った田辺君の一種不敵な面貌が思い出された。その自信がここを救った。そんな気がした。

ここへ来た目的は、本の包紙が残っていたら、貸本のカバーにいくらか譲って貰えぬかというためだった。もう残ってはいまいと思ったら、残っているという。見せて貰ったら、紙質の厚い上等なものだった。

遊廓を見に行った。残っているのだ。さすがに遊客らしい人影は見えなかった。静かであった。京王電車前で都電に乗った。

四谷見附で降りた。両側とも焼けている。せんだって里村君の葬式のあった、角の文化奉公会事務所（もとの骨董屋）も焼けてしまった。

省線に乗る。水道橋駅のホームの壁が両側とも焼けおちて、両側の焼野原が見える。御茶ノ水で降りた。本郷へと歩いたのだが、三丁目までずっと焦土の連続だ。この道は、帝大に通っていた頃、三カ年往復したところだから、感慨無量だ。知っている店、家並はことごとく消え失せた。

三丁目の先も焦土の連続だ。そして赤門前の赤門ビルで、とまっている。

「おお！」

と私は思わず言った。（わが青春の墓地！）

地下室に松田川というカフェーがあった。一高の頃、毎夜そこへ酒を飲みに行ったものだ。美人の娘がいたのだ。

――赤門は無事だった。外から見たところ、なかの帝大も無事だった。訪れると、一穂氏は留守、奥さんが、鎌倉へ行ったのだという。鎌倉の親戚へ、秋声先生の著書、日記、原稿等、それから衣類など預けたのだが、その親戚が鎌倉からどこかへ移るについて、預けた品を至急他へやってほしいと言われ、そのことで行ったと聞いて、他に適当なところがなかったら、うちへどうぞと地図を書いた。

三丁目から上野広小路の方へ。焼けた銀行に「金庫無事」と書いた木の札が出してあった。焼けた家の跡には「家族みな無事」と出してある。

四月二十二日
先日、こういう電報が来た。
ニニヒ三ジ　ギ　ンザ　ビ　アホウルニコイネコ
ネコは江戸家猫八（註＝木下華声）。猫八からはハガキが、避難先から、次に東京に戻って板橋から、再三来ていた。気にしながら返事を出してない。で、今日はどうしても会おうと思った。川端家へ昼行く約束だったが、妻に電話で断ってもらった。そして、どうせ東京へ出るなら、早目に出て、私が少年時代を過した麻布の様子を見に行こうと思った。
田町駅に十二時すぎに降りた。このあたりは無事である。駅前で東部軍情報の解説図を売っている。汚い小さなザラ紙の印刷で、三十銭である。

新堀町の私のもとの家は残っていた。隣りは疎開で消えていたが。——竹谷町に出た。私の通った東町小学校は、昔のままだった。前の赤レンガの邸宅も昔のままだ。なつかしい。学校に沿った横町へ入った。突き当りの岡本さんは、私のうちでいろいろ世話になったところで、ここまで来たのだから挨拶して行こうと思ったら、——家が潰れている。強制疎開だ。ごく最近、取りこわしたらしい様子だ。

善福寺の前に出た。前がひどく荒れている。なかに入って見ようかと思ったが、先が急がれるので、そのまま通りすぎると、やがて焦土が眼前に現われた。十番通りはすっかり焼けている。飯倉の丘がすぐそこのように見える。

「鳥居坂署が焼けたと新聞に出てはいたが……」

私は心の中で言っていた。何か、十番通りは助かっているような気がしていたのだ。ここは、小学生時代の遊び場だった。

「母に話したら、どんなに驚くだろう……」

ここの縁日も、賑やかだった。楽しみだった。——アセチリン瓦斯《ガス》のにおいが蘇ってくる。

一ノ橋に出た。橋際に、むかし、第三福宝館と言った映画館があった。焼ける前は、どうなっていたのだろう。焼ける前に、一度見に来ておけばよかったと悔まれた。ここで私は初めて活動写真を見た。立花貞次郎が扮した薄命の女の悲劇に泣き、尾上松之助の活劇に胸を踊らせた。「レッド・サークル」を見たのも、ここだ。「ジゴマ」も、たしか、ここで見た。

新田の家（註＝赤坂伝馬町）に行った。このあたりは無事である。

四月二十三日

久米、川端、中山、私とで貸本屋の相談。久米さんのお酒を川端家のご馳走で飲む。川端さんは急に明朝基地へ出発と決定。期せずして壮行会となる。

川端さんの案内で「ちゃわん屋」へ行く。

そこの女主人の案内で、並びの鈴や玩具店へ行く。そこの主人は、おとなしいいい人だった。貸してくれるという。私たちは喜んだ。

「明後日から本を入れたいと思いますが……」

「どうぞ」

――これで、やっと店ができた。家賃の話は川端さんの奥さんにして貰うことにした。

四月二十四日

ソ聯軍が遂にベルリンに入った。

空襲警報。

午後、妻が三国に送る荷物を作っていると運送屋さんが来て、手伝ってくれた。運送屋さんの顔で、荷物を出せることになったのだ。

最近の世間話から。
○爆弾除けとして、東京では、らっきょうが流行《はや》っている。朝、らっきょうだけで（他のものを食ってはいけない）飯を食うと、爆弾が当らない。さらに、それを実行したら、知り合いにまた教えてやらないときめが無い。いつか流行った「幸運の手紙」に似た迷信だ。
またこんなのも流行っているとか。金魚を拝むといいというのだ。どこかの夫婦が至近弾を食って奇蹟的に助かった。その人たちのいたところに金魚が二疋死んでいた。そこで、金魚が身代りになったのだと言って、夫婦は死んだ金魚を仏壇に入れて拝んだ。それがいつか伝わって、金魚が爆弾除けになる、という迷信が流布し、生きた金魚が入手困難のところから、瀬戸物の金魚まで製造され、高い値段で売られているとか。
○焼け出された当座は、さっぱりしたなどと言っていても、やがて気持がひねくれ荒んでくる人が多いという。なかには、国のために焼かれて、無一物になったのだと言って知らない人の家でもどんどん入って行って、国のための犠牲者、罹災者なんだから泊めてくれというのもあるとか。ひどいのになると、焼け残った家から、いろんな物を堂々と持ち出して行く。

「焼かれるより、焼け残される方が、こわくなりそうだ」

と某君は言っていた。

四月二十五日
乳母車に貸本用の書物を乗せて、妻と鎌倉へ持って行く。川端家へ行く。川端さんは予定通り発ったという。奥さんと三時に「ちゃわん屋」で落ち合う約束をして、私は小島家へ行く。貸本の書物を出して貰う話をする。途中で川上喜久子さんに会った。
三時に川端夫人に会い、「ちゃわん屋」の女主人とともに、鈴やを訪れ、主人に家賃を払う。一月百円という話であったが、「ちゃわん屋」の女主人が、高いと言って、掛け合って、九十円にまけさせた。
○貸本屋の番頭になることを一向に厭《いと》わない。何になっても、——なり下っても、私は作家だからである。食えないので、やる以上、何になろうと平気である。

四月二十六日
久米家へ行った。

近日開店の広告を店に出す前に、みなで警察へ挨拶に行った方がいいだろうという話。明日は久米さんが用があるので、明後日、一時に会おうということになる。

久米さんの本を乳母車に積んで、ヨイショ、ヨイショと押して行った。何か恥かしかった。——恥かしがることはないんだと自分に言った。

夜、岩野泡鳴五部作の『発展』『毒薬女』を読む。

四月二十七日

佐藤俊子女史の死を新聞で知る。

庭のツツジが真赤に咲いた。赤いチューリップも花を開いた。

『放浪』を読みはじめる。店へ行かねばならぬのだが——。

四月二十八日

店で久米さんと落ち合う。中山君、川端夫人来る。川端さんの代理として夫人に来て貰ったのだ。警察へ挨拶に行った。特高をのぞいたが、主任は不在だった。

店へ帰って、本の整理。

客が次々に入ってくる。まだ開店していませんからと、ことわるのに忙しい。遠藤氏（註＝早見美容院主人）来る。署長に会ってくれた由、いろいろの助言をしてくれる。

私も、責任重大を感ずる。

四月二十九日

人はなぜ小説を読むのか。

人間の運命を、人間の生き方を、――人間を知ろうという気持が、人間をして小説を読ませるのだ。

泡鳴五部作を読みつつ、今さらながら、そういうことを感じた。

新聞の報道により、敵がトングーに入ったことを知る。(ビルマ戦線)

もう少しでラングーンだ。

伯林も「攻防最終段階」に入った。

九州へ連日敵機編隊来襲。

『文学報国』一月二十日、二月一日の両号が一緒に来た。前者にのっている唐木順三の文芸時評は、最近の文士の名士化を戒めている。適切な警告だ。「統制下のラジオや新聞は名士と市井人を平均化する傾向」をもっている。いわゆる名士の言葉は内容表現ともに千篇一律に陥っていて、国民はもう聞こうとしない。そこで、正直な文士の言を聞こうとするが、文士がまた名士化している。日本文学の問題としても、看過できない。

四月三十日

朝、空襲警報。

午後、店へ出る。清水君（註＝清水崑）のところへ来た小泉君に、店の事務を専任としてやって貰うことになった。

本は、保証金三円、五円、七円、十円、十五円、二十円、特別の七種にわけた。その分類は私がひとりで当った。千冊近い出品だからさすがにうんざりした。

五月一日

開店。——遮二無二、開店という感じだ。

「よくまあ予定通り開けましたな」

と言われ、

「全く——」と私自身言うのだった。これで私もひとまずほっとした。ひきうけておいて開けなかったら、面目丸潰れだ。——しかしこれからが大変だ。

久米さん夫妻、川端夫人、中山氏夫妻、小島さん夫妻、横山（註＝横山隆一）、清水、大仏、林（註＝林房雄）、永井（註＝永井龍男）の諸氏、——まず総出動の形で、手伝ってくれる。

百名あまりの申し込みがあった。現金千余円。——派手なようで、これは預りの金だ。

ムッソリーニ逮捕さる。

ドイツ降伏説あり。

五月二日

雨。

一時に店へ行く。雨で客足が落ちるかと思ったが、そうでなかった。やがて雨がやんだせいもあるが、ひっきりなしの客だった。朝日の神奈川版に、「鎌倉文庫」大繁昌という記事が出ているという。（私の家のは未着）それが宣伝になっているせいだろうか。昨日より客は多いように見えたが、新規申込百余名。

大体一日百名ときまりそうだ。

妻、電球を持って来る。そのまま、店番。

家へ帰ると新聞が来ていた。ムッソリーニが殺された。

くたくたに疲れて、何んにもできない。これでは困る。

七時のラジオ報道でヒットラーの薨去《こうきょ》が報ぜられたと母がいう。驚いたが、しかしありそうなことだ。九時の報道を、今か今かと待って、聞いたが、海外情報は、ベルナドッテ伯がヒムラー内相とは会わなかったと、記者団との会見で言ったということと、安南帝国政府が現タイピン省総督ファン・グー・トァイ氏を欽差大臣に任命したということ、それだけで、ヒットラーの薨去に関しては、何も言わない。

五月三日
ヒットラー薨去が報ぜられた。後継者として立ったデーニッツ提督は、戦争の継続を声明している。するとヒムラー総司令官の降伏申し入れはどうなるのだろう。
タラカンに敵上陸。

五月四日
つばめが、いつかもう南から渡って来ているのに気づく。爽やかな朝の空気のなかで、楽しげにさえずっている。
ベルリン陥落。

五月五日
閉店まで働いた。
夜、有島武郎『或る女』を読む。

五月六日

店を休んで、原稿を書く。

敵、ラングーンに迫る。

五月七日

新緑が眼にしみる。

原稿清書。倉橋君来る。伊東の秦氏来る。かねて売却依頼の品々の金を持って来てくれる。

沖縄の敵に対して連続猛攻。

東郷外相の声明あり。

五月八日

定刻（一時半開店）より早く店へ出て、本の整理。同人より続々本の供出あり。

横光さんの『旅愁』ありませんかと、よく聞かれる。主に若い女だ。あったのだが、貸出中なのだ。ほかに横光さんのもの何かないでしょうかと言われる。供出本のなかに横光さんの本はすくないのだ。それで今日、家から全集を持って行った。「読者へお願い、必ず御返却下さい。高見」と書いた紙を一冊ごとに貼っておいた。
敵ダバオに入る。
市村羽左衛門死す。

五月九日
ドイツ遂に無条件降伏。
ドイツが遂に敗れたが、来たるべき日が遂に来たという感じで、誰も別にこの大事件を、口にしない。大事件として扱わない。考えて見ると不思議だ。
次から次へと事件がおこるので、神経がもう麻痺している。鈍くなっている。そういうところもあるだろう。自分の家が危いときに、向う河岸の火事にかまっていられない。そういうところもあるだろう。それに――私はどうも、ヒットラーが好きになれなかった。英米の謀略宣伝にかかっているのかもしれないと充分反省はするのだが、ナチというのが神経的に嫌いだ。これは、私だけではないようだ。大方、そんな感情のようだ。ドイツが遂に倒れたと聞いても、同情と傷心をそう感じないのは、そんなせいもあるようだ。しかし、ドイツの国民はかわいそうだ。

五月十日

店へ出るのが億劫だった。

自分の内部にこもりたい想いの切々たるものがあった。

そして、自分の内部にこもる必要というものが切々と感じられた。今の状態では、それが許されないだろうが、少くとも一週間に何日かはそういう日をつくるようにせねばならぬ。

妻に、かわりに出て貰って、舟橋聖一『岩野泡鳴伝』上巻を読む。島木君が店に供出した本のなかに、これがあったのだ。ちょうど読みたいと思っていたところなので、持って帰ったのだ。

夕刻、店へ顔出し。徳田一穂君来る。

夜、『泡鳴伝』読了。

五月十一日

新聞に左のような記事が出ている。

敵二割を斬込殺傷

タラカン攻防戦本格化

〔ボルネオ島基地報道班員十日発〕

タラカンの陸上戦闘は敵の攻撃態勢整備とともに漸く本格的攻防戦の様相を呈し、敵は圧倒的兵力量をもつてわが陣地内に浸透を試み現在戦線は西海岸飛行場南側、同浄水池から油田地帯にかけて拡大せんとしつつあり、飛行場地帯並に浄水池方面のわが陣地に対する敵の砲爆撃は熾烈を極めてゐる。

わが方は連日挺進斬込隊を敵中深く潜入せしめて敵に多大の出血を強要してをり、服部一曹以下の斬込隊は一日夜軽機を有する敵兵二十名以上を爆砕、村井伍長以下数勇士は幕舎二、人員三十名以上を爆砕、また北尾上曹以下の挺進隊の如きは六日夜敵陣深く斬込み人員殺傷七十五、幕舎一、自動貨車一、機銃座二を爆砕するなど既に敵兵力の二割弱に当る千五百名を殺傷してゐる。

この肉攻隊の活躍に戦々兢々たる敵は夜になると警戒を厳にし虎の子の戦車の如きは後退せしめ原住民を弾よけとして陣地構築に狂奔し、極力わが攻撃を回避せんとしてゐるが後方に待機中のわが新鋭特攻隊は幾組にも分れて連続出撃してをり、わが出血作戦はやうやく本領を発揮せんとしてゐる。

なんともいえない口惜しさ、腹立たしさ、いら立たしさを覚えさせられた。敵に明らかに押されているのだ。敗けているのだ。なぜそれが率直に書けないのだ。なぜ、率直に書いて、国民に訴えることができないのだ。

今までも、いつも、こうだった。だから、国民は、こういう気休めの、ごまかしの記事にだまされはしない。裏を読むことになれさせられた。すると、何の必要があって、こういう記事でなければならないのだ。

こういう気休め的表現のために、或いは、国民にタラカンの危機を感じさせないかもしれないのだ。記事がすでにマンネリズム的表現になっているため、読まないのもいるのだろう。――これはタラカンの場合ばかりではない。

こんなことで、この苛烈な戦争が切り抜けられるだろうか。

妻にかわりに店へ出て貰って、読みかけの『或る女』を読みはじめたが、疲れているせいか、その脂っこい、くどい描写にたえられず、やめた。

夕刻、店へ行く。

五月十二日

母、三国へ行く。

五月十三日

店へ歩いて行く。

何事も我慢だ。人生は我慢のつづきだ。――そんなことをつぶやいていた。店で潰れる時間が惜しいのだ。

我慢せねばならぬ。

そして我慢を外にあらわしてはならぬ。

人生も、——小説も。

*

五月十四日

我慢。出勤。黙々としておれ。

店で——。

十八ほどの娘が、立ち読みをしている。混んでいるので皆の邪魔になって、しようがない。しかしその娘は断乎として、どかないで、立ち読みをつづけている。腹が立った。どこかの女中のようだった。邪魔なのは困ったが、みなの邪魔をしつつ、夢中で立ち読みをしている姿は哀れだった。ひどく哀れに見えてきた。いっそ、本をやろうかとさえ思った。

そういう自分の気持の動きをまた考えた。

自分を軽蔑する気持も起った。自分の甘さに対してではない。自分をいい子にしていることに対して。

店でもいろいろ「勉強」はできる。全くの時間潰しでもない。

五月十六日

沖縄が危くなった。沖縄は大丈夫だろうと思っていたのだが。

新聞が一斉に危局を報じている。読売の見出し「ここ数日の推移重大、首里那覇に敵接近、皇軍各所に出血戦展開」、毎日は「沖縄守るは地上戦、艦船撃沈で勝勢計算は早計、総力撃滅の一途のみ」、いずれも一面のトップ。

ラングーンが、これで（註＝朝日の戦局解説記事）見ると、落ちている。すでに新聞に出ていたのかもしれないが、気がつかなかった。新聞は毎日かなりていねいに見ているのだが、出ていたにしても、見落すような小さな扱いだったのだろう。

小田君はどうしたろう。ラングーンにいた時、私の親しくしていたビルマ人達はどうしたろう。門谷君ことモン・ソン君、ウ・サン・モン君……。

五月十七日

秋山君来たる。片岡家の鎌倉文庫への供出本持参。なお彼の工場で、新しい映画を慰安用に映写したいから、東宝あたりの宣伝部に紹介して欲しいという。工場でやる映画がいずれも古いのばかりで、工員がそれでは喜ばないというのだ。話をしているところへ、警報。「敵数目標……」という情報放送に、それ来たと顔を見合わせる。

万全の防空態勢を整えよとラジオはいう。小型機だという。やがて空襲警報がなった。高射砲がなった。米の袋と原稿を入れたトランクを庭に持ち出し、非常袋を持って秋葉さんの洞穴へ行った。が、あっけなく解除になった。

中村さんの家の裏に海軍の兵隊が穴を掘っていたが、この数日来、セメントでトーチカを作り出した。それを終ったと見え、今日は兵隊の姿が見えない。

なお、新しい穴を高尾さんのところの岩山に掘りはじめるとのことだ。秋葉さんの庭に測量柱が立ててあった。

東京を第二の伯林にしてはならぬ。誰もが、そう思っているのだろうが、そういうことを口にすると、引張られる。東京あたりで、随分それで引張られている者があるという。

店へは妻にかわりに出て貰って、私は書斎にこもった。店から持って来た山村君（註＝山村一平）供出のドラクロアの『芸術論』（植村鷹千代訳）、岡田真吉君供出のシズリ・ハドルストンの『巴里の芸術家たち』（益田道三訳）などを読む。

『新女苑』の清水君来る。泊って貰って、自分は『番頭の記』を書き、朝日新聞に届けて貰うことにした。『番頭の記』というのは、先方の記者の出した題で、鎌倉文庫について書いて欲しいという。「題は、番頭の記として頂きたいのですが――」と言われた時、私はちょっと、いやな気がした。「文庫」の番頭役を私は久米、川端さんに対して、年下の後輩の故に自ら申し出た。推進役を以て任じたのである。新聞のゴシップにも「高見順が番頭をつとめる」と出、事実、番頭に違いないのだが、記者からそう言われると、作家としての自尊心——否、虚栄心を傷つけられ、不快だった。

あとで、自分はまだできていないなと反省させられた。私はなんになろうと作家なのである。番頭と言われて、不快を感ずるのは、作家としての自信が不動の強さでないからに違いない。そう反省した。

五月十八日

いつの世だって自由にものが書けるという時があったろうとは思えない。あっても、ほんのわずかな時だったろうと思う。いつの世の作家も、不自由をかこたないで書き得たというのはないだろう。が——。

私ははじめから戦々兢々とした状態でしか書き得なかった。これが生涯続くのであろうか。

警戒しながら書いたとは言え、初期の暗い作品はまだ、全心の吐露という感じがあった。今から思えば、まず満足すべきものだ。

それらは当時「暗い」と言って散々にやっつけられた。私の仕事は、理解されなかった。だがその口惜しさより、今から思えば、自分がまだ自分の仕事の真の姿を理解していなかったその口惜しさの方が大きい。

しかし己れを吐露した真の仕事（私はこれを自惚れとは考えない。）というのは、常にそういうものかもしれない。自分で隅から隅まで理解できる、理解しているというような仕事は、結局大したものではないのだろう。

ああ、己れを吐露した仕事がしたい。否、せねばならぬ。

五月二十二日

昨日、店から帰った妻が、ＮＩ氏の紹介状を持った△△（註＝海軍。海軍燃料廠の人と記憶する。）の人が店へやって来て、本を寄贈してほしいと言ってきたという。聞いて私はカーッと腹が立った。道楽でやっているのではない。食えないから、やっているのだ。大事な時間を潰して「番頭」をやっているのだ。金さえあれば、家で勉強したいのだ。金がないから、我慢して、稼いでいるのだ。――食えない文士が、どうしてそうサービスをせねばならないのか。飛行機工場は、無料で飛行機を寄贈しているだろうか。

五月二十四日

午前一時半、空襲警報。

戸塚の日立工場に被害があった由、田口さん（註＝近所の同工場勤務の人）のところへ迎えが来た。

出勤。川端さんがひょっこり帰って来た。（註＝海軍報道班員として九州の基地に行っていた）黒く陽やけしている。夏目伸六君に『文藝春秋』の小説原稿依頼さる。

五月二十五日
明治大正文学全集・『田山花袋集』で『蒲団』を読む。

十二時、空襲警報。警報解除後、店へ行く。夏目家より漱石全集の出品あり。文報事務局の山沢種樹君、店の様子を機関紙に出すとのことで来訪。三田小山町の久保田万太郎家が焼けたという。

夜、空襲警報。

ラジオの情報によると、物すごいようだ。一機ずつ来襲。

便所に行くと、裏山の向うの東の空が真赤だ。裏山の頂上に出て「おー」と叫んだ。息をのんだ。東京と覚《おぼ》しいあたり、夏の入道雲のような大きな煙、腐肉のような赤と黒の入りまじったなんとも言えない気味の悪い色をした煙がモクモクとあがっていて、その上の空が地上の焔の反射で真赤なのだ。煙は芝居の背景か何かのように、動かない。その動かないのが一段と凄味を加えた。照空燈に照らし出された、小さな点のような敵機が一機ずつ、その巨大な煙の塊の上を行く。高射砲弾がパッパッと炸裂する。

焼夷弾がまた、空の中途でピカッピカッと光って炸裂して、尖った蜘蛛の巣が落ちるような形でゆるゆると地上へ迫って行く。音は全然聞えない。光だけだ。それ故、この世の出来事でないような凄惨な怪奇さだった。地獄、――と言いたいところだが、それでは実感の伴わぬ空疎な形容詞になってしまう。

焼夷弾は次から次へと落ちて行く。――下の、すごい火煙のなかの同胞を思う。いたたまれない、――眺めて、見物していることにたえられない気持になった。

五月二十六日

雨。大火のせいだろうか。

宮城炎上を知る。

新聞未着。電車不通。

今日と明日の二日、鎌倉は防空演習。店の前へ、白旗を立てた自転車が通る。これが「敵機」である。店内の客に「退避」して貰うと間もなく、店の前へ「爆弾」落下。隣組の人たちと一緒にバケツで水をぶっかける。次から次へと「爆弾」落下。

町内会の演習である。町内会長の講評を聞きに、「集まれ!」の号令とともに私は店を代表して、駆けて行った。男は私と学生だけだった。あとは女ばかり。

家へ帰ると、母が故郷から帰っていた。昨夜の爆撃の最中に汽車に乗っていたのである。

名古屋方面でも襲われたのだったら危いところだった。

五月二十七日

店へ。前日川端さんに当番日割をきめて貰った。二十七日川端、二十八日中山、二十九日久米、三十日川端……といった順序だ。今日は私は非番だが、日曜なので午後から出た。日曜は十時からだ。大変な混みようだったという。中山君がまた来て会員係をやる。

家へ帰ると、新聞が来ていた。新聞名が次のようになっている。

朝日新聞 東京新聞 日本産業経済 毎日新聞 読売報知	共同新聞

読売と東京の二社が焼けたのだ。共同新聞を朝日と毎日の二社で二通り発行している。大変な被害だ。新田君の留守宅も今度は焼けたようだ。文報の事務所なども駄目だろう。

夜、三代名作全集『花袋集』で『二人の最後』『山の町まで』を読む。『時は過ぎ行く』

のはじめを読む。

花袋は私にとってどうも魅力がない。どういうのだろう。そこをひとつ考えてみようと思う。

五月二十八日

新聞が二紙来た。朝日と毎日。いずれも題名の下に東京新聞、読売報知と入れてある。その二社は社屋焼失で新聞発行不能となったので、その読者に朝日、毎日のいずれかが、かわりとして配布されているのだろう。

電車が東京へ通じるようになったので行ってみようと弁当の用意などし、リュックを背負いゲートルを巻いた恰好も勇ましく、門を踏み出すと、警報だ。ラジオの情報を聞くと、一機ではない。やがて空襲警報になり、東京行きは中止。ゲートルを取っていると、もとの女中が来た。離縁になったという。どうして離縁されたか自分でもわからない、仲人が先方に理由をただしに行くと、「——愛情がなくて、いやだ」という向うの亭主の返事、その母親がまたケロリとした顔で、「気の毒しましたね」そうした話を聞いて、——まるで品物でも貰って、気に入らないからと返して寄越すような話じゃないかと憤りが胸に燃えた。ねえやがまた、不運と思うより仕方がないとあきらめている姿が、可哀そうというより腹が立った。もって行きようのない腹立たしさだった。「また、なんだったら、家へ来なさいと言っておきました」と妻がいう。そういうより慰めようがないのだろう。日本の内部の（その底の方の）暗さ、そういうことを考えさせられた。

この日、今年の蚊に初めてさされた。書斎で一回、夕方風呂に入った時、風呂場で一回。

五月二十九日
寝たと思ったらラジオの情報でおこされた。空襲警報。小型機来襲と知らされ、かねて用意のものを庭に出し、母、妻とともに秋葉さんの洞穴へ行く。新聞持参。神雷隊の発表。

午後、当番故店へ行く。

永井龍男が来て、東京の惨状を語る（註＝五月二十五日の空襲）。銀座は西側はたすかったが、東側は駄目、松屋などは駄目。歌舞伎、新橋演舞場も焼失。東京駅も焼けた。赤坂は？　と聞くともちろん駄目という返事。新田の家も焼失確実だ。

小泉君（註＝鎌倉文庫のひと）のところへ赤紙が来た。警備召集。横浜の焼跡へ行くのだろうという噂。今朝の爆撃は横浜をねらったものだった。五百機というから、横浜は一ぺんで灰燼に帰したのではないか。

「武者さんが『楽天家の反省』というのを東京新聞に書いていたが、我々楽天家もいよいよ反省しなくちゃならんことになった」と林房雄が言った。宅間ヶ谷に焼夷弾が千発落ちたという。鎌倉も、――私の家も、そのうちにはやられることだろう。「本を持ってくる。家において焼いてしまうより、多くの人に読んで貰った方がいいから……」と林房雄は言った。みな同じ気持だった。島木健作、横山隆一なども顔を出した。店は皆の倶楽部の役目をも果している。その意味でも、こういう家を持ったことはよかったと思った。

文藝春秋社の車谷君、夏目君なども来た。共同印刷が焼けて『文藝春秋』の原稿が焼けてしまったという。

家へ帰ると、裏山の向うの空が赤い。横浜がまだ焼けているのだ。やっと東京まで開通した電車が再び大船どまり。東京へはいつ行かれることやら。

五月三十日

日本橋の三越も焼けたという。二十六日に三越六階の映配調査部へ行くはずだった。「冠省、映配の壁新聞その他、企画に協力を乞われましたので、承諾しました。二十六日午後三時までに三越映配調査部へお出で下さい。夕食の用意を他に作るそうです。十九日、文学戦友会」というハガキが来ていたのだ。世話役寺崎浩君のくれたものだ。――その三越が前日焼けてしまったのである。寺崎君の家もどうだろうか。牛込若松町だ。

銀座のエビスビアホールも焼けたという。

店へ小林秀雄が入って来て、

「今ちゃんが帰って来たそうだ」

え？　と皆（註＝久米、川端、中山、永井）は驚いた。もう駄目と諦めていた今日出海君が運よく潜水艦で比島から脱出することができ、台湾へついて、それから飛行機で内地へ来た。逗子の家に無事に帰ったという。万歳！　というところだ。

五月三十一日

店で、おかみさん風の女が「東京から焼け出されて来たものだが、雑誌を売ってくれ」という。なるべく厚い雑誌がほしいという。

「チリ紙がなくて困っているんです」

小泉君が帰って来た。籤のがれの解除。

今日出海君が元気な顔を現わした。

夜、川端家で会食。読書料の計算。

○

＊　この頃――

私はたえず腹を立てている。

誰かに対して。何かに対して。――しかし、自分自身に対して一番多く腹を立てている。

＊　以前と今――

以前は、

軽蔑して、――満足した。

今は、

軽蔑して、――寂しい。

（青春は去った。）

以前は、

先輩の傲慢に腹を立てた。

今は、後輩の傲慢に腹を立てる。

（青春を失った。）

〇

人にバカにされたいと思ったら、――人をバカにしないこと。

もっとも貞淑な細君。

かつて男に惚れたことがない。その男のなかにはもちろん良人も含まれている。

もっとも鋭い批評家。

かつて文学に惚れたことがない。自分の書いているものももちろん文学ではない。

六月一日

ある小説。

精神のおでき。

ある述懐。

「新聞広告がなくなって小説を書く張り合いがなくなった」

大量生産の小説家。

「結局、物量の勝利さ」

六月二日

○卑怯が唯一の長所。それに短所として、少しばかりの勇気。
○料簡が狭い奴だといって怒るのは、その本人が、料簡が狭いから……。
○弱気は自分よりもむしろ他人に有害である。
○彼――。
　彼の洒落はしゃっくりに似ている。
　なかなか出ないが、一度出たらとまらない。とまらないで苦しむ。

平和な時代に彼は月並を嫌い、にくんだ。
異常な時代になって、いちはやくそして最も月並な男になったのは、その彼だった。
彼はりこうぶることが好きだった。
彼は魯鈍な男だったから。
愛想よくしようと努めるほどいっそう無愛想になる彼。

＊

　今日は私の当番。妻と店へ。雨降り。永井君が来て『文藝春秋』三月号をくれた。『馬上侯』とともに第二十回芥川賞受賞作が載っている。清水甚吉『雁立』。第二十回目というと、芥川賞の第一回から十年目である。『故旧忘れ得べき』が第一回に候補になったときから、十年経ったのである。

鎌倉では、明日敵機が横須賀とこの方面に来襲するというデマが流布されていた。

六月三日

花袋『重右衛門の最後』を読む。面白い題材だが筆がどうも魯鈍だ。

倉橋君来る。その話によると、新宿紀伊国屋は焼けた。鎌倉文庫に貰えるはずの包紙も焼けてしまったわけだ。武田麟太郎の家も焼けた。文庫に本を出すはずだったが惜しいことをした。徳田一穂さんのところへ避難したという。新田（註＝九州滞在）の家も焼けた。芳子夫人の安否が気づかわれる。鈴木清次郎君がまた焼け出されたという。『日本文学者』の石谷正二君、対島君（註＝対島正）も焼け出された。宇野浩二さんが長野県に疎開した。

○　聞いた話から。

東京でははだしが多くなった。女でもはだしで歩いている。

盗難頻々。憂うべき道義心の頽廃。ある目抜き通りで、焼け残った電柱に中年の男がしばられていて、上に貼紙がしてある。貼紙には、――この男は焼跡で盗みを働いた者である、みせしめのためにこうしておくという意味のことが書いてあったという。

＊

慎重な彼（彼女）は愛嬌がない。

誰からも非難されまいと慎重に身を持している彼（彼女）は、そのため誰からも愛されない。

＊

「なんて意気地のない奴だ。怒るべき時に怒らない」
「なんて意気地のない奴だ。怒る時にすぐ怒ってしまう」

＊

彼は妻に親切だった。妻が大嫌いだったから。

六月四日
猫を驚かした。
猫を驚かせるだけだ。

◯

この頃。
すべてが配給。
会話も配給。
店へ行く。夜、川端さんと久米家へ行き、配当金を封筒に入れる。

（同人名）	（配当金）円
久米正雄	九一一・四四
大仏次郎	六五九・二〇
高見順	四七二・三三
林房雄	三二四・四五
小島政二郎	二九九・九四
横山隆一	二四二・八〇
島木健作	一九四・五八
中山義秀	一八四・三八
清水崑	一八〇・四〇
福永恭助	一六四・四九
山村一平	一六〇・五六
川端康成	一二九・四六
松井翠声	九三・三〇
片岡鉄兵	八九・三〇
新田潤	八五・〇〇

吉屋信子	五六・三八
永井龍男	五二・八四
長田秀雄	五〇・〇六
小泉　―	三七・七〇
岡田真吉	三三・一八
中村光夫	二六・四〇
里見　弴	一七・三六
桂　　―	一六・六二
小林秀雄	二・八二
夏目伸六	二・一六

沖縄の急迫化を新聞は伝えている。那覇市内、首里城址に敵は侵入したという。沖縄も駄目なのだろうか。沖縄が敵の手に落ちたら、どうなるのだろう。

六月五日

○　万緑

もう緑が珍しくない。

つまり、――食料にならんからさ。

○　食料品屋で

なんにもありません。ハエ叩きならありますが。

――――

横須賀線が一時間おきになった。新田夫人来る。九死一生のおもいをしたという。

今朝、B29約三百五十機が神戸、御影、芦屋へ来襲。過日、鎌倉へ来襲の噂があった時、芦屋あたりがやられれば鎌倉も危いが芦屋がやられないうちはまだ……という人があった。その芦屋がやられたのである。

六月六日

庭の青菜類が、虫にひどくやられている。

芋虫。――「あの害虫（人間）にこの青菜を食われないうちに早く……」

美しい蝶。――「奥さん。お互いに前身は問わないことにしましょう」

蟻。――「僕はかつて勤勉を説いたことはない」

蛍。――「批評家諸君。いくら威張ったって理論でこの光は出せません」

衣魚《しみ》。――「僕は実に不遇だ。こんなに書物を読んでいるのに、苦節は遂にむくいられない。蝶になれない」
簑虫。――「家を背負って苦労していたが、その家を捨ててしまった。中年の恋――」
螻蛄《けら》。――「正に剽窃だ。僕の歌です。みみずではない」

六月十二日
「敵は本土へ必ず来る！」新聞は叫んでいる。
隣組の中村さんの庭に、さし当りいらない衣類その他を箱につめて、埋めた。大砲陣地の下である。陣地構築の兵隊さんの一人が今日は非番で、埋めるのを手伝ってあげると中村さんに言ったので、「あなたのところも、ついでにどう？」と中村さんが言ってきてくれたのである。『銀座近情』の切り抜き、単行本に入れなかった旧稿、「ビルマ滞留中の日記等々も衣類とともに埋めた。が、――考えてみると、陣地の下だから、ここが戦場になったときは、敵弾で地面が掘りかえされてしまうわけで、埋めておいたところでなんにもならない。こっけいである。妻が言った。「あとになると、よくあんなところにのうのうと住んでいられたものだと、人に笑われるようになるんじゃないかしら」と。
店に倉島君（註＝倉島竹二郎）が来た。腰越の方へ移って来たという。彼の話では、オン・サン少将がビルマで一番先に裏切りをやったという。あのオン・サンが？――ビルマにいた時分私たちの一番信じていた人である。バー・モーよりも信じていた。が、私の胸には、怒りはなかった。——日本人が結局駄目なのだ。そういう想いに落ち込んで行った。オン・サンに裏切られた私たちの悲しみより、日本を裏切らねばならなかったオン・サンの悲しみの方がずっと深く強いことだったろう。そう思われた。

六月十三日
十一時に店へ行くとすでに久米さん、川端さんが来ていた。店内の模様変えである。同人が続々と本を出して来て、はんらん状態なので、陳列を変えねばならぬのだ。文報事務局の山沢君来る。十五日一時に運輸大臣室に行ってくれという。何か懇談会が行われるのだという。
十二時、警報。
この頃は夜の空襲は珍しい。こっちへ来るかなと準備すると、新潟へ行ったとラジオの情報。

六月十五日
新聞に鈴木首相の、記者団との一問一答が載っている。この首相は、誠実ではったりのない感じが国民に好印象を与えているようだが、それだけまた迫力に乏しい憾《うら》みがある。
沖縄では、女が闘っている。本土もやがてそうなるのだろう。

自由インド仮政府がバンコックに移ったという同盟記事が小さく出ている。——してみるとビルマ派遣軍の司令部も、ビルマ政府も、バンコックに移ったのであろうか。

＊

倉橋君から手紙が来た。三枚で、最初の一枚には浅草の図があり、二枚、三枚にこう書いている。

漫才をみた。

「あなた、年はいくつ」

「二十九歳よ」

「血液は」

「B型」

「あら、B29ね」

＊

昨日「文報」から、ウンユダ　イジ　ンシツ　サンシウ一五ヒ一六ジ　ニヘンコウシタという電報があった。はじめは一時参集だったので、久米、川端、中山夫妻と十二時に鎌倉駅で落ち合って一緒に行くはずだったが、四時に変ったので、三時の電車で行けばいい。二時に店へ行った。雨。

運輸省の玄関に山沢君が出ていた。その案内で四階へ行き、直ちに会議室へ、遅刻である。中山夫妻はさきに来ていた。吉植庄亮、俳人の長谷川女史（註＝長谷川かな女）、戸川貞雄、武田麟太郎、徳田一穂の顔が向う側に見え、私たちの腰掛けたこっち側には、中村武羅夫、文報総務部長になった国文学の塩田良平、鯨岡、山田岩三郎等の事務局員がいる。正面には小日山大臣（註＝小日山直登）、左右に長崎次官、真鍋政務次官、堀木長官、羽田参与官などがおり、羽田参与官の司会ですぐ会は始まった。小日山大臣の挨拶。六月一日から三十日の間、交通道徳昂揚運動というのをやっているのだ。それに協力願いたいというのである。

鉄道への不平をまず出してくれという。いろいろ出た。夕食。

散会後、山田君が「倉橋君が死んだそうですね」という。「え？　死んだ。まさか、――今朝、僕は手紙を受け取ったばかりです」「そうですか。岡田三郎さんからきいたのですが。なんでも電車にひかれたとか……」私はそこで、徳田君のところへ行って尋ねた。「倉橋君が死んだとか――ほんとうですか」「ほんとうですね。あんた知らなかった？」「知らなかった。ほんとうですか」ともう一度言った。思わず大きな声になった。「電報を打ったはずなんだが」と徳田君はいう。「貰わない。――おかしいなア、今朝、僕は倉さんの手紙を受け取ったばかりのところなのだが。一体いつ死んだんです」「六日、――」「六日？」「おかしいなア」手紙はこの頃、べら棒におくれるが、それにしても……。私にはどうしても倉橋君の死が信じられなかった。信じたくないからでもあった。渋川君（註

＝渋川驍）がいろいろ世話をやいたという徳田君の話を聞くと、もう倉さんの死は疑うべくもない事実なのだが、でもまだ信じたくなかった。

沼津行の汽車に乗った。横須賀線はちょうど出たあとで、ひどく待たねばならなかったからだ。車中は暗かった。――私の心も暗澹としていた。「浅草の友」をこれでみんな失った。毎年一人ずつ失う。立士君、ピカちゃん、倉さん……

北鎌倉で皆と別れた。暗い雨の道をひとりで歩きながら、私は何かこわかった。倉さんがひょっこり出て来はしないかと、不気味だった。

六日に死んだというが、今朝来た手紙は、いつ書いたものだろう。十日あたりの日付だったら……。戦慄が走った。

――手紙は五日の日付だった。

常盤座の女で、自分でいうのも、おかしいが、僕にほれていた女が、三月九日に本所で死にました。その本所ではデンデン（註＝女義太夫）の佳世子嬢も、あたら男も知らないで、死んだ。

浅草の焼跡は、想い出が一杯あって、かなしい。

僕の改宗も、ほん気なのだが、人にはおかしいらしい。

† 愛の神 イエス・キリスト

朝のいのりは心をさわやかにします。（後略）

死の前日の手紙だ。他人《ひと》の死をしらせて来て、自分が死んだ。

手紙の一枚目に「昨日は失礼いたしました。今日は、また浅草に半日いました」とある。そうだ四日に彼は私の家に来たのだ。

一緒に浅草を一度歩きたかった。

『草原』（註＝チェーホフ）を読む。寝ようとすると空襲警報、敵機はまた新潟の方へ行った。

六月十九日
今日は倉橋君の家へ行った。細君とその兄さんに会う。細君は涙ひとつ見せず、言わばけろりとしていた。けなげでもあった。挨拶をすませると台所へさがり、何かシャキシャキとまな板の上で野菜を刻んでいた。そのシャキシャキという音に私は庶民の強さを感じた。ピカちゃんの女房も、同じような強い庶民の心の持主であった。――深川で古本屋兼貸本屋をやっていたという細君の兄に当る中老の人と、私は貸本の話をした。遺族の今後の生活について懇談をしたいと思って、それが気になって行ったのだが、結局そうした話には何も触れることができないで、空しく帰ることになった。

である。

六月二十日

前夜の敵機は、静岡、豊橋を襲った。福岡へも行った。中小都市の爆撃がはじまったのである。

六月二十一日

いつもにない早い朝食をすませ、国民服を着て、ゲートルを巻くと、すでに六時半だ。これは遅刻——と指定の「三孫」（註＝北鎌倉の八百屋）へ駆けつけると、すでに大勢の人が集会していることだろうと思ったのに、誰もいない。全く人影がない。しまった。遅刻したのですでに出発してしまったのか。「三孫」をのぞくと、暗い土間に数人の老人がいる。なかに、在郷軍人会の班長の田辺さんのお父さんに当る第三区の区長さんがいて「——ご苦労さまです」と私にいう。私は「三区二十五組の高間です」と言った。義勇隊の勤労出動である。各隣組から一名ずつ——組長さんからそういう話があって、二十五組から私が出たのだが、隣組全部から一名ずつ出るのだろうと思っていたから、かなりの数を想像していたのだ。ところが集まったのは、たった六名。いずれも爺さんばかり。その爺さんたちと歩いて大船へ行った。

在郷軍人の訓練のあった玉縄小学校に出、それからさらに行って、トンネルをくぐり、玉縄村へ入って行った。山あいの三岐路に、人が群がっていた。老人がやはり多く、印ばんてんを着たのや、地下足袋の人足風の男ばかりで、いわゆる会社員風の人はてんでいなかった。腕に大船義勇隊長という腕章を巻いた人が手帳を持って立っていて、その横に大船在郷軍人分会長がいた。幕僚と書いた布切れを胸につけていたが、やがてその人が「集まれ！」と言った。整列すると、「隊長殿に敬礼頭中《かしらなか》！」と言った。「隊長」というのは若い中尉だった。中尉は、わたしが××隊の××です、と言った。このあたりの警備中隊の隊長であろうか。兵隊が数名ついていた。「木工の経験ある者、出て下さい」と兵隊は言った。誰も出ないと、「なに、ただのこぎりをひくだけのことです」と兵隊は言った。数名の者がそれならと出た。一人の兵隊がその数名を引率して去った。「電線の敷設などに経験のある者――」と兵隊が言った。ひとりだけ出た。「力の自信のあるもの――」これは数人出た。「もっと出てくれんですか。弾丸運びです。大船駅に弾丸が来るので、その荷役をやって貰います」人員の約半数が選ばれた。残ったのに「病気の方、出て下さい」と兵隊がいうと数人のものがこれはす早く前に出た。そうして残ったのは「山出し」に廻ることになった。私はそのなかに入っていたが、「山出し」とはどういう仕事かわからなかった。――なお、私の区から六人しか出ないのは、どういうことかと思っていたら、「応援」の割り当てなのだった。

　私たちは一人の上等兵に引率されて、山へ入って行った。途中、百姓家に寄って、丸太棒を十本ばかり借りた。皆はその丸太棒のほかに、のこぎり、とび、斧などを分担してかついだ。私たちの仕事というのは、山の松や杉の巨木（すでに切り倒してある）を、五尺ずつにのこぎりで切って、それを山から運び出すのだった。製材所で弾丸の枠木を作るということで、直径八寸以上の太さでないといけなかった。非力の私は、のこぎりには自信がないので（いや、労働ということにはすべて自信がないが）のこぎりで切った材木を、とびで山の下までひきずり落す仕事に廻った。これも、しかし楽なものではなかった。直径八寸以上の五尺の松材となると、なかなか大変な重さだった。山の下では、四人の者がその材木をかついで、道路まで持って行く仕事に当っていた。道路へ出すと、牛車がそれを製材所へ運搬するのである。下の四人のものが、重たくてたまらないとブーブー言い出し、午後から私たちの組と交替しようと言い出した。そこで昼食後、私は否応なしに下へ廻された。四人でかつぐのだから、なに大したことはないだろうと思っていたところ、いざとなると、やせた肩に丸太が食い込んで、いやどうも大変な苦しみだった。重い上に、そこには道というのがなく、畑を横切って降りて行くのであったから、作物をいためまいと注意して歩くと難儀が一層加わるのであった。でも私はナニクソ！　と頑張った。五本ばかり溜ったのを運ぶと、次に溜るのを待つまで、休めるのがありがたかった。私は斜面の草叢に身を投げた。足もとは田圃である。組の中に中学生がいたが、それが田圃のお玉じゃくしを、小枝の箸でつまみ上げようと苦心していた。大きなお玉じゃくしだが、なかなか、つまめない。「素ばしっこいなア。そうだ、高射砲の要領で、さきの方を狙うといいんだな」——中学生、と言っても、中学を今年出て勤労動員の関係からまだ中学の徽章をつけているのだが、それがそんなことをつぶやいていた。そして高射砲の要領でも、駄目だった。「——しかし、当ったことは当ったな」

気がつくと、私の傍に、とかげがいた。ギョッとして私は身を起したが、とかげの方は草にとまったまま、動かなかった。小さな可愛いとかげだった。私は草の葉を取って、そっと、とかげの頭をなでてやった。とかげは依然として動かない。私はそこで、草の葉のさきをとかげの顎の下に廻した。「どうだ、くすぐったいだろう」——くすぐるようにしたが、とかげは平気である。「どうだ、まだくすぐったくないか」うるさいなア、——とかげはそう言って（言った風にというより、たしかに言った。）草叢にかくれた。

私は哀しいのであった。哀しいので、そんなバカなことをしていた。とかげと遊んでいた。

休めてありがたいと思ったが、休むとかえっていけなかった。さあ、またやろうというわけで、丸太を肩にやると、肩がまるで傷ついているかのように痛かった。

下に牛車が来た。砲弾を二箇ずつ積んでいる。それをそこにおろして、帰り車に材木を積むのである。三箇ずつ。——重いわけだ。

トラックも砲弾を運んで来た。その砲弾は、四人がかりで山の上に運ばれて行く。枠のしてない砲弾は、先と尻に縄を廻し、その縄を丸太でつるして、四人でヨイショ、ヨイシヨと運んで行くのだ。牛車に弾丸は二箇しか積めないが、材木は三箇。その材木でさえ苦しいのに、弾丸運びに廻ったら、これは大変だったと思った。——そしてこんな原始的なやり方ということを考えさせられたからだ。

やがて、輜重《しちょう》兵の一隊が来た。馬がやはり弾丸を運んでいる。坂を無理やり昇らせるのだ。たちまちそこは戦場の空気だった。私はビルマの戦場を思い出させられた。そうだ、書くのを忘れたが、その辺一帯、樹の下には、偽装を施したいろいろの兵器がおいてある。兵隊が右往左往している。竹やぶのなかでは、飯盒すいさんをしている。——戦場だった。戦場のようだ、ではなく、正に戦場だった。

私はビルマ戦線を思い出した。そしてまた支那戦線を。——私が湖南戦線に従軍するため、東京駅を発ったのは、正に去年の今日だった。その頃、私は内地が——私の家の傍が、このような戦場風景になろうとは、夢にも思わなかった。

「この山はすごい陣地になっているようだが、この辺の陣地を使うようになったら、おしまいですな。——口惜しい話じゃないですか」

帰りに山を下りるとき、連れの者がそう言った。

「おしまいですな」というのは「困るですな」という意味に違いなかった。まさか——という気持もこめられている。私も、この辺が戦場になったら困ると思ったが、まさか、戦場にはなるまいとは思えなかった。しかし、底を突いた気持で、——そう簡単には負けない、茅ヶ崎あたりへ敵が上って来たら相当敵もやられるぞという自信は得られた。今日一日の貴重な収穫だった。原始的なありさまに一時は暗澹としたが、やがて備えは一応できていると思ったのだ。

帰って風呂に入った。風呂をしみじみありがたいと感じた。

六月二十二日

店へ出たら、久米さんが、「今晩、例の会を二楽荘で……」と言う。文庫同人を一夕《いっせき》招待して、店の状態を説明し、いろいろ懇談もしたいと、かねて世話役の間で会を開くことを考えていた。その会である。

里見、長田、大仏、吉屋、林、小林、島木等、ほとんど集まった。久米さんが挨拶をした。

営業状況の報告、同人にいろいろ意見を出して貰うということなどがすんで、私は言った。「貸本屋もどうやら軌道に乗った。そこで、――折角こうわれわれが集まっているのだから、鎌倉文庫という……出版が、実際上できなかったら廻覧雑誌でもいいから、やりたい。どうでしょう」と皆に、はかった。前から考えていることで、中山君が責任者になってやると言っていたが、実現しなかった。ぜひ実現させたいのである。みんなもちろん賛成で、小林秀雄がその責任者として選ばれることになった。とにかく原稿を書くこと、

――自らのジャーナリズムを作ってお互いに仕事をさせること、これが肝要だ。

六月二十三日

鎌倉ペン・クラブの人々で、義勇隊報道班を作ろうという話があって、前夜、大仏、小島両氏が代表として市長に会見することにきまった。今朝会見したのである。結果は、――不認可であった。ひとつの、会社なら会社という職域に集まっているというわけでないので、職域義勇隊として認められないという理由である。現在の義勇隊の規則では、文筆家のそういう組織を認めることができないのである。すなわち、われわれは地域義勇隊に、土方とかルンペンとかいうのと同じ資格で加えられるのである。われわれ作家はルンペン扱いなのである。

六月二十五日

ラジオの大本営発表で沖縄の玉砕を知る。玉砕――もはやこの言葉は使わないのである。

(註＝「玉砕」のかわりに「最後の攻勢を実施せり」)

牛島最高指揮官の訣別の辞、心をえぐる。

六月二十六日

この間の晩、猫八と田町駅で、九時に落ち合って一緒に倉橋家の菩提寺へ行こうと、約束したので……（中略）……伊藤栄之助君と田辺茂一君と一緒に三田へ向った。

田町駅から省線電車に乗る。車中で警報を聞いた。新橋で降りて情報を聞こうとしたが、誰からも満足な答が得られない。平気な顔で歩いている。一機なのだろうと、私たちも平気な顔をして銀座へ向った。エビスビールのビルディングに行く。焼けたと聞いていたが、たすかっていた。中二階のビアホール事務所で小憩。猫八は上の東宝へ行った。腹が減ったので弁当を出した。田辺君は弁当を持ってこなかったというので、半分わけた。

四丁目へ出た。田辺君が「今日はやはり失敬しましょう」というので無理にとめなかった。角の三越の、一階入口に紅白の幕が張り廻してある。内部は焼けて外が残っているのだが、その一階だけ修理して店を開いたのだ。猫八君と見に行った。「勝札」を売っている。富籤である。（註＝予約の受付をしていたのを勘違いしたものらしい。）なかなか人気を呼んでいる。「――いい匂いだな」と猫八がいう。見ると、香水を売っているのだ。若い女性がえんえんと列を作っていた。ほかに、薬とか、竹製品とか、荷造り用品とか、そんなものを売っている。

京橋へ歩いた。海桜隊に猫八が用があるのだという。元日活、いまは大映の一階にある、海軍専属の移動演芸隊である。猫八はその隊員である。「この間のこと、話しておきました。ちょっと会いませんか」と猫八はいう。ちょっと、ちょっとと言って、連れて行かれる。「この間のこと？」と私は言った。「ほら、先生や鎌倉の人たちが、慰問講演に行く……」「あ、あれ……」と私は顔をしかめた。――この間の晩、猫八が家へ来たとき、猫八が持って来てくれたサントリーを飲んで酔払って、つい、軽率にもこんなことを私は言ったのだ。俺もどこかへ話に行って、酒でも貰いたいものだねえ。――やさしい事だと猫八は言った。そこで私はお調子に乗って、鎌倉には久米さん、小島さん、吉屋さん、大仏さんなどという人がいる。この人達をひっぱり出したらどうだろう。事実、鎌倉には鎌倉芸能連盟というのがあって（私は入ってないが）里見さんが理事長で、久米さん、小島さんなどは、松井翠声とか小夜福子などと一緒に、慰問講演に行っている。そんな話をしたら、猫八は、では早速海桜隊に話してみましょうと言った。

猫八の紹介で海桜隊の課長に会った。課長は「大変結構なお話で……」と言った。「ぜひ、先生方にお願い致したいと思います」部屋の向うでは漫才などの芸人ががやがやと話している。――つまり私たちもそう言った芸人の仲間になるわけである。私の心は、鉛でものみこんだように重かった。だが、私は笑顔を作って「みなさんと相談してみましょう」と言っていた。呪うべき弱気よ。

猫八は、ちょっと用がありますから待ってて下さい、すぐ帰って来ますと言って、立ち去った。私は課長と別れの挨拶をして、出入口の側の客用のソファへ行った。そこでひとりガルシンの『紅い花』を読んでいると、猫八が戻って来た。外へ出ると、「うまい話を持って来ました。日だて十円、十日で千円。（註＝百円の誤記か）どうです、一緒に行きましょう。第一、小説の材料になると思います。書けますよ」「どこの慰問？」「運輸省の口で、旅です。東宝で引き受けてる仕事ですが、――書けると思うんです」猫八はさすがに彼らしい神経で、小説の材料になるから……というが、しかし、――もはや、私は芸人である。旅芸人である。

私は底なしの泥沼にずるずるとはまりこんで行く自分をそこに感じた。誰のせいでもない。自分の軽率と弱気が、自分をずるずると陥れて行く……。

浅草へ行った。焼け残った木馬館の前の、もとは、ところてんか、おでんかを売っていた掛茶屋のような汚い小屋が、象潟署管内の「てんぷら班」が共同でやっている国民酒場になっていた。酒を飲ますのである。二円である。

酒（二等酒）　一合　一円十銭
おつまみもの　四十五銭
税　金　四十五銭

四時からはじめるのである。行列を作って待っていると、まず券をくれる。何しろ、焼跡のなかの浅草なのだから、それに目立たぬ場所のせいもあろう、行列もほんのわずかの人数だった。券に金をそえて出すと、一合徳利と、つまみものを盛った皿をくれる。冷酒だった。コップに入れて飲む。つまみものは、もやし（大きな豆のもやしで、もやしと言っても固かった）と何がなんだかわからない肉のようなものとをまぜたもの、箸がないから手でつまんで食べる。――ガブガブと飲んだ。猫八が、そこにいる「国民酒場委員」という人と知り合いで、券をこっそりわけて貰える。そこでさらに、徳利三本を入手。一人三本ずつである。これまたガブガブとやった。すきっ腹なので、冷でもたちまち酔った。猫八がさらに二本ずつ入手。――それから、よくわからない。たしか、また二本だと思ったが。私ひとりで「委員」とかけ合って二、三本手に入れた。

一本は、並べば飲める。しかし、あとは「顔」である。「顔」にまざって飲んだのだが、一体どういう連中が「顔」なのかと、猫八が挨拶をしている人を「あれは、どういう人？」と聞いてみると「区役所の人――」。

後から悠然と入って来て、飲んでいる人があって、「委員」に聞いてみると「警察の人」。

私たちはそれから金龍館の地下室に行った。「東山」という、もとはカフェーだったが、今は国民酒場で、ここはビールである。ここも「顔」か――。

丸山勇に会った。丸山和歌子（註＝オペラ館歌手）が、どこか巡業先で死んだという。酔っていて、どこか、聞いたのだが、忘れた。前後不覚の酩酊であった。どうして帰ったか、いや帰れたか、我ながらわからぬ。

六月二十七日

泥酔の翌日は、きまって気持が重い。今日もそうだが、——沖縄の玉砕が新聞に発表されたその日に、不謹慎にも前後不覚に酩酊したのだから、後味が一層悪い。大門一男君はどうしたろう。野村君はどうしたろう。やはり玉砕したのだろうか。平田君の義弟も沖縄に行ったという。——

巷にはしかし別して憂色は見られなかった。正式発表の前につとに人々は知っているせいだろうか。会葬の場所でも誰も痛憤の言葉を発する者はなかった。

平常心を持て——とかつて叫ばれたことがあった。一喜一憂するなとも言われた。今は、みな、そう言えば、平常心の状態だ。だが、いい意味の平常心とも思われぬ。無感覚、不感症。——

新聞に内閣告諭の発表あり。

夜、ガルシン『四日間』（神西清訳）を読む。これはたしか二葉亭の訳もあった。『紅い花』はチェーホフの『六号室』などの源泉をなすものだというが、恐ろしさにかけては『六号室』の方が勝れている。

六月二十八日

国木田虎雄君来る。「馬鈴薯を買えるルートはないかね」

依然気持が重く暗かった。今日は文報からの依頼で尾久検車区へ見学に行く日であったが外へ出るのが億劫だ。「われわれはつまり天邪鬼なんだね」と国木田君はいう。「頼まれると嫌なんだね。自分から好きで出るのは、出ても……」

　暗い気分で日をおくるのもつらい。外へ出ればまぎれるだろうと、鎌倉駅へ行った。久米、吉屋、小島の諸氏と駅で落ち合う。中山君は義勇隊の出動で、川端さんは身体の調子がよくないので、いずれも欠席という前日の話だった。東京駅に運輸省からの迎えが出ていた。津田課長の顔も見えた。すぐ尾久へ行った。検車区長から説明を聞く。

　毎日客車から出るごみは八百貫。そのごみを分類すると、三列車のごみは、平均だが、分類不能のもの四三％、紙屑三〇％（これは最近の現象）、瓶類一二％（目方だから少量でも重い）、食べ殻（竹の皮等）九％、ぼろ（おしめの汚れたのを捨てたものなど）六％――以前は食べ殻などが多かった。以前の調査は、果実の皮四〇％、紙一八％、弁当殻七％、瓶類二％等。ごみは一輛から一貫乃至二貫出る。車中のごみを取り、便所や窓を掃除する清掃手は、今は総員の七割が女で、一人一日平均二輛三分の清掃を受け持つことになっているのだが、実際は手がたりないので四輛から五輛になっている。どのくらいの労働かというと、外洗い（車の外部の水洗い）の場合、一輛二千回手を動かさねばならぬ。従って、一日一万五千回手を動かすという大変な運動。それで日給はいくらかというと、女子十四歳の初日給一円七銭。

　真杉さんと舟橋聖一と長谷川女史が、あとからやって来た。検車と清掃の実際を見学。

パイプの破損は酸素管の入手困難から、昆布を巻いて修理する。一年は保つという。窓ガラスの破れがひどい。座席のビロードの切り取りが目立つ。下駄の鼻緒にするらしい。

——水洗いの女の子はみんなはだしだった。冬はどうするのだろう。

七月一日

新聞を一枚に減らされた。

店へ出勤。

七月三日

今日は国木田虎雄と三時に浅草の木馬館の前で会う約束だった。私はその前に京橋の海桜隊へ行った。K氏は不在だった。置手紙をした。——海桜隊関係の海軍管理工場へ慰問講演に行く話を、久米、小島、吉屋の諸氏に過日尾久検車区へ見学に行った時、車中で相談してみたら、「行こうじゃないか」というので、その返事をしに海桜隊へ行ったのである。世話役を小島さんが引き受けた。

木馬館の前へ行ったのは四時近くだった。国木田君がポッンと待っている。過日猫八とここで会う約束をした。それで国木田君を誘ったのだが、猫八の姿が見えない。すでに酒の販売ははじまっている。券はもう配布ずみ。今からでは、もう、並んで券を貰うということはできない。手遅れである。顔見知りの楽屋番に「ネコちゃん、来なかったかしら」と尋ねてみると、おけさの方じゃないかという返事。「――おけさ?」「仲見世の裏――」そこで仲見世へ行ってみた。廃墟である。そんなのみ屋などありそうもない。と思って、仲見世の裏手をうかがうと、人の行列が見える。雷門に近く、焼残りの家がある。そこで酒を売っているのだ。「顔」らしいのが、店の前に群がっている。猫八はそのなかにはいなかった。狭い店のなかで、女が立って飲んでいるのが見られた。同業者であろうか。一般客らしいのは、いない。一般客は、怨めしそうな顔をして、ただ列をつくって立っている。――嫌な風景だった。

私たちはまた木馬館へ戻った。「顔」で飲むことが、私にはもういやだった。だが折角国木田君を誘って、このまま帰るのは悪い。そこで、せめて一杯だけでもと思って、過日猫八に紹介された国民酒場委員の顔が奥に見えたので、頼みに行った。こころよく二枚ずつ券をくれた。それで二本飲むことができた。もうそこは「顔」ばかりで、過日見た顔が多い。委員に礼をいって帰ろうとすると、「折角鎌倉からおいでになったのだから――」

と言ってビール券五枚くれた。この人はこの間、浅草は浅草を愛してくれる外部の人によってもっているのだから、外部の人を大切にしなくてはならないという考えだといった。「人によっちゃ、浅草の者にだけ飲ませればいいんだ、外の奴なんかというのもありますが……」こう言っていた。

金龍館の地下室へ行く。今日は先日ほど混んでいなかった。立って、ビールを飲んだ。足もとに水が溜っていて、気持が悪かった。木馬館前で飲んでいた顔が、次々とまたここへ現われる。結局「顔」がほとんど飲んでしまうようだ。――樽の前にしゃがみ込んでビールを出している事務員（？）は、いずれも老人で、いずれも、なんともいえない苦々しい表情をしていた。

私たちはいい気持に酔った。隅田川に出て、石に腰かけて、文学の話をした。ベンチはひとつもなかった。私たちの前を、若い男女が幾人か通りすぎて行く。廃墟にも恋はある！

七月五日

昼近く、また空襲警報。午後、店で配当金の分配。総じて先月より高額になっている。私の分は、七五四円五〇銭（貸本料三七二円八八銭、不還本三八一円六〇銭）

店でＦ氏（註＝福永恭助）が、鎌倉はたとえ戦禍を蒙らなくても、食料に窮し、餓死の危険があると力説した。食料のある平野へ、今のうちに逃げておいた方がいいというのだ。——もちろんその方がいい。安心だ。だが鎌倉を離れて、居食いは出来ない。金のある者が結局生きのびるのだなと思うのだった。

七月六日

また空襲警報。夜再び空襲。千葉、甲府が襲われた。千葉に逃げた新田夫人のところはまたやられたのではなかろうか。

清水へも五十機来襲。関西は明石等へ百十機。

妻の畑仕事の手伝いをした。

七月八日

日曜。当番。店を開くと空襲警報。Ｐ51機の来襲。約百五十機。

○

「人間の再建」について考える。

第一に、自分の問題である。第二に、日本の問題である。第三に、世界の問題である。

人間の再建は、自己の再建を前提とせねばならぬ。

自己について考えること。

戦争は人類の疾病だ。戦後、戦勝国と戦敗国とを問わず、世界は人間の再建にとりかからねばならぬ。人間は生きねばならぬ。健康を取り戻さねばならぬ。

ニヒリズムはすでに一般化し卑俗化し無力化している。治療力を持たない。

七月九日

自我の「発展」から、自我の「崩壊」へ。——その道程を究めること。それを文学で読んで、考える。

夜、香風園。海軍省からO大佐、海桜隊からY、M、Kの諸氏。鎌倉側から小島、吉屋、今、自分、(久米、大仏、小林欠席)——工場巡回講演の相談。

七月十日

早朝より空襲。艦載機の来襲。午前五時から午後五時まで続いた。終日、書斎にあり。

先日来の問題を考える。一見、無為に似た一日だが——心のうちには充実感が溢れている。

生の充実を感ずる。溢れるような充実感。

——死がいつ自分をとらえるかわからない。そこで生きたいと切に思う。それ故、生の充実を感ずるのか。そうも考えたが、そうでもないようだ。

生きているということのうちに、自ずと純粋に、生の充実を感ずるのだ。健康な生命感だ。

数カ月前の暗澹をかえりみる。

遂に突き抜けて、ここに至れたことを、天に感謝せずにいられない。遂に？――まだ安心はならない。よろめいても、自分を取り戻せることはたしかだ。

天に――と私は書いた。神に――と実は書こうとして、私は躊躇した。私には神はない。誰に感謝したらいいのか。私は感謝すべき神を持たぬ。致し方なく天にと書いた。

神の問題。私にはまだ残された問題がいくたある。

私はまだ神を持たぬ不幸にぶつかっておらぬ。宗教を持たぬ苦しみに逢着してない。いかに生くべきかの私の苦しみもまだ浅いといわなくてはならないかもしれぬ。

七月十一日

――手がかりは摑めた。手ごたえがある。生の問題。

問題を摑んだのだ。問題が与えられたのだ。生の充実感ぐらいで、生そのものを摑んだなどと早まってはならぬ。しかし、たしかに、手がかりは摑めた。

生命を信ずるのだ。今日の生命を。刻々の生命を。――生命の躍動と燃焼を。

そこに生がある。

未来を考えない。信じない。今日の生の充実をのみ信ずる。

そこに私の生がなくてはならない。

観念として考えない。考えてはならない。生も、そして死も。

——死は観念ではない。しかし、生きている間は、観念としてしか受けとれないので、死を観念として考える。死を生と等しく、観念としてでなく見ること。

生の完全な燃焼が死だ。生の躍動と充実の究極が死だ。死を、かくの如きものとせねばならぬ。たとえ、死が明日、否次の瞬間に与えられるものとしても。——死をかくの如きものにするために、刻々の生を充実したものにせねばならぬ。

死に種別があってはならない。

不慮の死、病死、老衰による自然死、——かような区別立ては迷妄だ。死に相違はない。自然死も不慮の死も、等しく生の見事な究極でなくてはならぬ。

＊

秋山君来る。夜、ともに川端家へ。小山書店主がいる。「鎌倉文庫」出版の仕事を秋山君に頼もうと思ったのだが、実現不能の感強し。紙はなんとか都合つくが、印刷がほとんど不可能。また原稿が集まるかどうか。——

こういう「不安」な、原稿など書く気のしない、原稿の集まりそうもない時だからこそかえって、「鎌倉文庫」(叢書仮題)を出したいと思うのだが。

帰ると、新田がいる。基地から帰ってきたのである。――秋山君の話で千葉の家も焼けたとわかる。当分、うちにいろと新田にいった。
新田持参のサントリー・ウイスキーを飲む。

七月十二日
新田外出。私は日記を書いたのち、身体の工合が悪いので寝た。しかし今日は当番なので三時に家を出て、電車で鎌倉へ行く。降りようとすると、久米、里見、中山、今、永井、吉野の諸氏が、逆に乗ろうとするところで、「今日は身体の調子が悪いので失礼します」と言ったが、「大丈夫、大丈夫、一緒に行こう」と皆に言われた。木原君（註＝東京新聞支局長）の斡旋で横須賀へ飲みに行くのである。
ご馳走が出た。酒が沢山出た。そうして、芸者も出た。芸者というものを、私はもう忘れていた。酔った。帰りに、中山君が銚子を一本さげて来た。そして私にくれたので、私は新田に飲ませよう、ありがとうと言った。
空襲警報で起された。近くに爆弾の落ちた音がして、家がゆれた。横穴へ退避した。

七月十三日
いつ死ぬかわからない、――これは異常のようで、異常ではない。いつも、常にそうなのだ。戦争のための異常現象ではない。ただ戦争のために、それがはっきりさせられているのだ。いわゆる平時でも、いつ自動車に轢かれて死ぬかわからない。ただ平時にあっては、そのことをはっきり自覚しないだけだ。戦争がその事実を明瞭に浮び出させてくれたのだ。

だから、精進そのものに価値を見出すということ、日々たしかな生の充実を企てるということも、決して異常な条件から生じた異常な事柄ではない。いつも常に、そうでなくてはならないのだ。

七月十四日

新聞を見ると、宇都宮がやられた。――B29百四十機来襲。宇都宮に約七十機、郡山に二十機、鶴見方面に約五十機。十二日夜の低空の爆音は、これだったのだ。

昨十三日は北陸へ行っている。百機。敦賀を攻撃、若狭湾に機雷投下。十二日夜は堺、宇和島をも攻撃。

『王道』（註＝アンドレ・マルロー）読了。

「行動にたいする情熱とともにあらゆる行動の虚しさを意識してゐる……」という言葉がある。『王道』の主題はこの言葉につきる。

七月十五日

店へ行くと、当番の中山君から島木健作君入院の由聞かされる。川端さんと中山君が手伝って養生園へ連れて行ったという。「立派な顔だった、――哲人のような……」と中山君は悲痛な声で言った。自宅で闘病をつづけてきた島木君が年来の我意を折って、というよりむしろ自信を失って遂に病院入りを考えたということは、暗い不吉な影を私の心に投じた。

島木君！　島木君！

家へ帰ってJ・ハックスリ『死とは何か』（岩波新書『死とは何か』のなかの）を読む。それから島木君の『生活の探求』を読んだ。七十八頁。

島木君の小説を小説じゃないというのは、玄人小説家の間の定説となっている。私ももとより島木君の小説には小説としての不満を感ずるものだが、島木君のような作家は日本文学のために大切な存在だと考えている。彼の「思想」小説は、「思想」のない、「思想」を軽蔑する日本文学とその伝統にとって、人々の考える以上に重要な寄与をするのだと私は確信している。

七月十六日

新聞に、室蘭の艦砲射撃の記事あり。各地の来襲状況。この頃は毎日、全国にわたって敵機が跳梁している。

イタリーが対日宣戦を布告した。新聞は極めて小さく扱っている。そのうちドイツも宣戦するだろう。これが嘗ての「盟邦」の現実である。

きょうから富籤の売出し。

◇…けふ売出し　抽籤は八月廿五日

わが国初の富籤「勝札」は各百貨店の予約受付に前景気をみせて、いよ〳〵けふ十六日から来月十五日までの一ケ月間に亙つて全国一斉に銀行、信用組合、農業会、証券屋、百貨店、駅売店、指定小売人などで売出される、一等に当れば十万円、籤運が悪く全然当らなくても勝ち抜くための献金となるこの勝札の抽籤は売出締切十日後の八月廿五日麴町区内幸町勧銀本店で一般に公開して行はれる、第一回売出二億円（二千万枚）で十万枚一組に一等十万円一本、二等一万円九本、三等千円九十本、四等五十円九百本、五等十円一万九千本計二万本の当り籤があるから五本に一本は必ず当るわけ、この勝札は全国各都道府県洩れなくゆきわたるやうになつてゐる（後略）

京橋の海桜隊へ行く。――行くのは億劫であった。気が進まなかった。これが、自分のために行くのだったら、きっとずるけて行かなかったろう。車中、『ジャン・クリストフ』

を読む。

海桜隊で、重役のE氏に会った。鎌倉文士講演隊の説明をした。メンバーは今のところ久米、小島、大仏、吉屋、今、小林、高見の七名、新田にも入って貰うことにした。工場へ案内状を出すというので、作家の特徴を紹介したが、小林秀雄について「一般向ではありませんが、学徒には喜ばれると思う。ちょっと変った人物で評壇の鬼才とでも、説明しておいて貰いますか」――こんなことをいうと「――元左翼ですか」とE氏が言った。

「いいや、むしろ右翼です」

Y氏と日吉の海軍省へ行った。慶応義塾大学の校舎がそっくり海軍省になっているのだ。人事局第四課長に会う。課員の古川大尉（註＝古川清彦）の机の上に島木健作の『第一義の道』があった。帝大出身の由。来たる日曜に海軍省で講演をして貰いたいとのことでその相談をする。久米、小島、吉屋という人選、午前、午後二回。――いつの間にか、世話役にさせられてしまった。世話役というといいが、口入屋の感じでもある。自己嫌悪。

日吉から鎌倉へ帰る。車中、読書をつづけ、『ジャン・クリストフ』二五五頁まで読む。

店へ行くと久米さん、今君などがいる。今君は遂に口説きおとされて文報入りを承諾したといい「君にも是非入って貰いたいのだ」と私にいう。「で、石川は？」「やめた」「岡田（三郎）さんもやめたんだね」「誰もいないんだよ。塩田良平（総務部長）ひとりで困っているらしい」

夜、空襲。平塚藤沢の方に当って火の手があがる。「さあ、来るぞ」——荷物を庭に持ち出した。覚悟した。が、来なかった。「いずれは来るな」新田とそんな言葉を交わした。疲れた。神経的に、肉体的に。

七月十七日

雨。西川光君来る。平塚全滅とのこと。沿岸防備の部隊に報道班組織の話があり、西川君の家に部隊の参謀長が泊っている関係で、西川君が間に立って、鎌倉文士団と部隊幹部との懇談会を開こうと思っていると西川君がいう。「東京へ毎日出るのはいやだから、部隊の嘱託にでもなろうかと思う」西川君はそういった。

店へ行く。川端さんが今日軽井沢へ行ったと久米さんがいうのを聞いて「こいつはいかん」。雨の中を小島家へ。小島さんは軽井沢に行っている。十七、八日頃に帰ると聞いていたが、もし川端さんと軽井沢で会うと、帰らないでそのままとどまってしまうかもしれない。そうなると前日海軍省と、小島さんに講演に出て貰うと約束をしてきたが、出て貰えないことになるかもしれない。軽井沢へ電報を打って、帰って来て貰おうと、私は軽井沢のところを聞きに留守宅へ行ったのだが、朝向うから留守宅へ電話があって、十八日には必ず帰るといってきたと女中さんがいうので、ほっと安堵した。世話役も神経がつかれる。——吉屋さんの電話を聞こうと、店へ戻ると、久米さんの奥さんが、昨日も今日も電話したけれど誰も出てこないという。「軽井沢へでも行ったんじゃないでしょうか」「これは困った」。雨はひどかった。でも吉屋家まで行ってみねばなるまいと靴をはいているところへ、真杉さんが来た。そして帰りに寄ってあげましょうというので、手紙を托した。

夜、停電で真っくら。新田とサントリー・ウイスキーを飲んでいると、一人の海軍の下士官が玄関にやって来て、下宿させて貰えないかという。小坂小学校に泊っているという。部屋がないのでと下宿の方は断ったが、とにかく上って貰った。「畳に坐って休息したいのです」とその見知らぬ下士官は言った。

七月十八日

この頃はもう朝から晩まで警報が鳴りつづけている。中村さんが来て、敵の機動部隊が南下してまた艦砲射撃をはじめたという通知を持ってきた。平田久四郎君来る。平野少尉来る。と、空襲警報だ。退避の鐘が鳴った。横穴へ行った。下の町の人たちがいっぱい来ている。蒲団や荷物を持ち込んでいる。南の空へ小型機がやって来た。四、五千の高度から見事な急降下だ。物すごい弾幕のなかへ編隊を崩さず来襲。敵ながら天晴れと思った。横須賀へ来襲だ。横穴の前に立つと、八雲神社の向うに横須賀の空がそのまま見える。敵機の急降下が、何か見せもののように眺められるのだった。空襲警報は夕刻までつづいた。

夏目伸六君来訪。店のために、読書券用の紙を社から持って来てくれた。そして「——

原稿は?」という。満洲で、文藝春秋社が中心となって大衆雑誌を出すことになったそうで、その原稿を里見弴、中山義秀等とともに頼まれた。二十日に飛行機で新京に行く『満日』の人に原稿を依託するとかで、締切は十八日いっぱいという話だった。——書いてない。「中山君は駄目で、里見さんの一本しかない。頼む、頼む」ちょっと考えて「よし、やろう」といった。

七月十九日

○地主の小泉さん応召。四十いくつである。この頃は、四十いくつの応召が当り前になってきた。息子が予備学生などで出て、将校で、その父親が一兵卒というのも、珍しい話ではなくなった。もとは弟が将校で兄が兵卒というのが話題になっていたが、今は、事実、息子が将校の隊へ、父親が兵卒として入ったという話も伝えられている。

○橋本君が、新潮社の前に国民酒場ができたから、飲みにいらっしゃいと言った。ビールを新潮社で預かっているという。「国民酒場の雰囲気も、前と違って、なんだか不健康になりましたね」と橋本君は言った。戦災で保険金をたんまり貰った連中が、金を持っていても、しようがない、飲んでしまえと、事実、口に出してそう言って、毎日、なんにもしないで国民酒場へやってくる。国民酒場を次から次へと、飲み漁っている。顔触れは、決っている。そういう「顔」が、おとなしく行列を作って待っている人々の前に、いざとなると割り込んで来る。そこで、喧嘩がはじまる。与太者のようなのも出現してきた。「戦う国民という気がしません」と橋本君は嘆いた。

七月二十一日
雨。
煙草に野蕗の葉をまぜて飲む。配給がすくないのでそうして飲みのばそうというのだ。かぼちゃの葉を食う。初めての試食だが、まずくはない。
平野潤少尉来る。徹君の弟。名古屋では月に五日分の米しか配給がないという。あとは代用食。

七月二十二日
新聞が二日分一度に来た。
二十二日の投書欄に次のような言葉がある。将に輿論である。

歯の浮く文字
▽報道陣や指導者にお願ひがある。「神機来る」「待望の決戦」「鉄壁の要塞」「敵の補給線」等々、何たる我田引水の言であらう。かかる負惜しみは止めてもらひたい。も

うこんな表現は見るのも聞くのも嫌だ。俺達はどんな最悪の場合でも動ぜぬ決意をもつて日々やつてゐる。も早や俺達を安心させるやうな（その実反対の効果を生む）言葉は止めてくれ。

▽敵に押されて来たら素直にそれをそれとして表現してもらひたい。その方が日本国民をどんなに奮起さすかわからない。狭い日本のことだ、老若男女多少の差はあつても皆なとことんまでぶつかる覚悟だから、見えすいた歯の浮くやうないひ方はやめた方がいい。ある駅頭のビラに「神風を起せ」とあつたが、神風は人間が起すものだらうか。神機神風の文字の乱用戒むべきだ。俺達はもつと慎み深い日本人の筈である。（一国民）

政治家達も闘へ

▽日本が勝つために我々は永い間困苦に耐へてきた。これから先もどこまでも耐へて行く決意をきめてゐる。それにつけても情ないのは日本の政治家が日本人らしくないことだ。食糧事情において兵器事情において誰一人として出来なかつたことの責任に日本人らしく腹を切つた政治家がゐないではないか。「私はかく思ふ」「切望する」「考慮してゐる」等々、後難除けの言葉はきまつてゐる。我々は最後まで戦ふ。政治家も日本人らしく闘つてくれ。（吉朗）

今まではかかる輿論の公開を許されなかった。許され方が遅かったと思う。いつか民衆の取締に当っている者が防諜に関して「三猿主義」を取れと民衆に説いているのを新聞紙上で読んで、驚き且つ憤慨した。見ざる聞かざる言わざるがよろしいという。無関心たれと言うのだ。そうして一方で民衆に忠誠心を要求する。民衆に無関心を要求し一方で協力せよと言っても無理である。

　ヴァレリー逝去の記事あり。

快晴。今日は海軍省講演の日。ただし私の、ではない。私の世話を焼いた——である。八時二十六分東京行に間に合うよう鎌倉駅で集合の約束。私は鎌倉駅まで歩いた。久米さん、小島さん、真杉さんがいた。日吉駅へつくと迎えが出ていた。これで私の責任も果された。午前、男子、午後、女子。

　ここの女子理事生たちには、美しくそして清らかなひとが多く、久しぶりに青春の息吹きに触れた想いだった。この頃の女は身だしなみが悪くなり、顔かたちは美人でも、何か不潔な感じというのが多くなった。青春のみずみずしい清麗に接し得て、心が洗われる想いがした。

　真杉さんから中野重治の応召を聞く。どきッとした。「中野重治が——?」四十二、三だ。

　お茶を運んできてくれた兵隊と話をしているうちに、十返（註＝十返肇）君とともに去年の九月一日に召集をうけ、隊が一緒だった人とわかった。「十返も自分と一緒にここへ来るはずだったのですが、都合で十返は軍需部の方へ廻されました」と言う。もし十返君がここへ廻されたら、私たちのところへお茶を運んでくる彼の姿を見ねばならなかったのである。彼にとっても私たちにとっても、ちょっとたまらない。

皆で文庫へ寄る。川端さんの当番。中山君もいて、新潮社が『鎌倉文庫』の出版をひきうけてくれるかもしれないという話をする。橋本君との話合いであろう。――『新潮』は休刊（或は廃刊）とのこと。

寝ようとすると、遠雷のごとき砲声が聞えてきた。ガラス窓がブルルとゆれる。艦砲射撃？ ラジオの情報は房総南端沖で敵艦と交戦中と伝えた。

戸外は再び雨。

七月二十三日

雨。また気温が下った。こんな調子では米作が憂えられる。

新田のところへ来客。新田が基地で会った特攻隊員の父親である。「敵艦に突き込んだという話を聞いて喜んでおりましたところ、その後不時着したとかいうことを聞いて落胆しておりました……」とその父親はいう。新田にその時の状況を聞きに来たのである。

「いずれはまた出撃するのです」と新田は父親を慰めた。すなわち、いずれは死ぬのである。父親は莞爾《かんじ》とほほえんでいた。――二人の息子のうちの一人である。中央大学に行っていたという。新田の話では、おとなしい坊ちゃん型の青年だという。「父親の方が、しっかりしている」と新田は言った。東京の家を焼かれ千葉に行ったが、千葉の家は幸いこの間の戦災から免れたとのこと。きゅうりと玉ねぎを土産に持って来た。

これからできるだけ新聞の投書欄を切抜いておこう。後日、今日の世相をうかがう上に参考になるだろう。――後日？　やっぱり、後日ということを考えている。

大豆の御飯（毎日新聞）

◇大豆がお米の代替配給になつてから、お腹をこはして困るといふ話をよく聞きます。日頃から胃腸の丈夫でない人の中には、大豆めしを食べておなかをこはした方が多いのでせう。

◇私は胃腸に自信がないので、はじめから大豆めしの作り方に工夫をしました。おかげでおなかをこはしません。私の方法は別にむづかしいことではなく、ただ生の大豆を木の台の上に一粒づつおいて金槌でつぶすだけのことです。すると、大豆は昨年配給になつた脱脂大豆のやうな形になります。それを前もつて水に漬けておいたお米と一しよに、軽く水洗ひしてから炊きます。

◇結果は、非常に釜ぶえがするばかりでなく御飯の甘味がついておいしくなります。

一粒づつたたくのは時間が大変かかるやうに考へられませうが、私共では夕食後、雑談しながら一合の大豆を約卅分でつぶしてゐます。（品川・細川）

視野（読売新聞）

近頃の腹工合

△新しい意気込みを以て綜合配給所が辷《すべ》り出したのは確かに本月の一日からの筈である。実際京橋区のある中心町内では円滑に開店して味噌、醤油を配給して居つた。△然るに青山方面は未だに綜合配給所の影も形もない。従来の配給所も店を閉してゐる。待てど暮せども来ぬものをである。味噌も醤油もない日々が半月、不平も何もいひ度くないが、都民大衆をこの上ひよろひよろにさせないで欲しい。体力が貧弱になる事は気力にも影響し延《ひ》いては戦力の妨害ともなる。之は一例。

△粉食も問題だ。大豆でも、たうもろこしでも野草でも何でも宜しい。粉にして配給して呉れ。戦災都民大衆の生活に石臼だ、擂鉢《すりばち》だといふが持たない者が多いのだ。一部の栄養学者や指導者のお説教を俟《ま》つ迄もなく粒食よりも粉食が良い位のことは知つてゐる。機械エネルギーの方が熱エネルギーよりも効果的なのだ。消化吸収の良好な粉化にして貰ひ度い。（山田積重）

終日、家にいた。充実した閑暇《ひま》。死んだヴァレリーの言葉――閑暇《ひま》は現代に至るまで世にこの上もなく貴重な物資の一つであった。

七月二十四日
夏目君来る。『日々の緑』稿料二百四十円受領。

山田さん（註＝故山田雨雷）が来て、長野県へ疎開すると言う。雑談のなかで、軽井沢では卵一箇十二円だという話がでた。東京では六円。そこで軽井沢の闇屋が東京まで出てきて、卵を買い集める、闇値の高い東京で買って結構儲かる、それほど軽井沢は高い。鎌倉では一箇四円。「イタリーは卵がひとつ二円五十銭になったとき崩壊したとかで、その話を聞いたときは日本ではひとつ二円でしたが、これが二円五十銭になると日本も危い――そんな話でしたが、十二円とは……」と私は言った。

夜、新田と「一体どうなるのだろう」ということについて話し合った。この話は毎日誰かと必ずしないということはない。人に会えば、話はこれになる。――結局わからない。解答は誰もできない。

今夜は具体的な話をした。敵が相模湾から本土に上って来た場合、――裏山にひそむというのが今までの考えだった。が、それがぐらつき出した。食料をどうするか。餓死が考えられる。やはり食料の入手できる地方に避難するのがほんとうだ。そういうことになった。裏山籠城説をやめて、いざとなったら郷里へ避難する方がいい。郷里だったらなんとか食料は入手でき、餓死はしないですむだろう、そういうことになった。しかし、いざという場合、郷里（福井）まで行けるかどうか。母と妻は避難できるとしても、男の私は足どめを食うのではないか。その場合はまたその場合として、家の方針としては、郷里へ避難するということにした。

一方、文報へやはり入ろうかという気になった。どたん場の場合、いわゆる肩書の何もない今の状態では、汽車ひとつ乗るのにも困るのではないかという「狡い」考えからだ。それから、どたん場のいろいろの姿をやはり見ておこうという気持だ。見るということはもともと私の好むところだ。世の姿、人の姿をとくと見ておきたい。

七月二十五日

隣組の幸島さん応召。たしか私と同年だ。昨日聞いた話だが、病床の島木君のところへ防衛召集の令状が来たという。なお島木君は病院からまた家に戻った。

七月二十六日

前日、国木田君と久しぶりに浅草へ飲みに行こうと約束したが、家へ帰ると、情報局から「啓発宣伝事業に関して御懇談を致し度く」という手紙が来ていた。今日一時から情報局（内務省五階）講堂へ参集してほしいという。国木田君と三時半に木馬館前で会おうと約束したが、行けそうもないので、妻に国木田君の家へ行って断って貰うことにして、新田と電車に乗ると、それに国木田君が乗っていた。新橋に着くとまだ時間が早すぎたので銀座へ出てみた。至るところで勝札を売っているがさっぱり買い手がない。資生堂の、レストランと薬品部の、両方に人の行列、――古舗《しにせ》らしい誠実な頑張りに敬意を表さねばならぬ。客あっての店という律義な商業道を固守していて、こういう時こそ年来の愛顧にむくいねばならぬとしているのであろう。今は、そうして店を開いているということは並々ならぬ努力を要するので、単なる儲けの観念からしたら閉店の方が利口である。どの店が最後まで頑張ったか、すなわち利益ということでなく人々のためという気持で店を開きつづけていたか、それをわれわれは忘れてはならない。

「モナミ」が開いている。人が何か飲んでいる。入って休もうと新田がいう。電車が立ちつづけでくたびれた。コーヒー十銭というのを売っている。レジスターで券を貰って奥で引替えにコーヒー茶椀を受け取る。褐色の水をたたえたバケツに茶椀ごとぶちこんで汲んでいる。

入口近くに席を取った。コーヒーというがただにがい液体である。客の多くは、その液体で咽喉をうるおして弁当をつかっていた。封筒から豆を出してボリボリ食べている若い事務員風の娘もいた。昼食代りであろうが、血色のいい頰を不思議な感じで見た。

乞食が入って来た。めっかちで、その黒いカサカサに乾きしなびた皮膚は餓死の一歩手前の人のように見えた。乞食のようなぼろを蔽っているが乞食ではないらしく、十円札を何枚か持っている。否、乞食でもこの頃はそのくらいの金は持っているのかもしれないが、一人で券を五枚買った。どうするのかと、それとなく見ていると、五杯をガブガブと一気に飲んだ。めし代りなのだ。華やかだったレストランも今はこういうざまである。警報が出た。情報がさっぱりわからない。しかしみんな平気な顔なのでこっちも平気な顔をした。四丁目に出た。電車を待っていると、高射砲の音。敵機が東の高い空を飛んでいる。
警視庁前で電車を降りて内務省へ歩いた。五階というのは最上階だった。もちろんエレベーターはなく足で昇るのである。

まだそう人は集まっていなかった。伊藤熹朔の顔を見出し、文報会員だけの集まりではないと知らされた。情報局関係のすべての文化芸能団体のものが集まる会だった。山田耕筰氏と久し振りに挨拶をかわした。

久富氏の挨拶。つづいて第一部長、栗原海軍報道部長、井口情報部長、下村総裁の話。国民士気昂揚の啓発宣伝に文化芸能団体の協力を要求するというわけである。協力というより一緒にやりたいという気持だと久富氏がいったが、空気はやはり要求である。質疑応答となって中村武羅夫氏が口を切り、次に上村公論社長が卓を叩いて大声叱咤した。いわゆる神がかりの議論である。上村氏などに言わせれば、国民が氏のごとくに覚醒しておらんので今日の敗勢に至ったのだというのかもしれんが、こういう排他的な自尊固陋《ころう》の精神主義のばっこが国をあやうくせしめた点もあるのだ。

吉植さんが言葉静かに、不耕作地の多い現象を嘆いた。それは供出制度のためだという。農民は耕したい。しかし耕すと、収穫以上の供出を強要されるので、耕すわけに行かない。「これはなんとかしていただかねばなりませぬ」と吉植さんは言った。

どういう人か知らないが、出版関係の人らしいのが、士気を昂揚させるには、言論出版結社の自由を与えよと叫んだ。自由党壮士を想像させる古風な演説口調ではあったが、胸に鬱積したものを、抑えかねてぶちまけたという感は強くきた。民を信ぜずして何の士気昂揚か、何の啓発宣伝か、その叫びは胸に迫った。全くその通りだ。それに対して栗原部長は「民間から何人、佐倉宗五郎が出ているか、何人死んでいるか、――特攻隊はどんどん死んでいる」と言った。

折口信夫《しのぶ》氏がこれまた国学者らしい静かな声で「安心して死ねるようにしてほしい」と言った。すると上村氏が「安心とは何事か、かかる精神で……」とやりはじめた。折口氏は低いが強い声で「おのれを正しゅうせんがために人を陥れるようなことをいうのはいけません」と言った。立派な言葉だった。こういう静かな声、意見が通らないで、気違いじみた大声、自分だけ愛国者で、他人はみな売国奴だといわんばかりの馬鹿な意見が天下に横行したので、日本はいまこの状態になったのだ。似而非《えせ》愛国者のために真の愛国者が殴打追放され沈黙無為を強いられた。今となってもまだそのことに対する反省が行われない。

五時半散会。ひどい疲れ方であった。新田と日比谷公園へ出て音楽堂の前で弁当を開いた。公園のなかには海軍の警備隊が入っていて、なんだか支那の前線のような錯覚が来るのだった。そういえば銀座の焼跡を歩いていても、何かの拍子にそこが内地ではなく外地の戦場の跡のような気がする。まだ戦っている日本の、東京の、銀座の風景だというのが呑み込めない。そんな瞬間がある。

栗原部長は、本土決戦に対して確信ありといった。心強かった。しかし、何か心にこだわるものがあった。本土戦場化ということをあまり簡単にいいすぎはしないか。本土を決戦場とせねばならなくなったについて、戦場に住む日本の国民をそのため塗炭の苦しみに陥れねばならない、否、死へと追いやらねばならない、そのことについて一言、気の毒だが——という言葉が、あっていいのではないか。

軍としては、国民にそういう苦難を蒙らせないで、敵を国外で撃つということが最上の当然の策なのだから、本土に敵を迎えねばならぬことについて一言やはり国民にいうべき言葉があるのではないか。それを言わないで、本土へ来れば大丈夫敵をやっつける、今や全軍特攻、一億特攻の時であるなどと、民の苦しみを全然無視して、ただ勝てばいいといった工合にいうのはどんなものか。無慈悲、非人情でなくては軍人はつとまらぬということはわかるが、民の心をいたわりつかむということも大切であろう。——いい気な感じなのは、たしかにいやだった。

銀座へ出た。六時ちょっとすぎ。人通りはもうほとんどない。

家へ帰ると、妻が立退の予告を受けたという。裏山に新しく陣地ができ、その砲の射撃の邪魔になるので、いずれは立退を命ぜられ家をこわされるだろうというのだ。勝手にしやがれ！

七月二十七日
敵の空襲で、損害だ損害だというが、頭の考え方をちょっと変えて見ると、焼跡から何万貫という銅が出てくる。銅山で必死の増産をやっても、おっつかない多量の銅が家の焼けた跡から出てくる。そうなると空襲はむしろありがたい。損害どころかすこぶるありがたい話なのだ。――栗原部長は昨日こう言った。家を焼かれた国民はまことに気の毒だが……そういう一言が今出るか今出るかと待っていたが、絶対言わなかった。土台そんな気持は毛ほどもないのだ。
上村氏が尻馬に乗って「家を焼かれようと何しようと、損ということはない。私たち、何も損はしない。損などということはありえない」と例によって卓を叩いて気違いじみた高声で言った。民あっての国ではなかろうか。国が滅びても俺が生き残ればいい、そう私は考えているものではない。国あっての民ということも考えるが、民あっての国ということを考えるのである。

文報の新事務所は仙台坂にある。本村《ほんむら》町である。市電を東町で降りた。二ノ橋と三ノ橋の間に新しく設けられた停留場である。降りると、この前ここへ来たときはまだ残ってい
た家々がのこらず焼けてしまっている。母校の東町小学校もない。幼時の思い出の残っていた竹谷町の家々はことごとく灰に化した。善福寺も焼けた。ただ、有名な銀杏は残っている。事務所は山根という家にある。震災をのがれた古い家だ。中村局長、塩田総務部長に会う。私は調査部長に就任するのである。今君は企画部長。部は三つしかない。今君に会いたいと思ったが不在。

帰りは田町駅へ出た。二ノ橋から三田へ抜けたのだが、綱町の渋沢邸、簡易保険局、第六高女等は残っている。三田の焼残りの新刊本屋に寄った。本はほとんど何もない。雑誌は、——いずれもペラペラの、ただ折りたたんだだけのものだが、それでもいろいろあった。『東洋経済』『公論』等々。これらは売れないで積んであった。紙屑のような感じだ。巡査が「支那語の学習書をなんとか入手できんかね」と店の者に言っていた。

七月二十八日

今日は文庫の当番だ。妻に先に行って貰った。あとから行った。

鎌倉文化聯盟が今日で解散したと吉野氏(註=吉野秀雄)がいう。聯盟員の意志ではな

い。義勇隊の組織とともに、こういう団体の解散を命ぜられたのだ。思想結社として新たに届出をすれば、存続してもいいという警察の話だそうだが、そんな届出をするとどんな取締をされるか。今でさえ、何かとうるさい。憲兵がしょっちゅう調べにくる。（憲兵といえば、文庫へもしょっちゅうやってくる。会員名簿をしらべたり、出本者の名をしらべたり、どうしてこう、うるさく取締らねばならぬのか。）思想結社の届出をしたらどんなにうるさくなるかわからんというので、解散することにしたのだという。日本人のため、ひいては国のためになることを何かしようとすると、犯罪人のように眼を光らせる。結局なんにもしないで、利己的な無関心的な態度でおれば、無事なわけである。こんな「政治」をしておいて一方で愛国心を要求する。

市役所の経済課長に会う。市役所の穴倉の一部を貸してくれるのである。その世話を文化聯盟が手弁当で焼いて、そうして書物という国にとって大切な文化財を護ろうというのである。こういう大切な仕事を政府は決してしないのである。われわれが自分でしなければならない。――鎌倉市役所は、われわれのために、大切な文化財のために、穴倉の一部を提供してくれるというだけ、ほかのところより、ものがわかっている。もののわかった人物がいるのである。

家へ帰ると、家の傍の洞穴のなかに海軍の兵隊が蟻のようにならんで弾丸を運び込んでいた。停電。ローソクをつけて夕食をしていると、その家の周囲は戦場のような喧騒で包まれている。警報。電柱の故障を直しに来た工夫が、懐中電気がつけられないので、帰ってしまった。すなわち、電気はつかないのである。電気がつかないとラジオの情報が聞かれない。

ローソクの光で新聞を読む。イギリスの政変、ポツダムの放送。米英蔣の対日降伏条件の放送について、読売も毎日も「笑止」という形容詞をつけている。

（読売新聞）

戦争完遂に邁進

帝国政府問題とせず

敵米英並に重慶は不逞にも世界に向って日本抹殺の対日共同宣言を発表、我に向って謀略的屈服案を宣明したが、帝国政府としてはかかる敵の謀略については全く問題外として笑殺、断乎自存自衛戦たる大東亜戦争完遂に挙国邁進、以て敵の企図を粉砕する方針である。

笑止、対日降伏条件

トルーマン、チャーチル、蔣連名

ポツダムより放送す

〔チューリッヒ特電廿五日発〕トルーマン、チャーチルおよび蔣介石は廿五日ポツダムより連名で日本に課すべき降伏の最後的条件なるものを放送した、右条件要旨次の如し

以下の各条項は吾々の課すべき降伏の条件なり、吾々はこの条件を固守するものにして他に選択の余地なし、吾々は今や猶予するところなし

一、世界征服を企つるに至れるもの丶権威と勢力は永久に芟除《さんじょ》せられるべきこと、軍国主義を駆逐すること

一、日本領土中聯合国により指定せらる丶地点は吾々の目的達成確保のため占領せらる丶こと

一、カイロ宣言の条項は実施せらるべく日本の主権は本州、北海道、九州、四国およびわれわれの決定すべき小島嶼《とうしょ》に限定せらる丶こと

一、日本兵力は完全に武装解除せらる丶こと

一、戦争犯罪人は厳重に裁判せらる丶こと、日本政府は日本国民に民主主義的傾向を復活すること、日本政府は言論、宗教および思想の自由並びに基本的人権の尊重を確立すべきこと

一、日本に留保を許さるべき産業は日本の経済を維持し且つ物による賠償を支払得しむる如きものに限られ、戦争のための再軍備を可能ならしむるが如き産業は許

さゞること、この目的のため原料の入手は許可せらる、こと、世界貿易関係に対する日本の参加はいづれ許さるべきこと

一、聯合国の占領兵力は以上の目的が達成され且つ日本国民の自由に表明せられたる意志に基づく平和的傾向を有する責任政府の樹立を見たる場合は撤退せらる、こと

一、日本政府は即刻全日本兵力の無条件降伏に署名し且つ適切なる保証をなすこと、然らざるにおいては直ちに徹底的破壊を齎《もたら》さるべきこと

七月二十九日

気持が乱れている。迷っている。ぐらついている。だからでしょうか。腹が立ってしようがありません。誰に？　何に？　対象はないのです。だから余計暗鬱な腹立ちなのです。昨日川端さんが言っていた、――斎藤茂吉は蔵書をことごとく焼いて、一日泣いていたという。わかる。実にわかる。こっちはまだ焼きもしないで、わかるなんどと言っては申しわけないが、わかります。大の男が、いや、茂吉というような人物が、男泣きに泣く、これは大変なことです。大変な事件です。茂吉の歌、茂吉の文学とともに後世にながく伝えられねばならぬ事件です。私も泣きたい。泣きたい気持です。人間のために、世界のために。私がいま腹が立ってしようがないのは、泣きたい気持と結びついたものだ。

葛西善蔵なんて、あれはなんだね。机の横の彼の本が眼についたからだが、――いい気なものだね、葛西善蔵なんて。あんないい気なものを、苦しんでいる、悲痛の底をついている、真剣だ、ほんものだ、文学と人生とがギリギリのところで結びついている等々と言っていた文壇なんてものも、いい気なものじゃないか。俺も酒が飲みたい。酔払ってクダを巻いて、それですませるものなら……。すまなくても、今僕はほんとうに酒が飲みたいと思います。咽喉がくいくいとなる。飲みたい。白昼、飲みたいね。クダを巻きたいのじゃない。うさを晴らしたいのじゃない。ただ酒が飲みたい。酒というものはいいものだ。僕は酒飲みじゃない。酒好きじゃない。その僕がいま、酒！　酒！　と絶叫する。キチンと坐って静かに飲みたい。悠然と飲みたいのです。酒が身体に廻ってきて、昂然としてくる、生命が発展を欲してくる、進撃的になり、恐れない、くよくよしない、前だけを見る、夢想の快さ、こういう生理状態を俺は今実に欲している。

この頃はずっと、きざみ煙草に蕗の葉の乾したものをまぜてのんでいるが、なかなかうまい。きざみ煙草はきせる用の「みのり」にさらにパイプ用の「のぞみ」をまぜている。三種の調合がまたなんとなく楽しい。老母がまた庭の蕗の葉を摘んで来て、細かくきざんで、蔭干しにするのを、楽しみにしている。妻は煙草をのむが老母はのまないのである。妻の話では、林房雄がいたどりを干したのをのんでいて、あまくてすこぶるうまいと言っ

ていたという。植物図鑑を見たら、イタドリは蓼科で「——茎ハ少シク酸味ヲ帯ビ小児等ハすっぱぐさトイヒテ徒食ス。又根ハ通経剤、淋病薬トシテ煎用ス」とあった。葉のことは書いてない。——タバコはナス科である。ナスビ、ホオズキ、アサガオ、トウガラシ等が同科に属する。

七月三十日

今日は空襲警報でおこされたが、空襲は夜まで続いた。終日蟄居《ちつきよ》。読書。庭の菜園に水をやる。小堀杏奴『晩年の父』を読んだ。

七月三十一日

文報へ。

車中並びに帰宅後、チェーホフを読む。春陽堂文庫『犬を連れた奥さん』（神西清訳）で、『犬を連れた奥さん』（一八九九年）、『ヨヌイッチ』（一八九八年）、『頸の上のアンナ』（一八九七年）を。チェーホフはやはり懐しい。短篇を書こうというような時は、特に心をひかれる。しかしこの三篇は、特記すべき感銘はなかった。

八月一日

『戦時女性』一ノ木長顕氏来訪、『征旗』婦人記者来訪、いずれも小説原稿の督促。店へ。当番なり。夜、原稿書こうと思ったら空襲警報で駄目。いよいよ大船鎌倉を襲われるかと思ったら、鶴見川崎へ行った。

八月二日

海桜隊関東支部長来訪。来週土曜日に久米、小島両氏に海軍監督官室で講演をして貰いたいという。

午後、仕事にかかる。

ヒロポンをのんで徹夜。

一日の大本営発表が新聞に載っているが、発表の最初に「戦備は着々強化せられあり」とある。それについて毎日が「軍に毅然・大方針あり」と提灯記事を書いている。昨日は読売が同種の記事を掲げていたが。——ところが、毎日は提灯記事の隣りに社説を掲げている。「民意を伸張せしめよ」「知る者は騒がぬ」ひかえ目ながらここで注文を出している。国民はもはや、提灯記事、気休め記事は読まぬのである。

軍に毅然・大方針あり

（毎日新聞）

大本営発表の第一項において帝国陸海軍の決戦態勢の強化がかかげられたのは従来に見ざるところであり、その意味するところ深長であるとともに陸海軍の断乎たる決意がその行間に窺はれるのである、由来勝利の原則は真の決戦場に決戦兵力を剰《あま》すところなく投入することである、われの根本方針は総てこの原則に基づきこれが一切の作戦を貫いてゐるのである

先般鈴木首相が記者団との会見において、敵艦上機、艦砲の跳梁に対し首相が参謀総長、軍令部総長に尋ねたところ両総長は、軍としては期するところあつて、それに基づいて作戦してゐるとの言明があつたが、その言裡には軍に毅然たる大方針のあるこ

とを示してゐる、従来太平洋諸島の戦においては求めんとして求め得ざりし決戦の機会をいよ〳〵本土において邀へんとし今やわが戦備は着々進みつつある、特に敵の航空攻撃により僅少の損害に留つてゐるわが航空生産力は依然逞しい生産線を描いてゐるのである、敵はわが航空力の健在を恐れてこの撃滅のためB29、艦上機、中小型機を総動員して必死の努力を傾けてゐるのも宜《むべ》なる哉であるが、敵の徒らなる消耗を他所《よそ》にわが決戦戦力は日一日と蓄積されつゝある

心、物量に勝てり　敵は狙ふ我精神
　大出血に畏怖、謀略に躍起
　　崩すな国内団結力（読売新聞八月一日、記事の見出し）

八月三日

文報へ行く。

帰りに新橋で定期券を買った。前から買おう買おうと思いながら、配給の通帳をいつも忘れて買えなかった。通勤証明書のほかに、住所を証明する通帳を見せねばならぬのだ。地下鉄口の方で買おうとすると、定期券を売る窓がない。さては正面口だけでしか売らぬのかと、そっちに廻ると、そこにも見当らぬ。聞いてみると、定期券売場は烏森口だとい

う。ぐるりと廻って、そっちに行った。三カ月六十一円。――果して三カ月使えるだろうか？　いやあと三カ月ぐらいは電車も通っているだろう。改札口は閉鎖。電車に乗るためには再び正面まで廻らなくてはならなかった。あらゆる方面で、人に不便をかけることへの顧慮というようなものは全くないのである。むしろいわば、なんとかして人に不便をかけ、人を苦しめようとしているかのようだ。

逗子の今君、藤沢の山沢君と一緒に電車に乗った。

今君の話では、里村欣三が死んで細君が故郷へひきあげることになり、荷物を駅へ出して、身体だけ先きに広島（？）へ行った。ところがその荷物がのこらず、渋谷駅で焼けてしまった。家財道具一切焼失した。細君は重ねがさねの不幸に茫然自失――という話。これからこういう不幸な人々が続出するのであろう。

戸川貞雄とこの間の情報局の会で会ったが、家を焼かれて庭の鳩小屋にいるとのことだった。鳩小屋にいて、豆を食っていたら、まるで鳩だ――と笑ってすませないのである。

八月四日

読売、毎日両紙とも、爆撃予告の敵のビラに驚くなという記事を出している。当局からの指示によるのであろう。

夕方店へ。久米、川端両氏に会う。久米さんは運輸省依頼の巡回講演から前日帰ったところ。

八月六日

かねての約束で今君と情報局へ行き、文芸課長に会った。今君の実践部長、自分の調査部長就任についての挨拶。情報局は内務省五階にある。いつまでこの建物がもつだろう。ガタガタの電車で東町へ。私は中学生の頃、この小さな電車でその時分日比谷にあった府立一中に毎日通っていたものだ。三ノ橋から乗って桜田門下車。桜田門どまりだった。

警視庁は帝国劇場の隣りの濠端にあってまだこの桜田門にはなかった。内務省、文部省の庁舎もなかった。海軍省、司法省の赤煉瓦の建物はあったが、それらは今焼け落ちてしまった。——小型電車はその頃のと同じだったが、車の破損のひどさ、車内の乗客の、半分はまるで乞食のような風態のひどさ、車外の焼跡のひどさ、——感慨無量というような生易しいものではない。これらのひどさは、もっともっと増すのであろう。昇るのはむずかしいが、落ちるのは早い。これは日本の文化についてもいえるだろう。一度落ちたら、その向上はなかなか困難だ。しかも戦いに負けたら……。胸に来るのは、いつものことながら、暗い想いだ。私ひとりは、精神的に大変元気だが、ひとりの力など空しいものである。

西村孝次君と電車が一緒だった。一緒に文報へ行く。故郷から帰った鯨岡君に会う。

『征旗』婦人記者が小説原稿を取りに来た。急いで清書にかかったが、下書が一枚抜けている。思い出して書くのも面倒なので、そこを抜かして清書した。いやな気持だった。二十九枚。『陰膳』という題。『日々の緑』につづけて『日々の……』という題にしたかったが、適当な言葉が見つからぬので、不満足ながら『陰膳』とした。

空腹で帰って飯を食うと、疲れが出て、チェーホフを読みかけたが、読み通せなかった。電車は片道二時間かかる。往復四時間立ち通しの電車だけで、すっかり疲れる。

八月七日

文報行。途中、新橋駅と田村町の間の関薬局という薬屋で「ビタカルゼ」というビタミン剤を買った。新橋から行って右側は焼け、左側はすこし残っているのだが、その通りでものを売っているのは、左側のその店だけだった。この店も内部は焼けたのだが、鉄筋コンクリートの壁が残ったので、急ごしらえで店を開いた。店を開いたについて主人が口上を書いた貼紙を出している。とにかくものを売っているのは珍しいので客がいっぱいつめかけている。なんだかインチキらしい薬ばかりなので、私は今まで入ったことがなかったが、今君がここのメンソレータム代用品が、インチキ薬らしいのに案外蚊にさされた跡などにはかゆみ止めになるといっていた。さらに、鯨岡君が昨日「ビタカルゼ」をここで買って来たのを見て、つい誘われて買ったのである。飛ぶように売れている。粉末千瓦《グラム》《ママ》の箱ひとつ二十円。

文報からの帰りはいつも今君と一緒だったが、今日はひとりで早目に事務所を出た。行きに読みかけたジャン・シュランベルジェの『或る男の幸福』（原題『或る幸福な男』井野康彦訳）を車中一人で読もうと考えたのであるが、新橋駅で義兄に「やあ、高見さん」と声をかけられた。

「大変な話――聞いた？」

と義兄はいう。

「大変な話？」

あたりの人をはばかって、義兄は歩廊に出るまで、黙っていた。人のいないとこへと彼は私を引っぱって行って、

「原子爆弾の話――」

「……！」

「広島は原子爆弾でやられて大変らしい。畑俊六も死ぬし……」

「畑閣下――支那にいた……」

「ふっ飛んじまったらしい」

大塚総監も知事も――広島の全人口の三分の一がやられたという。

「もう戦争はおしまいだ」

原子爆弾をいち早く発明した国が勝利を占める、原子爆弾には絶対に抵抗できないからだ、そういう話はかねて聞いていた。その原子爆弾が遂に出現したというのだ。——衝撃は強烈だった。私はふーんと言ったきり、口がきけなかった。対日共同宣言に日本が「黙殺」という態度に出たので、それに対する応答だと敵の放送は言っているという。

「黙殺というのは全く手のない話で、黙殺するくらいなら、一国の首相ともあろうものが何も黙殺というようなことをわざわざいう必要はない。それこそほんとうに黙っていればいいのだ。まるで子供が政治をしているみたいだ。——実際、子供の喧嘩だな」

と私は言った。

一緒に家へ帰って食事をともにした。「ビタカルゼ」の箱を開いてみたら、吸湿性の粉末だから開函したらすぐ他の瓶に入れかえてくれという注意書があって、ただ紙で粉末が包んであるのだ。その粉末を口に入れると、糠の臭いがした。——糠を二十円で買って来たのである。

八月八日

大詔奉戴日なので文報では十時から式をやって、その後十一時から常会をやるから、是非十時までに来てくれと庶務の酒井君が言った。私も、十時までに行くつもりだったが、新聞が見たかった。原子爆弾の記事を見たかったので、新聞の来るのを今やおそしと待っていたが、――来ない。しびれを切らして、遂に十時に家を出た。式には出られないわけである。

電車が来たので乗ろうとすると、向うの窓から今君が呼ぶ。その車に乗った。今君は、私たちが大学にいた時分、美学の講師をしていた團氏（琢磨男令息）と話をしていた。團氏は東京の家を焼かれたのである。「博文館の帝国文庫は助かった」と團氏が言っている。原子爆弾の話はしていない。車中、どこも誰も、そんな話はしていない。みんな、のんびりした、――いや、虚脱したような顔をしている。そして常と同じく、満員である。

今君と二人きりになったとき、

「新聞読んだ？」

と、聞いてみたら、読んだというので、広島の爆弾のことが出ていたかと聞くと、

「出ていた――」

「変な爆弾だったらしいが」

「うん、新型爆弾だと書いてある」

「原子爆弾らしいのだが、そんなこと書いてなかった？」

「ない。――ごくアッサリした記事だった」

「そうかね。原子爆弾らしいんだがね。――で、もしほんとに原子爆弾だったとしたら、もう戦争は終結だがね」

田村町へ歩きながらの会話だ。あたりに人はいないが、私は声を低くしていた。

――関薬局は相変らず押すな押すなの盛況だ。街の様子、人の様子は、いつもと少しも変ってない。恐ろしい原子爆弾が東京の私たちの頭上にもいつ炸裂するかわからないというのに、――それは杞憂というようなものではなく、現実に日本の土地で示されたことなのだが、人々は、のんびりした、ぼんやりした顔をしている。これはどういうことか。

文報へ行くと、調査部の部屋でまだ常会が行われていた。防空壕のことが議題になっている。

防空壕がないのだ！　これから、それを掘ろうというわけである。今君が原子爆弾のことを座に披露した。誰も知らない。知らないのは当り前であった。新聞でもラジオでも、単に新型爆弾という言葉で、あっさり片付けているからだ。国民に恐怖心をおこさせまいとする政府の隠蔽政策は、――万事につけてこの政策だが、――隠せば隠すだけ、むしろ誇大に伝わるだろう。その害の方が警戒すべきなのではないか。万事につけて、今までいつもそうだったが――。

今日は常務理事会だが、会長の高島米峰氏ひとりしかやってこない。

帰り際になって警報が鳴った。すわ、原子爆弾？――だが案外慌てなかった。落ちついている。否、諦めているのだ。どうとも勝手にしろ、そうした糞落ちつきだ。

爆弾の炸裂音。普通の爆弾らしい音だった。新橋で東京新聞を買った。「新兵器に防策なき例なし」こういう見出しだ。ひどく苦しい表現だ。

大本営発表（昭和二十年八月七日十五時三十分）
一、昨八月六日広島市は敵B29少数機の攻撃により相当の被害を生じたり
二、敵は右攻撃に新型爆弾を使用せるもの丶如きも詳細目下調査中なり
昨七日の大本営発表にみられる通り、敵は六日午前八時すぎB29の少数機を広島市に侵入せしめ、少数の新型爆弾を投下、少数機、少数の爆弾をもつて一瞬にして無辜《むこ》の民多数に残虐なる殺傷を加へたるのほか、相当数の家屋を倒壊、市内各所に火災を生ぜしめるの天人共に許さざる暴挙を敢へてなしたのである、新型爆弾の威力、被害等については未だ詳細判明せざるも、共に軽視すべからざるものがあり、つねに人道を口にし、表面正義をよそほふ敵米ながら、既にこと、この暴挙に至つては最早や世界の何人も許さざる鬼畜の手段たるにたがはず、吾等は日本民族抹殺目指す暴虐なる敵新企図の一切に対しては敢然今ぞ反撥するところがなければならぬ
されば未来永劫敵米はこのそしりをまぬかれ得ず、今後も引続きこの種鬼畜爆弾を使用するであらうし、同時に六日爆弾投下と同時に撒布した誇大なる謀略伝単に対し、これら悪魔の如き破壊殺傷力と無形の圧力をもつてわれに挑み来るのであらう、然しこの新型爆弾に対しては目下早急なる対策を練りつ丶あり当局の指示あるまで従来通

りの防空対策を一層促進、少数機の来襲といへども決しておそれずあなどらざる態度を先づ自らのうちに固めなければならぬ

由来新兵器には対策なきのためしがないのであり、徒らなる焦躁感にかられることなく、文句なし全力をあげて戦争一本に突進すべきの臍《ほぞ》の緒をしむべきである、さらにこの種謀略宣伝に対しては巷間デマの一切に耳をかさざることが何より肝要である、もし少しでもこの種デマに迷はされるならばデマはデマを生み、空しく己れをさへ破滅し終るべきを知るべきである、これは誇大宣伝開始に備ふる吾等の覚悟でなければならぬ

いまこの謀略伝単を説明し得るべき自由を持たないが、これとて従来屢々敵が用ひた謀略以外の何物でもなく、この種爆弾の使用、はては謀略宣伝を遮二無二でつちあげてまでもわが堅陣本土攻略難しと見ての敵作戦焦躁のいつはらざる真姿をわれらはいまぞ知得出来るのである、あせりつゝ苦しみつゝ困惑の果てに放たれた悪鬼爆弾に一歩も譲り得ず、断じて破れてはならぬ理由またこゝにある、そしてわれただ報復あるのみである

報復一途……われら一丸、こつて体当りするところこれの成らざるはないのであり、今回の暴挙への日本民族の解答はこれ以外にない、この解答を示す秋《とき》こそ、既に正義に於て勝てるわれらがまた武力に於ても勝てるの輝かしい秋を迎へるであらうこと神

人共に疑はざるところである（東京新聞）

今君は、これを読んで、

「こりゃ、君、相当なものだね」

と言った。私も記事の背後に、爆弾の恐ろしさを読んだ。どうして真相を発表しないのか。どうしていたずらに疑心暗鬼を生ぜしめるのか。

歩廊で北条秀司君に会った。原巌、鈴木英輔等の死を聞く。

車中、『或る男の幸福』を読む。次の言葉が心を捉えた。

——彼女は花、入陽《いりひ》、美しい風景を讃美したが故に自然を愛したと信じてゐた。しかし彼女は、あるがままのものを前にして我々の心を動かすやうな求知心は持たなかつた。写実主義《レアリズム》の中には彼女よりも更に高邁な精神を持つた婦人たちですら達し得ぬ崇高性がある。現実は決して彼女たちを堕《おと》しはせぬ。彼女たちは現実を恐れてゐるか、さもなければ軽蔑してゐるのだ。

八月九日

前日と今日の新聞が一緒に来た。前日の新聞をまず見た。「新型爆弾」については、一面のトップに記事が掲げてあるが、なるほど簡単である。

八月八日（毎日新聞）

軽視許されぬ其威力

速かに対策を樹立

八月六日午前八時すぎB29少数機は広島市に侵入、少数の新型爆弾を投下した、そのため同市の相当数の家屋が倒壊、各所に火災が発生した、敵の投下した新型爆弾は落下傘をつけ空中で破裂したもの、如くであり、その詳細については目下調査中であるが、その威力は軽視を許さぬ

敵は引続きこの新型爆弾を使用するものと予想されるが、これに関する対策については早急に当局より指示されるが、現在の待避設備は更に徹底的に強化する必要がある、今後は少数機といへども軽視することなく慎重な待避が望まれる。

これでは、みんな、のんびりしているのは当り前だ。

毎日に、アメリカの戦時情報局の組織が出ている。長官をはじめ、海外部長、政策部長はいずれも文芸家だ。文化人を戦争から締め出している日本とは、まるで違う。すべて、まるで違うの感が深い。

今日の新聞には、毎日、読売ともに新爆弾対策が出ている。毎日には赤塚参謀の談話が

出ている。やや具体的である。

特徴は垂直爆風圧
　上方の遮蔽が大切
　　赤塚参謀視察談　正体は研究済み

〔大阪発〕　六日広島市に投下した敵のいはゆる新型爆弾につき六日広島の現場に急行詳細な調査を遂げ八日帰阪した中部軍管区参謀赤塚一雄中佐はつぶさにその視察結果を公表した

民防空在来の指導第一課は敵機来襲に際して必ず壕に待避すること——敵機への突撃態勢である、この際待避を徹底することが今回広島市に投下したいはゆる敵の新型爆弾に対処する唯一の勝利の道である、被害が比較的大きかつたのは時あたかも空襲警報解除ののちであり一般市民もほつとしてゐたいはば気分にゆるみがあつたときである、こゝへ突如従来とは全く性能を異にした爆弾を投下されたので普通なら何でもなかつたのにこの予想外の被害を生んだのである、敵は高性能の爆弾を投下したと発表したが、その特徴をあげると
まづ第一に熱線による焼夷的な威力が大きかつたこと、第二爆風圧が従来のものより強烈であつたこと

この二つに尽きるがこの種爆弾は日本でも研究されこの実体もわかつてゐた程度のものである、従来の爆弾は横に及ぼす爆風の威力によつて人、物を殺傷し破壊したが今回の敵のいふ新型爆弾は上空から地面に及ぼす垂直爆風圧の威力が大きかつたのが新しいところである。ところで第一の熱線の焼夷的効力についてまづ上空に向つて遮蔽をすることが最も効果的である、この意味から地下壕は絶対的である、五体の露出部分は完全な防空服装によつて包むこと、半袖、半パンツ、上半身裸体の者にのみ意想外の重傷があつたのはこのことを雄弁に物語るものである、露出部面は完全な腐爛状態にあり、薄いシャツもこの熱線の滲透のため火傷水泡が生じてゐる、二枚以上の服装をまとつたものは安全であつた、この熱線はガラスなどの透明物をも完全に透してゐる、池でも表面近くの魚が火傷をして浮いてゐるのを見た、熱線に対しては遮蔽することは絶対に例外がないのである、防空頭巾、手甲、脚絆、しかも顔面を包むことも考慮すべきである、かうした防空服装を整へて壕に入つてをれば絶対安全である第二の爆風圧即ち爆風に対しても上空に向つての遮蔽が有効であることはいふまでもない、その一例は在来の日本家屋は倒壊してゐたが、不思議に電車が潰されてゐなかつた、電車の鉄筋が日本家屋の柱より強かつたからである

熱線を防ぐため壕も入口より奥にまた咄嗟の場合は高位より伏せの姿勢が有効であるは論をまたない、この敵の新型爆弾に対処する途は今こそ一億総穴居、完全な防空生

活に徹することの以外にはない、新型爆弾恐れるに足らず、要は不用意な安心感をもつて壕への待避と完全な防空服装を怠ることによつて不慮の災禍を蒙る、現に広島市の場合中国軍管区防空情報は

空襲警報は解除されましたが、まだ一機広島市に侵入します

と市民に注意を促してゐたのである、ラジオ情報への判断を忘れないことも防空生活への大切な一項目である

朝、久米家へ行った。文庫の支払金計算。川端さん、中山夫妻も来る。不還本がひどく多い。

原子爆弾の話が出た。仁丹みたいな粒で東京がすっ飛ぶという話から、新爆弾をいつか「仁丹」と呼び出した。

「そのうち、横須賀にも仁丹が来ますな」

「二里四方駄目だというが、鎌倉は、するとまあ助かりますかな」

昼食後、今日は私の当番なので、妻と店へ行く。いつもながらの繁昌である。「仁丹」が現われても、街に動揺はない。続々と会員申し込みがある。会員は三カ月間の読書料前払、十一月八日までというわけだが、十一月八日まで一体この店が存在しているだろうか。

四時過ぎ頃、林房雄が自転車に乗って来て、

「えらいことになった。戦争はもうおしまいだな」

という。新爆弾のことかと思ったら、

「まだ知らんのか。ソ聯が宣戦布告だ」

三時のラジオで報道されたという。

「警察から電話がかかって来て、――警察の奴はハッハッハと笑っていた」

店にはいつも誰かいるのだが、今日は川端さん、中山夫妻は久米さんのところでひきつづき計算、――誰もいない。では久米さんのところへ行ってみようと林は自転車で去った。

そのあとへ、放送局の人が来た。名刺を見ると、福村久とある。『日本文学者』の同人だ。北条誠君も一緒だった。川端さんに会って来た帰りだという。

「えらいことになったですな」

と私は言った。

「爆弾ですか」

二人は、つい先刻の私と同じく、ソ聯の宣戦をまだ知らないのだった。福村君は『戦列日記』という放送原稿を註文に来たのだが、

「こいつは、えらい時に来てしまった。――でも、ひとつ、頼みます。それから前々からお頼みしてある物語も是非……」

急いで帰って行った。

永井君が来た。東京からの帰りに寄ったのである。緊張した表情である。長崎がまた原子爆弾に襲われ広島より惨害がひどいらしいという。二人の者が、同盟と朝日と両方から聞いて来て、そう言ったというから、うそではないらしい。

店は何の変りもない繁昌である。知らないせいか、知っていても平然としているのか。山村、小泉両君に、ソ聯宣戦のことを、そっと紙に書いてしらせた。人がいっぱいいる店で、何か声を出していうのがはばかられた。

夜、久米家へ。計算を夜になってもやってしまおうという約束で行ったのだが、すでに終っていて、酒を出された。酒をのみたいと思っていたところなのでありがたかった。うまかった。

避難の話になった。もうこうなったら避難すべき時だということはわかっているのだが、誰もしかし逃げる気がしない。億劫でありまた破れかぶれだ。

「仕方がない。死ぬんだな」

八月十日

警報でおこされた。

空襲。やがて空襲警報が解除になり、警戒警報も解除。とまた警戒警報が鳴りつづいて空襲警報。文報行き中止。

新聞が来た。「ソ聯、帝国に宣戦」と毎日、読売とも大きく出ている。ただし毎日は、東宮職が設けられ、穂積重遠博士が東宮大夫兼侍従長に任ぜられたという記事の方がトップに出してある。

ソ聯の宣戦は全く寝耳に水だった。情報通は予感していたかもしれないが、私たちは何も知らない。むしろソ聯が仲裁に出てくれることを秘《ひそ》かに心頼みにしていた。誰もそうだった。新聞記事もソ聯に対して阿諛《あゆ》的とも見られる態度だった。そこへいきなりソ聯の宣戦。新聞にもさらに予示的な記事はなかった。

――いや、今日、改めて見たら八日に次のようなチューリッヒ特電の記事が出ていた。しかしこれだけである。これだけでは、ソ聯の宣戦は予感できない。

ソ聯最高会議招集

〔チューリッヒ特電六日発〕スターリン首相は五日ポツダムよりモスクワに帰着したがAEP（欧洲通信社）モスクワ特電によればスターリン首相は帰還直後臨時にソ聯最高会議を招集、重要問題を審議決定する予定である、右に関しモスクワ外交団筋では最高会議で決定される問題は

サンフランシスコ会議で成立した国際憲章並にポツダム宣言の批准

であると観測してゐる、なほ目下蒙古人民共和国の軍事使節団がモスクワを訪問中といはれる

ソ聯の宣戦は一種の積極的仲裁運動なのであろうか。それとも、原子爆弾の威力に屈服したのだろうか。——ラジオの報道はソ聯問題や対ソ戦況に関することを何も言わない。東宮職のことをしきりにいうだけである。日本の対ソ宣戦布告も発表されない。気味のわるい一日だった。

五時の報道で大本営発表があった。そのなかに対ソ軍の戦況発表があった。比企ヶ谷の小島家へ行った。海桜隊から頼まれていた講演の件を小島さんに話さねばならぬのだが、原子爆弾の出現となって、危険な東京へ出て貰うのがいかにも心苦しい。しかしもう明日に迫ったので、とにかく相談してみようと思って行ったところ、小島さんは床についていた。なに、明日になったらなおるだろうから行きましょうと小島さんはいう。

店へ行くと、久米さんの奥さんと川端さんがいて、

「戦争はもうおしまい——」

という。表を閉じて計算していたところへ、中年の客が入って来て、今日、御前会議があって、休戦の申入れをすることに決定したそうだと、そう言ったというのだ。明日発表があると、ひどく確信的な語調で言ったとか。

あの話し振りでは、まんざらでたらめでもなさそうだと川端さんがいう。

「浴衣掛けでしたけど、何んだか軍人さんのような人でしたよ」

と久米さんの奥さんはいう。

「休戦、ふーん。戦争はおしまいですか」

「おしまいですね」

と川端さんはいう。

あんなに戦争終結を望んでいたのに、いざとなると、なんだかポカンとした気持だった。どんなに嬉しいだろうとかねて思っていたのに、別に湧き立つ感情はなかった。その中年の客の言葉というのを、信用しないからだろうか。——でも、おっつけ、戦争は終結するのだ。惨めな敗戦で終結——というので、心が沈んでいるのだろうか。

とにかく、こういう状態では講演どころではないだろう。中止だ、行くことはないだろう。——小島家へそのことを言いに行った。

「戦争はおしまいだそうです」

「そうかねえ。しかし、たった今、ラジオでは阿南陸軍大臣が徹底的に戦うのだといっていたぜ」

「え？」

七時の報道だ。——とことんまで戦うということも考えられる。そしてそういう場合は、みんな駆り出されて、死ぬのである。国も人民も、滅びるのである。

「広島では知事も大塚総監も、みんな死んだそうだが、畑元帥は山の方にいて助かったそうだよ」

と小島さんは言った。

電車に乗って帰った。車中でも歩廊でも、人々はみな平静である。真に平静なのか。それとも、どうともなれといった自棄なのか。戦争の成行について多少とも絶望的なのは確かだ。ソ聯の宣戦について誰ひとり話をしている者はない。昂奮している者はない。慨嘆している者はない。憤激している者はない。

だが、人に聞かれる心配のない家のなかでは、大いに話し合っているのだろう。私たちが第一そうだ。外では話をしない。下手なことをうっかり喋って検挙されたりしたら大変だ。その顧慮から黙っている。全く恐怖政治だ。

黙っている人々は無関心からもあるだろうが、外ではうっかりしたことを言えないというので黙っているのもあるわけだ。そして、みんな黙っているところからすると、誰でもひとたび口を開けば、つまり検挙される恐れのあることを喋るということになる。そういう沈黙だとすると、これでは戦いには勝てない。こういう状態に人々を追いやったのは誰か。

蓑口幸子さん来る。平野徹君来る。新田君帰る。

「——こんなことになろうとは思わなかった」

これがみんなの気持だった。

九時の報道を聞く。阿南陸相の全軍への布告。下村情報局総裁の布告を聞く。

日本は、そして私たちは、結局、どん底へと落ちて行くのだろうか。

○書斎の前の藤棚につるをのばして行ったかぼちゃが、眼の前に実を垂らした。みるみる大きくなって行く。昼間、空襲の際、写生をした。空襲にまだ慣れなかった今年のはじめ頃、空襲というと書斎でラファエルなどの素描の模写をしたことを思い出した。

八月十一日
起きると新聞を見た。毎日、読売両紙とも、トップには皇太子殿下の写真を掲げ「皇太子さま御成人・畏し厳格の御日常」（毎日）「畏し皇太子殿下の御日常・撃剣益々御上達・輝く天稟の御麗質拝す」（読売）と見出しを掲ぐ。次に情報局総裁の談話。
（毎日新聞）
国体を護持、民族の名誉保持へ
最後の一線守る為

政府最善の努力
国民も困難を克服せよ
情報局総裁談

敵の本土上陸作戦に対しわが方は軍官民挙げてこれが準備に邁進驕敵を撃砕すべく決意してゐるが敵の空襲状況は最近急激に暴虐化し殊に広島地区に対し新型爆弾を使用し残虐目をおほはしめる行為を敢てし、こゝに一般無辜の老幼婦女子を殺害するに至つた、加へて中立関係にあつたソ聯の参戦がありわが国として今や真に重大な段階にたち至つた、政府としては国体を護持し民族の名誉保持のため最善の努力を尽してゐるが、十日午後四時半下村情報局総裁は総裁談を発表、政府の決意を披瀝すると共に国民が国体護持のためあらゆる困難を克服すべきことを要望した

情報局総裁談（十日午後四時半）

敵米英は最近頓《とみ》に空襲を激化し一方本土上陸の作戦準備を進めつゝあり、是に対し我陸海空の精鋭は之が邀撃の戦勢を整へ、今や全軍特攻の旺盛なる闘志を以て一挙驕敵を撃砕すべく満を持しつゝある、この間に在つて国民挙げてよく暴虐な敵の爆撃に堪へつゝ義勇公に奉ずる精神を以て邁進しつゝあることは誠に感激に堪へざるところであるが、敵米英は最近新たに発明せる新型爆弾を使用して人類歴史上嘗て見ざる残虐無道なる惨害を一般無辜の老幼婦女子に与へるに至つた、昨九日には中立関係にあり

しソ聯が敵側の戦列に加はり一方的な宣言の後我に攻撃を加ふるに至つたのである、我が軍固《もと》より直ちにこれを邀《むか》へて容易に敵の進攻を許さざるも今や真に最悪の状態に立ち至つたことを認めざるを得ない、正しく国体を護持し民族の名誉を保持せんとする最後の一線を守るため政府は固より最善の努力を為しつゝあるが、一億国民に在りても国体の護持の為には凡ゆる困難を克服して行くことを期待する

読売の見出しは

今や真に最悪の事態到る
情報局総裁談・国民の覚悟と忍苦要望
最後の一線・国体護持
最善の努力を傾注
空前の殺戮新型爆弾

見出しはともに同じである。情報局総裁談話中から抜いたものとはいえ――。ここに何か含みがある如く感じられる。「国体護持」この「最後の一線」を唯一の条件として、やはり休戦を申し込んだのではないか。それにしては、陸相の布告は何事か。

全軍将兵に告ぐ
ソ聯遂に鋒を執つて皇国に寇す
名分如何に粉飾すと雖も大東亜を侵略制覇せんとする野望歴然たり
事ここに至る又何をか言はん、断乎神洲護持の聖戦を戦ひ抜かんのみ
仮令《たとへ》草を喰み土を嚙り野に伏するとも断じて戦ふところ死中自ら活あるを信ず
是即ち七生報国、「我れ一人生きてありせば」てふ楠公救国の精神なると共に時宗の
「莫煩悩」「驀直進前」以て醜敵を撃滅せる闘魂なり
全軍将兵宜しく一人も余さず楠公精神を具現すべし、而して又時宗の闘魂を再現して
驕敵撃滅に驀直進前すべし
　昭和二十年八月十日　　　　　　　　　　　陸　軍　大　臣

「――何をか言はん」とは、全く何をか言わんやだ。国民の方で指導側に言いたい言葉であって、指導側でいうべき言葉ではないだろう。かかる状態に至ったのは、何も敵のせいのみではない。指導側の無策無能からもきているのだ。しかるにその自らの無策無能を棚に挙げて「何をか言はん」とは。嗚呼かかる軍部が国をこの破滅に陥れたのである。

　新聞記事だけでは、動きはさっぱりわからない。取引所の立会停止が小さく出ている。

長崎の新爆弾が発表になったが、簡単な扱いだ。

某君（註＝義兄）来たり、情報を持ってきてくれた。昨日の動きだ。降伏申入れはやはり事実のようだ。店へ寄った。街の様子は、前日と同じく実に平静なものだった。無関心の平静――というべきか。

対ソ戦に関する会話、原子爆弾に関する会話を、外では遂にひとつも聞かなかった。日本はどうなるのか――そういった会話は、憲兵等の耳を恐れて、外ではしないのが普通かもしれないが、外でしたってかまわないはずの対ソ戦や新爆弾の話も遂にひとことも聞かなかった。民衆は、黙して語らない。

大変な訓練のされ方、そういうことがしみじみと感じられる。同時に、民衆の表情にはどうなろうとかまわない、どうなろうとしようがないといったあきらめの色が濃い。絶望の暗さもないのだ。無表情だ。どうにかなるだろうといった、いわば無色無味無臭の表情だ。

これではもうおしまいだ。その感が深い。とにかくもう疲れ切っている。肉体的にも精神的にも、もう参っている。肉体だけでなく精神もまたその日暮しになっている。

夜、――空襲警報。「どういうんだ。こんなはずはない」と私は妻に言った。

○街では、十三日に原子爆弾が東京を襲うという噂が立っていた。

交渉決裂の場合はかかることも考えられるわけである。

○新田が郵便貯金の印を焼いたので改印届を出しに行った。ついでに貯金をおろした。

「ところがおろすのは俺一人で、あとは皆んな預けているんだ」と新田は言った。

支那あたりだったら、今頃は我も我もと預金をおろす人で大変だろう。日本人は敗戦の経験がないのだから、思えば幸福な国民である。まるで、箱入娘だ。従順で、そして無智。親のいうことは素直に聞くが、親のあやまちを知ることも出来ない。親が死んだら、どうなるか。

八月十二日

新聞が来ない。

きゃたつを担いで、かぼちゃの交配をして廻った。

快晴つづき。おかげで米の凶作からのがれられるらしい。

日が傾いてからなすにこやしをやった。こやしの桶のつるがこわれて、足にこやしを浴びた。

今日もラジオは何も告げない。九時のニュースの時など、それっとラジオの前に行ったが、(音が低くて側へ行かぬと聞えぬのだ)簡単な対ソ戦の戦況と米作に関するもの、タイに於ける邦人企業整備のこと、この三つでアッサリ終り。

新田が今日から隣組の大野さんの一室を借りることになった。そして食事は私のところへ摂りにくるのである。

「○○（註＝東条）というのは、考えてみると、実に怪しからん奴だ」

どこでもそんな話になる。私もそうしたことをいう。しかし、日本を今日の状態に至らしめた罪は私たちにもあるのだということを反省せねばならぬ。

「文化界から一人でも佐倉宗五郎が出たか」

と過日栗原少将は言った。ムッとしたが、なるほど言論の自由のために死んだ文化人は一人もないことを恥じねばならぬ。

「執筆禁止」におびやかされながらしかし私は執筆を禁止されなかった。妥協的なものを書いてべんべんとして今日に至ったのである。恥じねばならぬ。他を咎める資格はないのであった。しかし……。

八月十三日

早朝から艦載機の空襲。

待ちに待った新聞が来た。ただし十二日のだ。毎日はトップに、二重橋前で最敬礼している家族の写真を掲げ「悠久の大義に生きん」という見出し。隣りに「全満国境に戦火拡大、ソ軍雄基（北鮮）にも進出」という見出しの戦況記事。なお見出しを拾うと「十八勇士に感状、果敢・比島の挺身奇襲戦」「近距離内で確保・生産者価格を大幅に引上ぐ、蔬菜の供給改善対策」「発明者を処刑せよ、英紙に憤怒の投書」（チューリッヒ特電九日発、「原子爆弾」という小見出しあり）裏面は「難局を背負ふ老首相、一念・奉公の誠、注射も断りぶっ通しの活躍」「世界を破滅に導く、非人道の原子爆弾」「小型機襲撃から貨車・駅舎を護る、戦闘隊員初の大臣表彰」「平凡な農村日記に、『明日の誓ひ』働く一家の底力」（千葉の農家の話）「焼ビルに薫る旋律、友の情けのヴァイオリンに更生した街の音楽家」（時本信造という音楽好きの印刷工がセロとヴァイオリンを戦災で失ったが、工場の主任からやっとヴァイオリンを貰い、十字屋へお百度を踏んで足りない絃を入手し、そのヴァイオリンを毎朝焼ビルで弾いているという挿話、妻子を疎開させて独身寮にいるので皆の迷惑になってはとわざわざ焼けたビルまで行ってヴァイオリンの練習をしているのだ）社説は「東宮職の新設」。広告中に「都合に依り八月十三日日比谷公会堂に於ける演説会中止、国粋同盟本部」というのがある。

読売は、毎日のと違う題目としては「米不足補ふ秋作、関東各県の対策を見る」「白下着で火傷防止、鉄筋建築に待避、新型爆弾の防禦策追加、横穴壕も有効」「人道の敵、米の新型爆弾、非戦闘員殺戮を目標、毒ガス以上の残虐、明かに国際法違反だ」（東京商科大学教授大平善梧氏の談話）「焦土に見る全日本人の悲憤、（広島にて）落ついた市民の姿、強度の曳光に路上の人は殆んど火傷」、社説は「不滅の信念と不滅の努力」

知りたいとおもうことは何も出てない。

今朝もかぼちゃの交配。朝食のおしたしに雄花を摘んだ。

脱皮前の蟬が地面に転がっている。蟻がついている。かわいそうなので拾って、家のなかに持って来た。かつて見たことのない蟬の脱皮を見ようというわけである。

水道が昨日一日とまっていて、今朝もまだ断水だ。中村さんの井戸水を貰いに行った。

蟬の殻の背中が破れて、半透明の頭部と腹部が現われている。

「ホラ、いよいよ脱皮だ」

私は小躍りした。この喜び、楽しさを独占するのはもったいないような気がして母に見せに行った。間をおいては、ちょうど力んでいるかのような恰好で、頭部を上にあげる。陣痛が想像された。

「ひとりで、まあ、えらいもんだね」

と母は言った。子を生むときの苦痛を母は思っているのであろう。

固唾《かたず》をのんで、——そんな顔で母と私はじっとみつめていた。随分長い間みつめていた。

しかし蟬は容易に殻から出ないのだった。

「おかしい……」

はかない感じの水色の頭部は、いくらかもう変色しかけている。褐色を帯びて来た。しかし殻から現われた部分はまるでふえていないのだ。たしかに変だった。もっと気持よくするすると殻から出るものなのではないか。第一、脱皮はまだ陽の弱い朝のうちにするものなのではないか。今はもう陽がカンカン照っている。地面にさかさに転がっていたというのが、考えてみればおかしい。

母は辛抱し切れなくなって、用に立った。

私は台所の妻を呼んだ。

「どうも変なのだ」

と私は眉を寄せた。例の力みの間が、気のせいか、長くなっている。陣痛の苦しみに気が遠くなって、このまま死んでしまうのではないか。人工誕生の必要があるのではないか。

「おい、そっと出してやろう」

たまりかねて妻にいった。殻に爪を立てて、静かに開いてやった。すると、豆の芽のようないたいたしい羽が現われた。

「いけない。やっぱりよそう」

しばらく見ていて、私はその場を去った。見ていられないのだ。

——新田が弁当を取りに来た。海軍省で報道班員の会があるのだ。空襲警報下だったが、新田は駅へ行った。

間もなく、電車が横浜までしか行かないと言って、戻って来た。私も今日は早く文報へ行くはずだった。今君と約束した。そして、文報から浅草へ廻るつもりだった。二時半から猫八の歓送会が浅草区役所であるのだ。猫八から十四日入隊というハガキが来ていた。

蟬の様子を母の部屋へ見に行った。羽が、急にのびている。しかしやはり若芽のような、触ればすぐ破れそうな感じであった。そうして、身体は依然としてちっとも殻から出ていない。前と同じだ。

「こいつはいかん」

「こっちの羽のつけ根をかわいそうに傷している」

と母は言った。片方のつけ根のところに、白い汁の玉が光っていた。

新田はまた出掛けて行った。

新聞が来た。今日のだ。両紙ともに特別記事を掲げている。

外相奏上というのが小さく出ている。気になる記事はこれしか示されていない。

（毎日新聞八月十三日）

最悪事態真に認識

大御心に帰一し奉れ

私心去り国体護持へ

敵米の新型爆弾の使用、ソ聯の一方的対日宣戦布告によつて戦局は真に危急、いまや最悪の事態に至り日本の直面する現段階は正に有史三千年来未曾有の国難に逢着したものといはねばならぬ、政府では先に情報局総裁談の型式をもつて現下の危急に対処し真に一億一丸となつて国体を護持し民族の名誉を保持せんとする最後の一線を守るため一億国民があらゆる困難を克服すべきことを要望した

固より敵米の新型爆弾の使用は毒ガスにも勝る非人道的なもので到底これを容赦すべきものでなく、既に各国よりこれに対する非難の声が上つてをり、またソ聯は去る四月、彼より日ソ中立条約の不延長を申し入れて来たもの、未だ同条約は失効に至らざるに隣邦の友誼をも顧みず突如宣戦布告の挙に出で来たつたのである

かくの如く日々に憂慮される今日の事態は正に最悪の事態といふべきである、われ〳〵はこの際一体となり真に大御心を奉戴し皇国護持の精神に徹すべきであらう、既に開戦以来幾多将兵を大東亜の各地域に送り、緒戦ハワイにおける特攻隊をはじめわが特攻隊また各地にその精華を発揮して尽るところがない、しかも一方銃後においても軍需生産における各職域において国民は真に挺身し、食糧増産においては農民の国の食糧生産に総力をあげて戦つてゐる、即ち前線において銃後において一億国民は特攻の精神を精神として戦ひ来たつたのであり、畢竟《ひつきやう》われ〳〵臣民として最後は上御《かみご》一人《いちにん》に帰一すべきことを身を以て実践したものといふべく今こそ最悪の事態に処しても上御一人に帰一し国体護持の精神は最も如実に発揮されねばならぬ

政府は今や一億真に国体護持の精神に徹すべきを要請してゐる、国民またこの最悪の

事態を率直に認識、一途大御心に帰一し奉り一切の私心を去つてこの難局に処すべきである

遅れる主食配給

◇本欄の『頑張りたいが……』を見て、同じ状態のために苦しんでゐる人が多いことを感じたので、私も一つの実例を提示することにした。

◇私の地区は都下日野町の郊外、といつても一里ばかり離れた田舎であるが、今日で主食配給日が過ぎてから一週間にもなる。しかも、まだいつ配給されるかはつきりしないのである。これでは、どんなにやりくりしても、非農家は困つてしまふ。

◇この暑い盛りの一里の道を毎日のやうに配給所へ『偵察』に通ひ、空しく帰宅する主婦の身にもなつてみよ。(同情者)

唐もろこしに水をやった。現金な次第だ。

蟬はやはり死んだ。

この日記、八十頁の大型ノートに書いているのだが、これで七冊目。十三日のつづきを七冊目の第一頁に書いている。原稿紙にしたら何枚くらいになるだろう。珍しくマメに書

き通した。この日記も、焼けないで助かるのだろうか。助かるとなると、なんだか逆に拍子抜けの感あり。まだしかしわからぬぞ。

八月十四日

警戒警報。一機の警戒警報は原子爆弾出現前は問題にしてなかったものだが、——ちょうど警戒警報にまだ慣れなかった頃と同じように、真剣に警戒するようになった。

「——一機があぶない」

みんなこう言い出した。一機だから大丈夫、こう言っていたのだが。

新田が耳にして来た「巷の情報」ではアメリカは日本の申入れに対して（国体護持を条件としての降伏申入れ）——気持はわかる、しかしお前さんは敗戦国じゃないか、無条件降伏というのが当然だ、しかも国体護持というが、〇〇（註＝天皇）は事実戦争の最高指揮者ではないか、だのにそれに手を触れては困るというのはあつかましい、そういった返答だったという。そしてニミッツは原子爆弾による攻撃命令をさらに出したという。一方日本の陸軍は徹底抗戦をまだ主張しているらしいとのことだ。

原子爆弾といえば、新爆弾とのみ曖昧に書いていた新聞がいつの間にか原子爆弾と書き出した。新聞はもう、前のような当局から指示されたことだけをオウムのようにいうという箝口的統制から解かれたという噂もある。なんでも書いていいというわけだ。だが昨日の新聞などはまだ旧態依然。(今日の新聞は、例によってまだ来ない。)

思えば、敗戦に対しては新聞にだって責任がある。箝口的統制をのみとがめることはできない。言論人、文化人にも責任がある。敗戦は原子爆弾の出現のみによっておこされたことではない。ずっと前から敗けていたのだ。原子爆弾でただとどめをさされたのである。

ここまで書いてきたら、新田が窓から、

「おい、行かないか」

二時半だ。東京へビールを飲みに行こうと約束したのである。

「よーし、行こう」

台所へ行って母に、

「馬鈴薯できましたか。三時の電車で東京へ行くんですが」

「皮がはじけたから、もううだったようだがね」

妻は店へ会員名簿をとどけに行って、そのまま手伝っている。昼食用に馬鈴薯をうでてくれと母に頼んだのだ。

庭にできたトマトを自分で台所で輪切りにして馬鈴薯に添えた。熱い馬鈴薯の皮をむいて塩をつけて食う。

「アメリカ軍が入って来たら、——西洋人というのはジャガイモが好きだから、もうこうして食えなくなるんじゃないか」

米の代用の馬鈴薯だが、その馬鈴薯が取り上げられたら、何を一体食うことになるのだろう。

——新田は白のズボンに白のシャツ、白いスポーツ帽と白ずくめ。万一原子爆弾に襲われたらと、その要心の白ずくめである。

通称「角エビ」、銀座のエビスビアホール。労報か何かの日だ。労報所属のどこかの職場に配ったビール券を持ってないと飲めないのだ。だが新田はここの「顔」だった。

久しぶりのビール。うまいと思った。客はそう来ていない。一杯飲むとコップを出口において、また新来の客のような顔をして入口に廻ってビールを取る。三杯飲んだ。文藝春秋社の沢村君が現われた。彼も「顔」なのか。さらに二杯。酩酊した。——客はようやくふえた。酩酊したのもいる。声高にみな喋っている。けれど、日本の運命について語っているものはない。さような言葉は聞かれなかった。そういう私たちも、たとえ酔ってもそういう言葉を慎んでいる。

まことに徹底した恐怖政治だ。警察政治、憲兵政治が実によく徹底している。——東条首相時代の憲兵政治からこうなったのだ。

同盟ビル一階の西日本新聞社へ行く。一階に移ったのだ。外はまだ明るかった。高鳥君（註＝高鳥正）がいたら情報を聞こうというつもり、幸い高鳥君はいた。が、漏洩が厳重に取締られている。新聞社でも少数の幹部を除いて、情報が全くわからないらしい。

駅へ向う途中、高鳥君の友人らしいのが、

「十一時発表だ」

と言った。四国共同宣言の承諾の発表！　戦争終結の発表！

「ふーん」

みな、ふーんというだけであった。溜息をつくだけであった。

――戦争が終ったら、万歳！　万歳！　と言って銀座通りを駆け廻りたい、そう言った人があったものだが。私もまた銀座へ出て、知らない人でもなんでも手を握り合い、抱き合いたい。そう言ったものだが。

「僕は汁粉を思いきり食うんだ……」

『新女苑』の清水君の言葉が思い出される。間もなく彼は兵隊に取られた。いまどこにいるか。

銀座は真暗だった。廃墟だった。

汁粉など食わせるところは、どこもない。

八月十五日

警報。

情報を聞こうとすると、ラジオが、正午重大発表があるという。天皇陛下御自ら御放送をなさるという。

かかることは初めてだ。かつてなかったことだ。

「何事だろう」

明日、戦争終結について発表があると言ったが、天皇陛下がそのことで親しく国民にお言葉を賜わるのだろうか。

それとも、――或はその逆か。敵機来襲が変だった。休戦ならもう来ないだろうに……。

「ここで天皇陛下が、朕とともに死んでくれとおっしゃったら、みんな死ぬわね」

と妻が言った。私もその気持だった。

ドタン場になってお言葉を賜わるくらいなら、どうしてもっと前にお言葉を下さらなかったのだろう。そうも思った。

十二時近くなった。ラジオの前に行った。中村さんが来た。大野家へ新田を呼びにやると向うで聞くという。

佐藤正彰氏が来た。リアカーに本を積んできた。鎌倉文庫へ出す本である。点呼の話になって、

「海軍燃料廠から来た者はみんな殴られた。見ていて、実にいやだった」

と佐藤君が言う。海軍と陸軍の感情的対立だ。

「誰が一体殴るのかね」

「点呼に来ている下士官だ」

十二時、時報。

君ガ代奏楽。

詔書の御朗読。

やはり戦争終結であった。

君ガ代奏楽。つづいて内閣告諭。経過の発表。

――遂に敗けたのだ。戦いに破れたのだ。

夏の太陽がカッカと燃えている。眼に痛い光線。烈日の下に敗戦を知らされた。

蟬がしきりと鳴いている。音はそれだけだ。静かだ。

「おい」新田が来た。

「よし。俺も出よう」

仕度をした。駅は、いつもと少しも変らない。どこかのおかみさんが中学生に向って、

「お昼に何か大変な放送があるって話だったが、なんだったの」

と尋ねる。中学生は困ったように顔を下に向けて小声で何か言った。

「え？　え？」

とおかみさんは大きな声で聞き返している。

電車の中も平日と変らなかった。平日よりいくらかあいている。

大船で席があいた。腰かけようとすると、前の男が汚いドタ靴をこっちの席の上にかけている。黙ってその上に尻を向けた。男は靴をひっこめて、私を睨んだ。新田を呼んで横に腰かけさせた。三人掛けにした。前は二人で頑張っている。ドタ靴の男は軍曹だった。

軍曹は隣りの男と、しきりに話している。

「何かある、きっと何かある」と軍曹は拳を固める。

「休戦のような声をして、敵を水際までひきつけておいて、そうしてガンと叩くのかもしれない。きっとそうだ」

私はひそかに、溜息をついた。このままで矛をおさめ、これでもう敗けるということは兵隊にとっては、気持のおさまらないことには違いない。このままで武装解除されるということは、たまらないことに違いない。その気持はわかるが、敵をだまして……という考え方はなんということだろう。さらにここで冷静を失って事を構えたら、日本はもうほんとうに滅亡する。植民地にされてしまう。そこのところがわからないのだろうか。

敵をだまして……こういう考え方は、しかし、思えば日本の作戦に共通のことだった。この一人の下士官の無智陋劣という問題ではない。こういう無智な下士官にまで滲透しているひとつの考え方、そういうことが考えられる。すべてだまし合いだ。政府は国民をだまし、国民はまた政府をだます。軍は政府をだまし、政府はまた軍をだます、等々。

「司令官はこう言った。戦いに敗けたのでない。戦いが終ったのだ。いずれわしが命令を下すまで、しばらく待っておれ。こう言った。――何かある。きっと何かやるんだ」と軍曹は言った。一面頼もしいと思った。戦争終結で、やれやれと喜んでいるのではない。無智から来るものかもしれないが、この精神力は頼もしい。また一方、日本人のある層は、たしかに好戦的だとも感じた。

アメリカが日本国民を好戦的だと言ったとき、決して好戦的ではない、強制されているのだ、そして好戦的に見えるのは勇気があるからだ、勇気と好戦的とを一緒にしては困ると、そう考えたものだが……。

新橋の歩廊に憲兵が出ていた。改札口にも立っている。しかし民衆の雰囲気は極めて穏やかなものだった。平静である。昂奮しているものは一人も見かけない。

新田は報道部へ行き私は文報へ行った。電車内の空気も常と変らない。文報の事務所ではみなが下の部屋に集まっていた。今日は常務理事会のある日なので理事長の高島米峰氏が来た。他の人は誰もこない。

文報の存否について高島さんは存続論だった。情報局からは離れ、性格は一変するが、思想統一上やはり必要だろうという。――その席では黙っていたが、私と今君とは解散説だった。

敵機は十二時まで執拗に飛んでいたが、十二時後はピタリと来なくなった。

今君と事務所を出る。田村町で東京新聞を買った。今日は大型である。初めて見る今日の新聞である。

戦争終結の聖断・大詔渙発さる

新聞売場ではどこもえんえんたる行列だ。

その行列自体は何か昂奮を示していたが、昂奮した言動を示す者は一人もいない。黙々としている。兵隊や将校も、黙々として新聞を買っている。――気のせいか、軍人はしょげて見え、やはり気の毒だった。あんなに反感をそそられた軍人なのに、今日はさすがにいたましく思えた。

鎌倉へ出た。駅前に新入団らしい水兵の群がいる。よれよれの汚い軍服で、何んだか捕虜のようで、正視し難かった。駅前の街の人々がまたかたまって、その水兵の群を見ている。今日という日の新入隊なので、皆もそうして見ているのだろうが、今までと違った人々の表情だった。第一、今まではそう物珍しそうに遠巻きにして眺めているということはなかった。そんなせいで、余計捕虜のように見えた。汚い、うらぶれたその姿が胸をついた。

「文庫」は休みだった。

家へ帰って新聞を見た。今日の新聞は保存しておくことにした。

嗚呼、八月十五日。

ビルマはどうなるのだろう。ビルマには是非独立が許されてほしい。私はビルマを愛する。ビルマ人を愛する。

日本がどのような姿になろうと、東洋は解放されねばならぬ。人類のために、東洋は解放されねばならぬ。

日陰の東洋！　哀れな東洋！

東洋人もまた西洋人と同じく人類なのだ。人類でなくてはならないのだ。


街の噂。

鈴木首相が少壮将校に襲われたという。首相官邸と自宅と、両方襲われたが、幸い鈴木首相はどちらにもいなかった。そして自宅に火を放たれ、焼かれたという。少壮将校団が放送局を朝、襲って、放送をしようとしたが、敵機来襲で電波管制中だったため、不可能だった。

八月十六日
朝、警報。
小田の小母さん来たり、その話では世田谷の方に日本の飛行機がビラを撒いた。それには、特攻隊は降伏せぬから国民よ安心せよと書いてあったという。――勃然と怒りを覚えた。

北鎌倉駅を兵隊が警備している。物々しい空気だ。円覚寺、明月院の前、建長寺にも、これは海軍の兵隊が銃を持って立っている。「文庫」へ行くと、横須賀航空隊の司令官が少壮将校に監禁され、航空隊はあくまで戦うと頑張っているという。

飛行機がビラを撒いた。東京の話も事実と思われる。

黒い灰が空に舞っている。紙を焼いているにちがいない。――東京から帰って来た永井君（註＝永井龍男）の話では、東京でも各所で盛んに紙を焼いていて、空が黒い灰だらけだという。鉄道でも書類を焼いている。戦闘隊組織に関する書類らしいという。

「文庫」で会った人。里見、川端、中山夫妻（今日の当番）、国木田虎雄、岡田、林房雄、小林秀雄（両名酔っている）今、永井等。

家に帰ると新聞が来ていた。阿南陸相自刃。読売記事中に「支那事変勃発以来八年間に国務大臣として責任を感じて自刃した唯一の人である」と書いてある。背後に皮肉が感じられる。鈴木内閣総辞職。休戦協定の聯合軍代表にマッカーサーが指定されたらしいというストックホルム電。毎日、読売両紙とも、二重橋前に人々が額《ぬか》ずいている写真を掲げ、見出しは「地に伏して粛然聖恩に咽《むせ》ぶ」（読売）「〝忠誠足らざる〟を詫び奉る」（毎日）

原子爆弾の恐るべき威力に関する記事。休戦発表前までは曖昧に言葉を濁していたが、

あまりどうも露骨すぎる。社説は「気力を新たにせよ」（読売）「強靭な団結力と整然たる秩序、時艱突破の基盤」（毎日）

電気が切れた。どこかで電熱器を使っていてヒューズが飛ぶらしい。電気が切れると電気のありがたさをおもう。めしも――今日は余分に飯をたいたので三度飯が食えた。配給分では三度食えないのである。一度は代用食で我慢せねばならぬ。もし一回に腹いっぱい食ったら一回でもうおしまいになる。今日は、ほかの日の分に、はみ出たのだが、とにかく三回飯が食え、やはり飯はうまいと思った。その飯というのは、豆と馬鈴薯が米より多く入っている飯なのであるが――。

昨日、人々は平静だと書いたが、今日も平静だ。しかし、民衆の多くは、突然の敗戦にがっかりしている。百姓は、働く気がしなくなったといっている。戦争が終ってほっとしたところからそういうのかもしれないが、――こんなことで敗けるのはいやだ、戦争をつづければいいのにと、そういう人が多い。つづければ敗けるはずはないのに、そういうのである。

特攻機温存、本土決戦不敗という政府の宣伝が一般民衆によくきいている。原子爆弾の威力についても、事実を隠蔽していたため、民衆は知らない。あんなもの――といっている。

愚民化政策が成功したものだと思う。自国の政府が自国民に対して愚民化政策を採ったのである！

しかしまた、ふたをあければ、案外、降伏受諾は早すぎた、早まったということになるかもしれない。（事実早まったのでなくても、早まったという声は当然おきるものだ）でも仕方がない。早まるような事態なのだ。かかる運命なのだと思わねばならぬ。

私は日本の敗北を願ったものではない。日本の敗北を喜ぶものではない。日本に、なんといっても勝って欲しかった。そのため私なりに微力はつくした。いま私の胸は痛恨でいっぱいだ。日本及び日本人への愛情でいっぱいだ。

＊

自分に帰ろう。

自分をまず立派にすること。

立派な仕事をすること。

八月十七日

当番。店へ出勤。

店での話では、横須賀鎮守府、藤沢航空隊等ではあくまで降伏反対で、不穏の気が漲っているという。親が降参しても子は降参しない。そんなビラを撒いている由。ビラといえば東京の駅にも降伏反対のビラが貼ってあって、はがした者は銃殺すると書いてあるそうだ。

夜、川端家へ行った。久米さんが集まってほしいというのだ。久米、川端、中山、高見の四人。文庫はそのまま続けることになった。

川端さんへ電話がかかって来た。電話から座敷へ戻って、

「島木君が危篤だそうです」

大急ぎでご飯を食べて、病院（鎌倉養生園）へ駆けつけた。ヒゲをぼうぼうと生やして寝台に横たわった島木君はすでに意識がなかった。眼は開いて、規則的に息をしている。哲人のような立派な顔だった。

奥さんの話では、ずっとよくなっていたのだが夕方急に悪化し、子規もこんな経過で死んだのだから自分も駄目かもしれない、覚悟はしておいてくれ、そう言ったという。

お母さんが杖にすがり、家の人にたすけられてやって来た。腰が曲りかけた小さなお母さんだった。島木君の顔の近くに顔をやって「わかるかい、わかるかい」と言った。私はそっと病室を出た。

小林秀雄が来た。やがて川上喜久子さんも来た。私の知らない夫人が来た。川端夫人が「渋谷」と書いた提灯をさげて来た。

病室をのぞくとお母さんがしきりと島木君の胸をさすっていた。「母親はいいものだ。

ああして島木の苦しみを少しでもやわらげようと一生懸命だ」と中山義秀がしみじみと言った。

残念でたまらなかった。ここで島木君を失うことは、——これから仕事のやり直しだといったという島木君を中途で倒れさせることはなんとしてもたまらないことだった。島木君が入院したと聞いた時、激しい衝撃に打たれたが、快方に向ったと聞いてどんなに喜んだことだったか。だのに——。

遂に臨終が来た。病室の島木君の時計は九時四十二分を指していた。

八月十八日

十七日の新聞から。

東久邇宮稔彦《なるひこ》王殿下、組閣の大命を拝せられる。六大都市着の旅客を制限、乗車券の発売一時停止、治安並に食糧事情の平静を維持するため。

十八日の新聞から。

陸海軍人に勅語を賜わった。陸相宮訓示。東久邇宮内閣成立。大西軍令部次長自刃。

情報局から発表された新内閣の閣僚及び内閣長官は左の通りである。

内閣総理大臣兼陸軍大臣	陸軍大将 大勲位功一級	東久邇宮稔彦王殿下
外務大臣兼大東亜大臣	正三位勲一等	重光葵
内務大臣	正四位勲二等	山崎巌
大蔵大臣	従三位勲二等	津島寿一
海軍大臣	海軍大将従二位勲一等功一級	米内光政（留任）
司法大臣	勲三等	岩田宙造
厚生大臣兼文部大臣	正五位勲三等	松村謙三
農商大臣	従五位勲三等	千石興太郎
軍需大臣	正三位勲二等	中島知久平
運輸大臣	従三位勲三等	小日山直登（留任）
国務大臣	従二位勲一等公爵	近衛文麿
国務大臣兼内閣書記官長兼情報局総裁	従三位	緒方竹虎
法制局長官兼総合計画局長官	従三位勲二等	村瀬直養（留任）

島木家へ行く。亀ヶ谷切通しを行く。月がちょうど道の上にかかっていた。遅刻。朝比

奈管長の読経はもう終っていた。

ビールが出た。話は直ちに今日のことになった。問題は軍隊の一部が大詔に従わないで徹底抗戦を叫んでいる、その是非ということになった。抗戦組は、あの大詔は君側の奸ともいうべき重臣どもの策略であるからそれに従うに及ばないとする。この抗戦組の行動を軽挙妄動なりとする人々には、二種ある。ひとつは、大詔はあくまで大御心から出たものであるからそれに従わねばならぬとする。ひとつは、たとえ抗戦派のいう如く重臣の策略だとしても、この際、だからといって抗戦をつづけてどうするつもりか。抗戦の結果勝てるのならいい。どうせ勝てない、負けるときまっている以上、ここで妄動をしたらそれこそ最後の一線たる国体護持すら失ってしまうことになるではないか。否、植民地にされてしまう。

そういうことが抗戦派にはわからないのであろうか。今日の悲境に日本を陥れたのは、そもそも、今日に至ってなお抗戦などを叫んでいる驕慢な軍閥だ。軍閥が日本をメチャメチャにしてしまったのだ。しかるにその軍閥はなお人民を苦しめ、日本をトコトンまで滅ぼしてしまおうというのか。どうせ自分は戦争犯罪者として処刑されるのだから、国民全部を道連れにしようというが如き自暴自棄的行為ではないか。

これに対して、またこういう議論がある。従来の軍部に対する反感をもって抗戦派の態度を軽々しく論じてはならない。反感は別にして貰わねばならぬ。そして言いたいのは、国体護持のためにはこの際大詔に従って、おとなしくしていなくてはならないというけれども、おとなしく敵を迎えて、その結果はどうなるか。将来必ず国体護持の如きはふっとんでしまうにちがいないのだ。憲法などなくなってしまう。ここで考えはふたつに別れる。矯激派は、よって一億玉砕の気持でぶつかろうという。ぶつかれば、何か光明が得られるかもしれない。得られなかったら、将来もどうせ得られないのだから、国とともに滅びよう。こういう考えだ。もうひとつは、やや穏健派で、抗戦という強《こわ》もてでもって条件を有利に導こうという気持、ただもうおとなしく恭順の意を表するばかりが能でもあるまい。それではかえって不利一方に陥る、そういう考えである。

通夜の席上で、こういう議論がふっとうするというのも、歴史的な感が深かった。

林房雄がその非礼を島木君の兄さんに詫びると、

「いいえ、あれも議論が好きな方でしたから……」

と言った。島木君は、もし生きていてその席にいたら、どういう意見を吐くだろう。

川端さんは終始黙っていた。私も黙っていた。

新田と家路につく。建長寺、明月院、円覚寺の前に相変らず歩哨が立っている。八雲神社の下のところで「こら――」と歩哨に誰何された。「こんなおそく、どこへ行く！」

ムッとした。

「家へ帰るんだ！」

戒厳令でもしかれたのか。そう聞いて、しかれてないと言ったら、だったら人民が夜歩いてならぬということはないはずだと言ってやろうかと思ったが、つまらぬけんかをして銃剣に刺されても困るとおさえた。今までの恐るべき軍万能は、ほんとうの健全なデモクラシーが将来、日本に生かされるようになった暁は、現実にあったものとしては想像もされないようなものにちがいない。かかる圧制の下に私等は生きてきたのである。

作家が恋愛を書くことを禁じられた。そういう時代があったのである。

八月十九日

新聞は、今までの新聞の態度に対して、国民にいささかも謝罪するところがない。詫びる一片の記事も掲げない。手の裏を返すような記事をのせながら、態度は依然として訓戒的である。等しく布告的である。政府の御用をつとめている。

敗戦について新聞は責任なしとしているのだろうか。度し難き厚顔無恥。

なお「敗戦」の文字が今日はじめて新聞に現われた。今日までは「戦争終結」であった。

中村光夫君の話では今朝、町内会長から呼び出しがあって、婦女子を大至急避難させるようにと言われたという。敵が上陸してきたら、危険だというわけである。

中央電話交換局などでは、女は危いから故郷のある人はできるだけ早く帰るようにと上司がそう言っている由。

自分を以て他を推すという奴だ。事実、上陸して来たら危い場合が起るかもしれない。絶対ないとはいえない。しかし、かかることはあり得ないと考える「文明人」的態度を日本人に望みたい。かかることが絶対あり得ると考える日本人の考えを、恥かしいと思う。自らの恥かしい心を暴露しているのだ。あり得ないと考えて万一あった場合は非はすべて向うにある。向うが恥かしいのである。

一部では抗戦を叫び、一部ではひどくおびえている。ともに恥かしい。

日本はどうなるのか。

一時はどうなっても、立派になってほしい。立派になる要素は日本民族にあるのだから、立派になってほしい。欠点はいろいろあっても、駄目な民族では決してない。欠点はすべて民族の若さからきている。苦労のたりないところからきているのだ。私は日本人を信ずる。

八月二十日

悲しむということは、人々の思っているよりも実はもっとむずかしいことである。真に悲しむことのできる人は、人々の考えているよりも実は、かなり稀なのである。喜ぶということも同様。喜んだり悲しんだりすることは人間の誰でもできることのように考えられているが、果してそうだろうか。この二、三日、私はそういうことにこだわっている。敗戦、島木君の死等に関連して。

恋愛がまたそうなのだ。これはすべての人間の持っている本能と考えられているが、真に恋愛し得るには、恋愛能力といったものがなくてはならない。人々のうちには案外その能力の欠けている乃至は薄弱な者が多いのである。真に恋愛するということは、人々の考えているよりも実はもっとむずかしいことなのである。

一人の男が一人の女を生涯愛し通すということは、その男に稀有な偉大な能力が授けられていなければできない。一人の女が一人の男を愛し通すという場合も同様。

淫奔だが善良な女というのは、恋愛におけるその精神力において、一種の精神薄弱性である場合が多い。そうしてこの恋愛における精神薄弱性は男女とも案外に多い。

喜憂に関しても同様なことが言える。真に悲しむには、悲しみをおさえ得るのに必要なのと同じ一種の精神修養がなくてはならない。精神力の鍛錬がなくては真に悲しみ得ないのである。普通は、悲しみをおさえる場合にのみ精神鍛錬が必要な如くに考えられているが、ほんとうは真に悲しみ得るための精神鍛錬の方が悲しみをおさえ得るためのそれよりはるかにむずかしいかもしれないのだ。

日本においては、その真に悲しみ得るための精神鍛錬が従来、否伝統的に（古代は別として）閑却されていた。この日頃の民衆の平静をみて、そう感じさせられる。

浅薄な心は真に悲しむこともまた喜ぶこともできない。浅薄とは正にかかる心のことをいうのである。

最近の日本には浅薄が横行していた。

違った現われの浅薄がやがてまた横行し出すだろう。

前者は、西洋になくて日本にあるものを盲目的に讃美礼讃した。後者は、西洋にあって日本にないものを盲目的に讃美礼讃するだろう。

科学振興を新聞は云々している。これがすなわち浅薄というものだ。

日本は何も科学によって敗れたのではない。

北鎌倉駅に「国民諸子ニ告グ、軍ナクシテ何ノ国体護持ゾ、……海軍航空隊司令」「……断ジテ降伏セズ、一億総蹶起ノ時ハ今ナリ、海軍」と筆で書いたビラが二枚出ていた。

八時、九時、十時、十一時、十二時の五回にわたって総理大臣宮殿下が重要な放送をなさるというラジオの予告があったという。何事かと緊張した。

短い御言葉だった。決意のみなぎった力強い御言葉だった。国民に与えるものというより、抗戦をとなえている軍隊に与えた御言葉と解された。国体護持のため、断乎邁進する、具体的な手段によってそれを行うという意味のものだった。

八月二十一日

新聞に昨夜の御放送が掲げてない。

原子爆弾の惨状の写真が毎日大きく出してある。

今日は当番なので店へ。店はぐっと客足が落ちた。戦後の恐るべき不景気はすでにはじまった。

客は学生が多くなった。勤労動員が解除になったからであろう。「十月まで休講だ」と慶応の学生が友人に言っていた。今まで多かった若い女性の客が少くなった。きれいな娘さんがいろいろ来ていたのだが、すっかり顔を見せない。「避難」したのだろうか。県では内政部長が公に婦女子の避難を通達したという。バカバカしい話だ。海軍省でも女子理事生に帰郷をすすめたという。

山村君がサケ缶詰を多量に入手したからわけてくれると言ったが、値段を聞くと、一個二十三円。公定価は八十八銭のものである。配給品の横流しだ。煙草の「ひかり」が一個十八円。定価は六十銭だから三十倍の闇値だ。

八月二十二日
文報へ行くと、会計の女の人が月給袋を持って来た。
八、九月二カ月分。月給というのを貰うのは何年ぶりだろう。なかの紙にこうある。

支給額　七〇二・〇〇

俸給　七二〇・〇〇　戦時手当　六二・〇〇　家族手当　二〇・〇〇
分類所得税　一〇〇・三六　共済会　一二・四〇（厚生年金、健康保険、報国貯金——ナシ）
差引支給額　五八九・二四（註＝これでは計算があわぬのだが、俸給は六二〇円の誤記かと思われる）
これに課長手当四十円。

常務理事会に出席。といっても理事側は高島理事長だけ。それに理事の戸川貞雄が臨時に参加。事務局側から中村局長、塩田総務部長、今実践部長、高見調査部長。文報の存続が議題。事務局側は解散説。戸川氏いう。文報は大東亜戦争完遂のために生れたものだからその目的がここに霧消した以上解散するのは賛成。高島氏はこの前会ったときは存続説であったが、事務局側の責を感じて解消したいという意志を諒とした。言論報国会も昨日解散を宣したという。この会は戦争協力というより挑発の色の濃いものだった。文学者の大同団結たる文報とはやや趣を異にする。解散は当然である。
酒井君が帰ってきた。情報局では、新しい文化政策が決定するまで、関係文化団体は、しばらくそのままでいるようにという方針だったという。解散は認めない、許さないという。

「情報局の許可なくしては解散できないという定款になっているのです」

と中村さんは言った。蘇峰氏から会長辞任の届けが来ているがこれも認めないというわけだ。なんたることだ。

文報のこの奴隷のような性格を私ははじめて知った。死ぬことも許されないというのでは奴隷以下だ。わずかばかりの目腐れ金を寄越して、そうしてこの束縛は何事か。ここに至ってなお、芸術家を意のままに使いまくろうというのか。ある情報官は「今後は、たとえばアメリカの御機嫌をとって貰うような作品を書いていただくかもしれません」と、はっきり言ったという。ああなんということだろう。

芸術家がなめられるようになったについては、芸術家側の罪もあるのだ。役人の傲慢無礼をのみとがめることはできない。しかし今日に至ってもなお芸術家を意のままに頤使できると考えている役人の不遜も恐るべきものだ。日本の芸術は滅びてしまう。

再交渉ということになった。そしてどうしても解散を認めないとなったら、役員及び事務局員総辞職ということにしようと話はきまった。

八月二十三日
十二時から文庫で島木君の告別式が行われる。九時頃準備に来てほしいという川端さんの話だったが、疲れて動けないので妻に代りに行って貰った。

暴風（註＝昨二十二日の夜は暴風であった）のあとのせいか、告別式の参列者は思ったより少かった。式後、二楽荘で同人の追悼会食を催した。ビール二ダースが持ち込まれた。三浦さんの世話である。ご馳走は島木家と川端家の供出。缶詰と野菜だ。

会後、店を手伝った。川端さんが「横須賀の海軍さんに知り合いありませんか」という。輪転機があってつてさえあれば、それが貰えるらしいという話。「残念ながらありませんな」新田や来合わせた人々にも聞いてみたが「久米さんが直接、経理部長にでも会われたらどうだろう。久米さんなら会うだろう」と新田などがいうので、そのことを川端さんに話した。結局、明朝久米さん川端さん中山君の三人に当って貰うことになった。

歩いて帰った。停電で真っくらだ。先に帰ったはずの新田があとから帰って来て、電車に乗ろうと思って二時間待ったが結局来たのは混んでいて駄目で、歩いて帰ったという。駅で海軍の下士官が酔払って刀を抜いて暴れていたという。

「もうすぐ連合軍は上陸してくるというのに、大丈夫かね」

「心配だね」

上陸といえば、会食の席上でこんな話を聞いた。鎌倉のある町内会長は、五歳以下の子供をどこかへかくせ、敵が上陸してくると軍用犬の餌にするから……そう言いふれて歩いたとのこと。なんというバカバカしい、いや情けない話であろう。

八月二十四日

雨の晴れ間をみて、店へ出ようと駅へ行ったら乗車券を売ってない。歩き出したら雨が降って来た。浄智寺の下の家の軒に林柾木君が雨宿りをしていた。関口氏を訪れるところだという。

小袋坂で、勤労動員から解放されたらしい若い娘たちがいずれも新しいバケツをさげているのに会った。「重いわね」と口々に言ってバケツを運びづらそうにしているが、喜色満面であった。バケツのなかには何が入っているのか、缶詰でも入っているのか。工場からの「分捕品」であろう。

八月二十五日

平野少尉来る。今月いっぱいで復員とのこと。

午後、当番で店へ。途中、小袋坂のところで監視飛行の敵機が低空で頭上を通りすぎた。口惜しさが胸にこみあげた。わが日本の空に、わが日本の飛行機はもう飛んではいないのである。もう見られないのである。

店は、混んだ。人心が「安定」したのか。

夜、久米家で相談会。スキ焼の会食。――久しぶりのスキ焼、栄養がほんとうに骨身にしみ込んでゆく感じだった。

私はほんとうに食いしんぼうだ。ご馳走が好きなのだ。

「食事がうるさくて、困る……」

と妻がいう。新田などはあまりかまわない方らしい。

「職人は、口はぜいたくするんだ」

と私はいう。もののない当節、妻はおかずを作るのに困っている。わがままだと思うが、うまいものを食わないと事実弱る気がする。無理がきかない。そこへ無理をするので弱る。この日記だけでも、毎日、相当の無理をしている。

「——やせたね」

と、この間、島木君の葬式のとき里見さんにいわれた。沢開君（註＝毎日新聞、沢開進）にも言われた。

頰をなでてみる。なるほどやせた。

戦前、もののあった頃、口はぜいたくした。そうして無理した。早くスキ焼、ビフテキ、蒲焼といったものを自由に食いたい。そうして思う存分身体を酷使して、頑張りたい。

×

牛肉を一貫目わけて貰った。四百円。——百匁四十円。（ついこの間まで二十五円だった）

○

「徹ちゃんはあなたを恐がっている」

と妻はいう。

「あなたは年取ったら偏窟な恐い老人になることでしょう」

という。私も認める。

私は普通の人との普通の世間話というものができない。辛抱できない。その我慢のなさがだんだんひどくなる。

八月二十六日

○痛が立つ

　心が渇えている

○照ったり降ったり

　天も不機嫌だ

○人間が恐ろしく嫌いだ

　人間を愛し過ぎる

○敵がなくなって

　新しい敵が生じた

　永久の敵　なくならない敵

　女

女にとっては男

○彼は酒が好きなのではない
酒好きと思うことが好きなのである

○私は子供が好きなのではない
子供が好きという感情が好きなのである

○人間とつきあえない
昆虫などと仲よしだ

○妻をなぐった
妻をののしった
——恥かしい

自分以外の人間は所詮気に入らないんだね
人間が気に入らないんだね

○他人《ひと》の振り見て我が振り直せ
己が振り見て他人《ひと》の振り直す

○自分とも妥協できぬ
自分すら我慢できない

○言訳——「ほんとうに悪い夫《おっと》は決して妻に怒らない」

○夫「自分の一部になっているのさ。だから、つい――」
　妻「あなたのどこになってるのでしょう」
○気のきいたことが書きたくなる
　自分に対する虚栄心
○ある女
　可愛げがないだけで、いやな女
○可愛げがありすぎて、何かが足りない
○精神という言葉を知っている
　精神というものを知らない
○要するに
　腹が立って仕方がない

―――

朝からスキ焼だ。平野少尉の送別会だ。

朝からスキ焼か――などという貧しいさもしい心。ああ日本人はかわいそうだ。かわいそうでなくなるかと思ったらもっとかわいそうなところへ真っさかさまに顚落だ。「来てみろ地獄へさか落し」なんてバカな恥かしい流行歌を作っていた日本だから自分が地獄へさか落しだ。それが天国から地獄へ落ちるのならいい。はじめから地獄にいたんだ。いくらか浮びあがろうとしたらまた地獄へ墜落だ。バカな話だが哀れも深い。

丸山定夫が原子爆弾で死んだ。口惜しい。私は彼と、もし私が戯曲を書いたらその最初の戯曲は是非彼に演《や》って貰おうと固く約束したのだった。芝居を書け書けと彼は言った。私は「四十になったら書く」と言った。来年である。私も来年は書こうと思った。が、書いたら渡そうと思った丸山定夫は死んでしまった。残念だ。なさけない。口惜しい。――彼の冥福を祈って私も戯曲を書かねばならぬ。

八月二十七日
下痢。餓鬼の下痢。

てきめんというところ。

新聞に言論報国会の解散広告が出ている。この頃は毎日各種団体の解散広告が出ている。

海軍有終会なども解散した。

八月二十八日
電車に乗るとひどい混みようだった。復員の水兵が大きな荷物を持ち込んでいる。これが癇にさわる。普通乗車券の発売停止の間になぜ乗らないのだ。一般乗客を禁止して復員のための電車を特別に用意している間になぜ乗らないのだ。そんなことが腹が立つ。それにその大きな荷物はなんだ。まるでかっぱらいだ。毛布を何枚も持っているのがある。兵舎にあるものを何んでも持ち出している。乾パンと缶詰の山。なぜ戦災者にわけないのだ。飢えている壕生活者に与えないのだ。軍隊のこの個人主義。癪が立つ。水兵が汚いのも、癪にさわる。まるで敗残兵だ。連合国の兵隊はもう上っている。この汚い日本の兵隊を見たらどう思うだろう。口惜しい。癪が立つ。頭上を低空で占領軍の飛行機が飛び廻っている。癪が立つ。ポカンと口をあけて見上げているのがいる。バカ！　なんでもかんでもシャクにさわった。神経がささくれている。

新橋駅には憲兵が警備していた。憲兵検問所というのが新設された。そう言えば北鎌倉駅には保安隊と書いた腕章をつけた海軍兵がいた。銃を持ってない。わびしい姿だった。保安隊の下にN・Pとある。英語の氾濫の前触れだ。

新田との約束で四時に銀座のビアホールへ行った。アメリカの飛行機が頭上に跳梁している。ビアホールの角に新田がいて「トラックが来ないので今日は駄目らしい」という。あきらめ切れない連中が横の入口に群がっている。「では、浅草へ行ってみよう」と私は言った。

急いで金龍館へ行った。地下室への入口は開いているが、人の出入がなく、別に行列もないので、ここもまたやってないのかと思ったら、新田が人にたずねて「やっている」という。地下室へ入ってみたら、なるほど、やっている。百人あまりの人が飲んでいる。朝比奈さん（註＝浅草の飲食店団体の幹事）の顔を探した。いない。外へ出て腕を組んだ。遮二無二飲みたくなった。もう一度地下室へ行って、会計の人にでも聞いてみようと思ったが、ひどく忙しいので遠慮していると、「――やあ」と声をかけられた。朝比奈さんである。うれしかった。券を五枚貰った。はじめの一杯はまるで覚えがない。二杯目で「うまい」とつぶやくのだった。朝比奈さんに誘われて裏の事務室へ行った。話を聞いた。六区が戦前同様の賑わいであること。警視庁から占領軍相手のキャバレーを準備するようにと命令が出たこと。「淫売集めもしなくてはならないのです、いやどうも」「集まらなくて大変でしょう」「それがどうもなかなか希望者が多いのです」「へーえ」

◯

新聞記事から。

徳富蘇峰が毎日の社賓をやめた。その社告が出ている。氏は戦争犯罪人に擬せられているという噂がある。気の毒だ。不当だ。悪者はほかにもっと沢山いる。

前田文部大臣の少国民に対する放送中にこういう言葉がある。「同時に自分の国ばかりが特別に偉くて、他の国はみんな駄目だと言ったような誤った自慢はいけません」こうした当り前の言葉が要路の人から発せられるのが、思えばおそかった！　もとは、こんなことを言ったら非国民扱いされた。売国奴呼ばわりさえ受けたものだ。所詮その愚かしい慢心が敗戦をもたらしたのだ。

八月二十九日

言論出版集会結社等がだんだん自由になってくるようだ。心が明るくなる。思えば中世だった。暗黒政治だった。恐怖政治だった。――しかし真の自由はやはり与えられないだろう。日本がもっともっと「大人」にならなくては……。

舟橋聖一君に会った。彼の話では、彼の知人の娘がスカートをはいて外を歩いていて、憲兵か巡査につかまり、二時間あまり叱られたという。

「スカートはどうしていけないのかね」

「もんぺをはけというのだ」

「バカバカしい」

――外人への体面があるから、きれいな身なりをしろとむしろいうべきではないか。そういうふれを出すべきではないか。国辱的な浅間しい汚い身なりをしろというのはどういう料簡か。

新田との約束で銀座のビアホールへ行った。しきりと飲みたい。

酔客が日本の悪口をしきりに言っていた。

日本罵倒が早くも軽薄な風潮となりつつある。独尊と紙一重なのであろう。川端さんがこの間言った。「僕等はやがて右翼ということになるかもしれませんね。僕等はちっとも動かないが、周囲がどんどん動いて行って……」

東京新聞にこんな広告（註＝特殊慰安施設協会の名で「職員事務員募集」の広告）が出ている。占領軍相手の「特殊慰安施設」なのだろう。今君の話では、接客婦千名を募ったところ四千名の応募者があって係員を「憤慨」させたという。今に路上で「ヘイ」とか「コム・オン」とかいう日本男女が出てくるだろう。

八月三十日

新聞を読む。この頃は毎朝正しく配達されるようになった。首相宮の記者団との会見で仰せられた言葉は、われわれの今まで言わんと欲して言い得ざりしところをズバズバと言ってのけておられて胸のすく思いであった。気持がまことに明るい。嗚呼かかる政治が、今日の敗戦の前になぜ与えられなかったのだろう。敗戦という悲しい代償をもってせねばかかる明るさが与えられなかったとは。

情報局へ行った。鯨岡君に、原子爆弾の話どうだった？　と聞くと、あまり乗気のしない返事で、どうぞご自由にと言った挨拶だったという。原子爆弾の話というのは、この間久米さんの家で会食があった時、川端さんが、

「広島や長崎へ、作家が行ってその惨害をくわしく調べて後々のために書いておく、こう

いうことは必要だとおもうんだが……」

そう言って、みんな賛成した。作家の調査記録、これはたしかに必要だ。しかし今のような状態では作家個人で行くのでは大変だから当局の便宜を与えて貰うよう、文報から情報局に話してみることにしましょう、そう私は言った。

文報で今君に話してみた。

「俺は、すんだあとのしらべをしたりするなんてことは、あまり好きじゃないたちなんだ。何かやるという方は好きだが……」

しかし反対なのではなかった。局長、総務部長は賛成だった。派遣の人選、――長崎はそこ出身の福田清人、『九州文学』の人たち、広島は現在岡山に疎開している阿部知二、発案者の川端氏、「決死的に行ってもいい」と会食の夜言った中山君等々。

「広島には大田洋子さんが疎開していたはずだが、死んだな、きっと」

――その大田洋子さんが、今日の朝日に書いているという。助かったのだ。

久米さんが、

「白木屋へ一緒に行かないか」

という。川端さんが先に行って待っている由。今君も誘った。

白木屋に鎌倉文庫東京支店を設ける話が決定したという。白木屋の二階を借りている日産の斡旋である。むしろ慫慂《しょうよう》である。

三浦君（註＝日産社員）に焼酎をすすめられ事務室で飲み出した。日産のイワシ缶詰を開いて、不思議な風景である。社員も加わった。

「日産はどうなるか——」

社員たちもどうなるかわからない。焼酎を傾けるのみだ。私たちには鎌倉で会が待っていたので早く帰らねばというのだが、社員たちは「まあまあ」と離さない。

鎌倉の会というのは、久米さんに会ってはじめて知らされたのだ。とある製紙会社から鎌倉文庫と提携して出版会社を始めたいという申し込みがあったというのだ。鎌倉文庫の店の様子をみて、その提携を思い立ったとかで、いきなり、誰の紹介もなしに先方の荒川常務というのが久米さんの所へその申し出に来た由。それについての相談会である。その会に焼酎をわけて貰った。

議論沸騰。提携を決意する以上は、従来の出版を革新するつもりでやらねばならぬ。里見さんはいう。われわれが従来のような出版屋になって従来のように文士を搾取するのであっては、なんにもならぬ、それではやらぬ方がいい、革新の覚悟ではじめなくちゃならない、ところがだね、そういう革新というのは、他の方を例にとると、角力の天龍、芝居の春秋座、みんな成功したことはない、資本家に反抗して正しい道を開こうとしてやっても、みんな失敗している、われわれの仕事もむずかしい、むずかしいが、やり出す以上はむずかしい仕事をやろう云々。

九月一日

在郷軍人会が解散になった。虎の威をかりて「暴力」を振っていたあの分会……。しかし日本人がすっかり懦弱《だじゃく》になった時は、今日の感想とはまた別のものが胸にくるだろう。

文庫へ行くと緑川貢君がいた。

夜、香風園で例の出版の顔合せ会。大同製紙の橋本社長、荒川、常務岡沢氏（註＝岡沢一夫）、川北氏、帝都印刷長谷川社長、こっちから先夜の人々（註＝里見、林、吉屋、小島、大仏。文庫から久米、川端、中山、高見。小林秀雄欠席）と秋山君。

話はたちまち運んで、会社成立ということになった。資本金百万円。社名は株式会社鎌倉文庫。株及び純益は折半。橋本氏が会長、里見さんが社長に就任。こっちから重役として久米（常務）、大仏、川端を出す。もう一名ということになって小島さんを推す。私が出てはという話があったが、固辞した。

九月二日

八時、香風園に行く。橋本会長ほか、前夜はここに泊ったのだ。前夜にひきつづき具体的なことを決めてしまおうと今朝の会合が約されたのだ。重役の具体的決定のあとで、里見さんがやはり私に出ろという。小島さんは会社についてやや疑問を持っていたから、若いところから高見が出ろという。

「ここ三カ月、大事なところだから、是非みなのために働いてくれ」

みなからそういわれて、諾す。

直ちに企画会議。現代日本文学傑作全集といったものの顔触れ、作品の検討。鷗外、漱石に溯ってはという川端さんの意見もあったが、藤村、秋声でとどめようということになった。

牛肉が氾濫している。もちろん、闇でだが。

一斉に密殺したらしい。香風園でも牛肉の大盤振舞だった。牛肉を買わないかという話が、私たちのところへもいろいろの方からやってくる。

横浜に米兵の強姦事件があったという噂。

「敗けたんだ。殺されないだけましだ」

「日本兵が支那でやったことを考えれば……」

こういう日本人の考え方は、ここに書き記しておく「価値」がある。

九月三日
降伏調印式の写真を新聞で見る。

文庫で企画の相談。

久米さんが何よりも先に文芸雑誌を出すべきだという。もちろんみな賛成である。題名を、久米さんの意見で『人間』とした。里見さん達のかつての『人間』の題を継ぐのである。

『人間』編集長をかつての『文藝』編集長木村徳三君に頼もうとなって、川端さんから京都へ電報を打って貰う。北条誠君も候補者として交渉すること。緑川貢君も社に入って貰う。（いまのところ白木屋へ本を運ぶ手伝いをして貰っている）文報の巌谷大四君にも入社交渉。

九月四日
昨夜久米家のラジオでスターリン議長の演説の梗概を聞いた。南樺太、千島がソ聯へ取られる。それはいい、それは仕方ない。しかし古い日露戦争を持ち出してくるとは……。私は何かソ聯を信じていた。だが……。

「これが政治だ。これが政治というものだ!」

と私は心の中で叫んだ。


今日、議会開院式。

米大統領トルーマンが二日朝ミズーリ艦上の降伏調印式の直後行ったラジオ演説の中に、左のような言葉がある。

今次の勝利は武器による勝利以上のものであり、圧制に対する自由の勝利である、われ〳〵の武装兵力を戦争において不屈たらしめたものは自由の精神であり、〳〵は今や自由の精神、個人の自由及び人間の威厳が全世界の内で最も強力であり、最も耐久力のある力であることを知った、この勝利の日にわれ〳〵はわれ〳〵の生活方法に対する信念と誇りを新たにしたい、原子爆弾を発明し得る自由な民衆は今後に横はる一切の困難を征服出来る一切の精力と決意を使用することが出来よう
「原子爆弾を発明し得る、自由な民衆……」これはわれわれの心を打つ。まことに私たちに

は左様な「自由」が奪われていた。自由の精神が剝奪されていた。私はドストイエフスキーの『作家の日記』の中の言葉を思い出す。「国民は精神的に富めば富むほど、物質的にも富むものである。」

九月五日
この間――

鎌倉の八百屋で本を売っていた！　野菜は売ってない。

新橋の外食券食堂の前で、外食券をこっそり売っている。一枚五円。五十銭のメシである。

外食券で食っている者は一回食事を抜かして券を闇で売ると、一月百五十円になる。文字通り寝ていて、百五十円もうかる。

九月六日
大東亜戦争の陸海軍の人員損耗が発表された。戦死および戦病死――約五十万七千余。本土空襲被害。死傷者・五十五万余。罹災者・八百四万五千余。
神奈川県の女学校、国民学校高等科女子生徒の授業を所によっては停止することになった。進駐兵の横行に対する処置なのだろう。

立川に進駐した米軍は左のような「注意」を、警察を通して出した。

△当分の間追つて指示あるまで一般市民は日没より日の出まで屋外外出厳禁△警察官全員は制服を着し帯刀は差支なきも夜間は提灯を携帯すること△全管内に対し何分の命あるまでは酒類の配給販売を禁ず△市民はアメリカ製の衣類、食物、煙草、家具什器、自動車等を入手使用することを禁ず、但し従来より個人の所有にかかるものは差支へない△アメリカの軍隊より物品買受交換をしたるものは死刑又は廿年の刑罰に処す△市民はアメリカ人を尊敬すべし△市民の乗車せるあらゆる車馬はアメリカ人の自動車を追越すべからず違反者は射殺することあるべし△爾後治安維持警察行政につき必要ある場合は警察署長を通じて命令す

館山にアメリカの軍政が布かれた。初めての軍政である。

九月七日

十時里見家へ。久米、川端、中山参集。里見さんから社長就任辞退の申し出がある。

九月八日

里見家へ。社長辞退の申し出に対する返事。仕方ありませんというわけ。久米さんに社長をやって貰うことになった。

大詔奉戴日が廃止となった。

新橋の出口に Way Out と書いてあった。駅名のローマ字を一斉に消したのはいつだったか。再びローマ字が現われるわけである。東京都当局では、官庁、銀行会社、大商店等がその名称や業種別を英文の看板で表示するようにと「要望」を出したという。街に英語が氾濫することであろう。

今日、日本に来たアメリカ兵をはじめて見た。陽気なイタズラ小僧、そんな印象であった。

九月九日

木村毅の話によると、むかし無産党の地盤だったとある地方の農民に向って――「将来アメリカとソ聯と戦争するようなことになったら、気持として、どっちに加担するか」と尋ねたら、異口同音に「アメリカに加担する」と答えたという。それほどソ聯は日本の労働者農民に「幻滅」を与えている。

農民は塩に困っている。塩一升と米一升、信州では米五升という交換率だという。大陸同胞が飢餓と凍死にさらされているらしい。

連合軍帝都に進駐、米大使館に四年振りで星条旗がひるがえる。

軍票が日本に現われることになった。だんだん被占領地風景が出てくる。

米兵の婦女拉致の噂を街で聞くが、新聞にも出ている。

九月十日
武者小路実篤『或る男』を読む。

鎌倉の街は依然として真っくら。アメリカ兵の闖入を恐れて戸を締めているのだろう。

街路の暗いのは、電燈がないため。

鎌倉駅は電気がコウコウとついていた。戦前の明るさである。今に慣れるだろうが――

異様だった。秋山君、家に泊る。

宮城守護に禁衛府が設けられた。

「わが国唯一の武人」！（註＝新聞記事中の用語）軍人嫌いの私だが胸をつかれた。

新聞検閲官にソープ准将が任命された。日本でのことながら、こういう正式発表は日本に対してなされない。外電によって知らされる。特記しておかねばならぬ。敗戦の現実のひとつである。

九月十一日

今日の新聞から。

マッカーサー元帥の日本管理方針に関する正式声明。「読売」の見出しは「国民に不当干渉せず、政府は自主的に諸指令を実行、日本管理方針マ元帥声明」「毎日」は「マ元帥日本統治方式を発表、不当な束縛から国民を完全解放、無用の経済統制せず」いずれもトップである。

「読売」に、原子爆弾にやられて一カ月後の長崎、広島の現地報告が出ている。すごい。米調査団の記事も出ている。

九月十二日

雨。十時の電車に乗ることを川端さんと約束した。（註＝この日、川端氏と志賀直哉宅に行くことになっていた。）

地下鉄に乗った。切符売場に

Rate

　20 Sen

Uniform System

と大きく書いた紙が貼ってあった。今にこういう英語は、到るところに氾濫して、眼になどつかなくなるのであろうが――。今はヘンに生々しく眼に迫った。心に迫った。

地下鉄の線路の壁に大きな硝子の広告絵が並べてあるのだが、黒く汚れたその表面に膏薬でも貼ったような白い紙がベタベタと附けてある。その白さが眼立った。「驕敵撃滅」とか「必勝不敗」とかいうような文字をそうして隠したのであろう。

渋谷駅で古田氏に会った。玉川電車に乗る。ひどい混みようだ。弦巻《つるまき》で降りる。そのまま電車道を行って、左側の稲荷神社の鳥居をくぐる。コンクリートの参詣路を真っすぐ行く。栗が落ちていた。

稲荷神社を抜けて右に行く。神社の横に「江原小弥太」という表札のかかった家があった。

「あの家が、たしか志賀さんの……」

と川端さんが言った。左手に屋根が見える、その家のことだった。道はすぐ行きどまりで左にそれる。そこで川端さんは小便をした。私も真似をした。今日は二人とも洋服（註=背広?）である。二人とも国民学校の生徒の使うズックのカバンを下げている。川端さんは国民学校の生徒のように、ちゃんと右肩にかけ、紐を斜めに走らせてカバンを左に、——私は不良学生のように左肩に下げている。川端さんのカバンの紐は、カバンのわきの太さと同じ太さだった。私のは漢口で買ったもので、紐が細く、もうよれよれになっていた。

志賀さんの家へ行くと、ちょうど客を送り出したところで、志賀さんが玄関に立っておられた。志賀さんは乃木大将のようなヒゲをはやしていて、瞬間、志賀さんと違う人のような気がした。綺麗な白さだった。あとで川端さんが、

「そのヒゲは、いつ頃から……?」

と尋ねた。

「今年の一月から……」

と志賀さんは言った。

「乃木大将に似ているという話で……」

と川端さんは言った。

「似ないようにと思っても、そうはいかない。長く延ばすわけに行かないし……」

と志賀さんは笑った。

納戸系統（それに黒の勝った）の洋服を着ておられた。同じ色の系統の上品なネクタイで白いワイシャツ。いかにも気品のある姿だった。

二階に通された。一蝶の燈籠売りの絵の茶がけが壁にかかっていた。

座右宝の後藤さんが一緒だった。一時に日本倶楽部へ行く約束だったが、電話をかけてやめると、志賀さんは言った。

「どうせ四時にまた会うのだから……」

誰とだったか。山本君（註＝山本有三）……と言ったように覚えているがたしかでない。

川端さんが弁当をつかった。私もと思ったが、お腹がまだ空いてないので、やめた。

出版社の話になった。川端さんが話した。私は遠慮して黙っていた。

『暗夜行路』を貰いたいと思ったのだが、座右宝刊行会から出すというので、貰えなかった。短篇と言うことになった。

「そっちで選んでくれないか。それを見て、いやなのがあったら、いやだということにして」

「そう致しましょう」

と私は言った。

「君は特攻隊の方へ行ってたんだね」

と志賀さんは川端さんに言った。

「ええ、九州の鹿屋……」

川端さんは特攻隊の話をした。

奥さんがホット・ケーキを持ってこられた。マーマレイドが添えてある。

「バターがあったろう」

「はい」

バターがくると、志賀さんは自分でバターを取って私たちの皿に分けた。

志賀さんの話には「長与が……」(註=長与善郎)というのがしばしば出てきた。

「この間、長与が来て……」

「長与の話では……」

――帰り際に、志賀さんは突然、

「レマルシャンのことだがね」

と私に言った。志賀さんが私の『日本の靴』を読んで（恐らく『三代名作』の私の集で読まれたのだろう）そこに出てくるレマルシャンのことを知っているから私に会って話をしたいと言ったということを、私は小島さんから聞いた。そのうち小島さんと志賀邸へ伺おうと言っていて、今日まで機会がなかった。でもそういう関係から、いきなりレマルシャン……と言われても、

「ははあ」

と私はうなずいた。

「レマルシャンの息子の弟子を知っているんだ。別品屋という靴屋で、もと新橋にあったんだが……」

うまい靴屋なので、志賀さんはそこで靴を作らせていたという。のちに土橋の方に移ったが、今は戸塚警察署のそばにいる。

「〇子にそのところを今、しらべさせている。その別品屋に会って話を聞いたらいろいろ面白いでしょう」

お嬢さんの名だろうか、何子といわれたか忘れた。

銀座のレマルシャンの店も知っておられると言った。

「その頃の友だちにおしゃれなのがいて、それがレマルシャンの店で靴を作らせていたので一緒に行ったが、表にレマルシャンと英語で、——英語じゃないが、横文字で書いてあった」

「銀座のどの辺だったのでしょう」

「なんでも函館屋のそばだったと思うが……」

「函館屋……」

名は知っているが場所は知らない。

「つまり資生堂と四丁目の間だ」

レマルシャンの店ではいちいちお客の足の木型を作っていたという。そんな話をされて、

「私たちが店へ行った頃は、レマルシャンはもういなかった。レマルシャンは十七年に死んだと君の小説に書いてあるが……」

年代を覚えておられた。

「で、レマルシャンの店へおいでになったというのは、いつ頃のことで……？」

「明治二十八年か九年だね。日清戦争のあとだったから……」

レマルシャンの息子というのは、母が日本人の混血児である。別品屋の主人はこの人の

弟子なのだが、別品屋の話では、その人は木挽町の裏に屏息《へいそく》して、古い顧客の靴を一月に二足ぐらい作って細々と暮していたという。

「普通はまあ二十円ぐらいなんだが、それを特別に五十円取って、その代り上手なんだが、五十円の靴を二足作って、暮していたそうだ」

——帰りに志賀さんは奥へ声をかけられて、別品屋の住所はわかったかいと言われた。奥から美しいお嬢さんが出てこられて、私にその住所を知らせてくれた。私はノートにこう書いた。淀橋区諏訪町二十八、鉄道青年営美館、森本……。

外へ出た。途中で志賀さんは立ちどまって何か書いておられると思ったら、振り返って、

「これ……」

と名刺を私に示した。

「念のために、これを持って行き給え」

名刺には

高見氏御紹介

志賀　直哉

ベッピンヤ様

とあった。「東京都世田谷区新町二の三七〇」という住所はペンで書いてあった。

志賀さんは思ったより背が高かった。のっぽの私とそう違わないようだった。——会な

どで志賀さんを見ることはあったが、こう近くで見るのはこれが初めてであった。もう何年ほど前になるか、お能の会で志賀さんを見かけたのが、今日までの最近の志賀さんの印象だったが、その時の印象からすると、志賀さんはとみに老人になられた。急に老い込んだ――そんな気がした。

電車が来た。

「駆け出そう。間に合うだろう」

そう言ったのは志賀さんだった。老い込んだように見えても、元気だった。

駆け出して間に合った。切符を、志賀さんが一枚ずつ皆に配った。

電車の中で志賀さんは、――鶴のようにやはり光っていた。

志賀さんは情報局へ行かれるとのことで、渋谷からみんなはまた同じ地下鉄のホームへ行った。

人が東京新聞の夕刊を読んでいた。のぞくと、東条大将重態とある。私はここではじめて東条大将の自殺を知らされたのである。その話を私はした。そしてそういう話になって

「やっぱりどうも同情が持てないね」

と志賀さんは言った。穏やかな、いい言葉であった。もし私が東条大将の自殺を朝刊で前もって知っていたら、きっと激した、飛び出た、浅間しいことを言ったに違いないと思った。

虎ノ門で志賀さんと別れた。

新橋で、川端さんが切符を買うため、長い行列のうしろに立つと、私は夕刊を買おうと思って、駅の外に出てみたが、いつも売っているところに売り手がいなかった。どこにも売り手が見えなかった。

歩廊で他人の新聞をのぞくと、東条首相の時の閣僚が戦争犯罪人として逮捕されたという記事が見えた。ビルマ大使その他の名も見えた。捕虜虐待者としてなんとか軍曹（カナで出ていた）といった名も見えた。

家へ帰って大急ぎで新聞を見た。東条大将の記事が出ている。

（読売新聞）

東条大将自決

聯合軍側からの抑留命令直後

昨午後自邸で拳銃で危篤

期するところあって今まで自決しなかったのならば、なぜ忍び難きを忍んで連行されなかったのだろう。なぜ今になってあわてて取り乱して自殺したりするのだろう。そのくらいなら、御詔勅のあった日に自決すべきだ。生きていたくらいなら裁判に立って所信を述べるべきだ。
醜態この上なし。しかも取り乱して死にそこなっている。恥の上塗り。
大本営発表が明日限り廃止される。

九月十三日
昨日の東京新聞は発禁になったという。戦争犯罪人として逮捕された人の名を出したせいか。今日の朝刊には何も出ていない。
今日は黒龍会の葛生氏などが逮捕されたという。大船駅での久米さんと読売社長の正力氏との話で知らされたのだ。
「向うはあらかじめ逮捕する人の名を発表して、それから逮捕に行く。面白いですな」と正力さんは言っていた。正力さんは徳富さんと共に、巷間では言論方面の戦争犯罪人として逮捕されるだろうと噂されている人だ。

九月十四日
杉山元帥自決。夫人も殉死。
千葉駐仏公使夫妻自殺。
「日本は四等国に下落した」とマッカーサー元帥はいう。

山本元帥戦死の詳報が発表された。

九月十五日
今日は鶴岡八幡の例祭、賑やかなはやし、人出。

平和が再び来た――の感が深い。

参詣した。神楽をやっている。女子供が石段いっぱいに腰掛けて、のどかに神楽を見ている。

まことに平和だ。まことに日本人は平和を愛する質朴な民なのだ。

元四閣僚等、戦争犯罪者として引致さる。

小泉元厚相と橋田元文相とが自殺した。橋田氏の自決はいたましい。

同盟通信社が業務を停止された。最下段に小さく出ているがこれは大きな事件だ。

毎日の社説に「聯合国に傭船を懇請す」という題で、次のような文が掲げてある。（注=社説省略）日本の新聞に於いて日本人の読者以外の相手に訴えるところの社説が掲げられたのを見るのは、私の知っている範囲ではこれが初めてである。正に敗戦の現実だ。

街頭の煙草ねだりが警告的記事となって新聞に現われた。

無産党結成懇談会の招請状が発せられた。

九月十六日

戦争犯罪人として上田中将、橋本大佐等出頭。

日本文化人連盟（仮称）が設立される。招請状を出した四氏は今まで「自由主義者」として屏息を余儀なくされていた人たちである。

太平洋米軍司令部の発表になる「比島に於ける日本兵の残虐行為」が新聞に出ている。一読まことに慄然たるものがある。

ところで、残虐ということをいったら焼夷弾による都市住民の大量焼殺も残虐極まりないものである。原子爆弾の残虐はいうをまたない。しかし、戦勝国の残虐は問題にされないで、戦敗国の残虐のみ指弾される。

九月十七日

同盟通信社は活動再開を許可された。

鈴木前首相と英米記者との会談を新聞で見る。

「実業家、新聞人、事業主等の知識階級は戦争の不利なことについて比較的に正しい認識をもっていたが……」（註＝鈴木前首相談）という。しかしつい一月前までは「正しい認識」は敗戦論的デマとされていた。その認識を口外することは厳重に取りしまられていた。「何も知らされずにいた」私たちは、まことにヘンな気がする。政治というものは面白い。

国民を欺いても平気なのである。鈴木前首相は腹には「正しい認識」を抱きながら口では「本土決戦」だの何だのと反対のことをいって国民を欺き、そうして今となると、実業家、新聞人らの知識階級は「正しい認識」をもっていたが……などと言って、何も知らされないで「正しい認識」をもち得なかった国民をまるで何か無智扱い、馬鹿扱いだ。「国民はむしろデモクラシーを通り越してその極端なものに流れはせぬか」というのは、同感。

九月十九日

外相更迭。田中静壱大将自決。

朝日新聞がマッカーサー総司令部の命令で二日間発行を停止された。戦争中は自由主義的だ民主主義的だとにらまれていた朝日が、こんどは「愛国的」で罰せられる。面白いと思う。政府の提灯を持って野卑な煽動記事を書いていた新聞は米軍が来るとまた迎合的な記事を掲げて、発行停止処分などは受けないのである。

野菜、魚が自由販売になる。外国の放送が自由に聞けることになった。婦人の参政権が認められるかもしれない。気持の明るくなるニュースだ。

新田の話では、外食券が七円にあがったという。「食堂車のパンがひとつ十円だ。汽車で買えば二十銭のあのまずいパンだ。高いと驚くだろう。だがその闇屋に言わせると、そのパンを買い込むためには外食券が要る。外食券を買うのに七円かかる。だから十円じゃあまり儲けがないというんだ」

新聞に握り飯ひとつ七円と出ていた。浅草の観音様の裏で売っている由。七円でもたちまち売れるというから恐ろしい。

九月二十日

新紀元社に単行本用原稿を今日渡す約束だったのを思い出して、大あわてで、自分の創作集を机上に並べて選択をした。

久し振りに自分の作品をかえりみた。

恥辱と焦躁。

しかし、自分の作品を取り消したいとは思わない。自信と愛著。ただもっといい作品、大きな作品を書いておけばよかったと思うのだ。力を出し切ってなかったとは思わないが、つまらぬものに浪費したという悔いはある。

九月二十一日

妻とサツマイモの葉茎をつまむ。ゼンマイのような感じでうまいというので、試食することにした。

大森君（註＝大森直道）等がながい拘留から釈放された。「こっちも、もう何も言わない。

だからお前の方も何も言うな」そう言われて出されたという。憤りを覚える。何の具体的な犯罪行為もないのに検挙しておいてその言い草はなんたることだ。

九月二十三日
南方諸島嶼の日本軍はほとんど饑餓状態だという。

九月二十四日
秋晴。
イチジクの実が熟した。――しかしよく熟してからもいで食べようと思っていると、蜂が寄ってたかって食べてしまう。蜂と争って食べるのである。

九月二十九日
天皇陛下がマッカーサー元帥と並んで立っておられる写真が新聞に載っている。かかる写真はまことに古今未曾有のことである。将来は、なんでもない普通のことになるかもしれないが、今は、――今までの「常識」からすると大変なことである。日本国民は挙げて驚いたことであろう。後世になると、かかる驚きというものは不可解とせられるに至るであろうが、そうして古今未曾有と驚いたということを驚くであろうが、それ故かえって今日の驚きは特筆に値する。

毎日新聞にはUP社長ヒュー・ベーリー氏の謁見手記が、読売新聞にはニューヨーク・タイムズ太平洋方面支配人フランク・クルックホール氏の手記が掲載されている。これも古今未曾有のことだ。ベーリー氏の手記によって私たち日本人は初めて宮中の御様子を知ることができた。以前、日本人がもしこのような記事を書いたら（到底ありえないことだが、もし書いたら）不敬罪で直ちに捕えられ、もっとも重い罪を受けたであろう。同氏の手記になお「謁見中米国機は何回となく宮城上空へ飛来した。その頭上近い低空飛行ぶりは謁見室の内部からも明瞭に聞きとれた」とある。以前は、宮城上空の飛行は不敬として禁止されていたものである。まことに驚天動地の出来事である。

九月三十日

昨日の新聞が発禁になったが、マッカーサー司令部がその発禁に対して解除命令を出した。そうして新聞並びに言論の自由に対する新措置の指令を下した。

これでもう何でも自由に書けるのである！　これでもう何でも自由に出版できるのである！

生れて初めての自由！

自国の政府により当然国民に与えられるべきであった自由が与えられずに、自国を占領した他国の軍隊によって初めて自由が与えられるとは、——かえりみて羞恥の感なきを得ない。日本を愛する者として、日本のために恥かしい。戦に負け、占領軍が入ってきたので、自由が束縛されたというのなら分るが、逆に自由を保障されたのである。なんという恥かしいことだろう。自国の政府が自国民の自由を、——ほとんどあらゆる自由を剝奪していて、そうして占領軍の通達があるまで、その剝奪を解こうとしなかったとは、なんという恥かしいことだろう。

産報が解散した。皇国勤労観の名の下に、労働階級に軍部、官僚、資本家の奴隷たることを強要した産報。——

十月一日
三木清が獄死した。殺されたのだ！
墨堤の大倉別荘が進駐軍の慰安所になる。
一度暇を見て向島の移り変りを見に行かねばなるまい。
同盟通信社解散。

十月三日
自由懇話会発足。人民文化同盟が結成される。結構なことだ。私はしかし「政治」はもうご免だ。党派はもうご免だ。

やがて「政治」文学、集団文学、党派文学が賑やかに現われてくるだろう。日本文学の貧困を救うためにそうした文学の出現もいいことだと考えるが、文学としてすぐれたものでなくては困る。

非文学が政治、集団、党派の力でもって文学のような顔で横行されては困る。そして横行するに違いないのだ。文学圧迫の新しい「強権」がかくして生れる。

東洋経済新報が没収になった。

これでいくらか先日の「恥かしさ」が帳消しの感あり。アメリカが我々に与えてくれた「言論の自由」は、アメリカに対しては通用しないということもわかった。

安南独立の抑圧に日本軍も参加協力を命ぜられている。嗚呼、敗戦国の哀しさ。かかる場合の「拒否」の自由は奪われているのだ。

しばらく銀座へ出ないので、様子を見ないかと山村君を誘って新橋で降りた。銀座通りはアメリカ兵の氾濫だった。雨上りの秋の陽を浴びた白いセーラー服の反射が眼に痛い感じだった。

「石鹼をふんだんに使っているな」

セーラー服の純白に対する私の感想だ。わびしい感想だ。

「機械でサーッとやるんでしょうね。手でゴシゴシ洗ったりするんじゃなくて……」

と山村君が笑った。

千疋屋の前はセーラー服の行列だ。飾窓に英語を書いた大きな紙が貼ってある。アメリカ兵専門のダンスホールなのだ。ビールを出すというからキャバレーというのだろうか。残った店がどこも土産物を売っている。人形だとか着物だとか陶器だとか――。街はいくらかきれいになった。爆撃下のあの汚れた陰惨な街の表情はもうなくなった。一種の生気と活気とを取り戻した。

人もいっぱい出ている。コーヒー一杯飲ませる店はなし、何も買い物の出来る店はまだないのだが、なんとなく銀座というものに惹かれて出て来ているようだ。人々の身なりもいくらかきれいにはなったが、まだまだ乞食のようなのが多い。乞食然たる日本人の氾濫につい先頃までは――アメリカ兵はどう思うだろう、恥かしい、醜態だと心を暗くしていたものだが、今はもうそんなことも感じなくなった。神経にこたえていたのは進駐直後のことで、そういえば、日本人がアメリカ兵のまわりに群がって煙草をせびっている浅間しい姿もそうカンにさわらなくなった。慣れというより諦めであろう。

数寄屋橋のマツダビルの前に露店が出ている。否、露店といったものではなく、大道に人形を並べて売っているのだ。アメリカ兵相手である。いわゆる日本美人の大きなオフセット刷の絵を売っているので、近く寄ってみたら昔の酒屋のポスターだった。

妻から聞いた話だが、鎌倉で昔の酒屋の徳利を買って喜んで下げているアメリカ兵がいたという。タヌキが下げているあの徳利である。それに大野屋と書いてあって、久米さんの令息にこれは何かと聞いたそうだ。ワインショップの名であると令息は答えたという。なんでもかんでも売りつける。浅間しい限りだ。——

十月五日

西川光君と同車。『ライフ』のムッソリーニの死体写真を見せてくれた。情婦と共に逆さにつるされている。見るに忍びない残虐さだ。私はムッソリーニに同情を持っている者ではない。イタリー・パルチザンのムッソリーニへの憤激にむしろ共鳴を感ずる。しかしこの残虐は——。

日本国民の東条首相への憤激は、イタリー国民のムッソリーニへのそれに決して劣るものではないと思われる。しかし日本国民は東条首相を私邸からひきずり出してこうした私刑を加えようとはしない。

日本人はある点、去勢されているのだ。恐怖政治ですっかり小羊の如くおとなしい。怒りを言葉や行動に積極的に現わし得ない、無気力、無力の人間にさせられているところもあるのだ。東条首相を逆さにつるさないからといって、日本人はイタリー人のような残虐を好まない穏和な民とすることはできない。

日本人だって残虐だ。だって、というより日本人こそといった方が正しいくらい、支那の戦線で日本の兵隊は残虐行為をほしいままにした。

権力を持つと日本人は残虐になるのだ。権力を持たせられないと、小羊の如く従順、卑屈。ああなんという卑怯さだ。

十月六日

五日の新聞が今日のと一緒に来た。聯合軍司令部の指令なるものを詳しく読んだ。特高警察の廃止、――胸がすーッとした。暗雲がはれた想い。しかし、これをどうして聯合軍司令部の指令をまたずしてみずからの手でやれなかったか。――恥かしい。これが自らの手でなされたものだったら、喜びはもっと深く、喜びの底にもだもだしているこんな恥辱感はなかったろうに。

長篇の構想。

ノート四冊の表紙に「都築平太に関する覚書」「直満俊信に関する覚書」「加巻健に関する覚書」「辻名昌介に関する覚書」と書いた。目下頭に浮んでいる主なる人物である。その性格規定、人間像の肉付け、――物語の筋よりも、これが先決問題だ。恐怖時代に生きた典型的な人間を考える。そのことが物語の筋になって行く。

今のところ極左のリンチ事件を最初に書こうと思っている。

十月七日

幣原男に大命降下。

石川達三君から手紙が来た。

「面白い時代であるが、それ故にまた何かしら悲しい時代でもある。

君は鎌倉文庫の拡張で相当忙しい事とお察しする。しかし、事業のためにあまり多くの時間と精力とを消費しないことを切望する。君の活動すべき本当の場所はそういう事業ではない事を忘れてくれないように。事業的才能もあるだろうが、それは他の人にもある。みずからを惜しんで、新しい文学的活動に精出してもらいたいと思う。いささか気になるので一筆。」

石川のいう通りだ。石川のいうことは正しい。そしてこういう手紙をくれる石川はほんとうに人のいい、真面目な、ムキな男なのだと思う。

十月八日

夜、白木屋七階で白木屋岡専務をはじめ各部長等を招待、貸本部開設についての挨拶の会。ビール、食料は日産三浦氏の世話。

十月九日

雨。須貝君来る。小説本出版の件。

丸ビル事務所へ。岡沢君の車で一緒に白木屋へ。借受決定の二階を下検分。

帰りの東京駅で、どこかの引揚民らしい一団に会った。まるで難民の群である。老婆を背負った男、手足に一面に吹出物のある子供、——おびえた動物のように黙ってかたまっている。胸が熱くなった。

十月十一日
雨。

新田君が来て、昨日獄から釈放された共産党員を迎えての街頭デモを見たという。知り合いのカメラマンが、

「この間までは特攻隊を撮っていたのに、今度は共産党、——いやはやどうも」

苦笑していたという。

十月十二日
必需物資の輸入が許可されることになった。これで餓死がどうやらのがれられる。
水戸高校、上野高女を皮切りに盟休続出。

十月十三日
○マッカーサー司令部、新首相に要求。
（読売新聞）
憲法の自由主義化
婦人参政、労働組合促進等五項
聯合軍、新首相に要求
○鈴木、平沼両邸焼打事件発表。
（読売新聞）
七名に懲役五年
鈴木、平沼両邸焼打事件判決

大尉（註＝佐々木武雄陸軍大尉）に煽動された学生達（註＝横浜工専他七名）が気の毒である。思えば戦争へと駆り立てられた日本国民は、みんなこの煽動された学生達と同じようなものである。（註＝この事件は八月十五日未明におきたもの）

終戦直後この事件の噂を聞いたが、その時は腹立たしい軽挙妄動だとは思いながら、その気持がわからぬでもないとそう心のどこかでささやく声があった。しかし、今となると——今といっても終戦後まだ二月しか経たぬのに、その事件は全くの妄動としか感じられない。時の流れの激しさ！

十月十四日
女子選挙権が附与された。

十月十五日
まだふらふらするのだが、社（註＝鎌倉文庫）に出た。今日は全体会議があるからだ。久米さんが全社員に社の機構を説明した。

十月十七日
マッカーサー元帥の放送文を読む。「日本は最早大小を問わず世界的国家として数えられなくなった」——嗚呼。

十月十八日

出勤。保土ヶ谷駅で、貧しいみなりをしたおかみさんが、歩廊に木片が落ちているのを見かけると、ひょいと拾って手にした買物袋に入れた、薪にするのだろう。

過日、芳町の家からの帰り、東京駅で中年の男が歩廊に眼をキョロキョロやって、煙草の吸い殻を探して拾っているのを見かけた。

戦前にはなかったことだ。乞食が木片や吸い殻を拾うのは戦前でもあったが、乞食ではない者が乞食のようなことをするに至ったのは最近の現象だ。そうだ、もう乞食だ。国民の大半は現実的に精神的に乞食におちている。敗戦ということが心にしみる。

京浜の焼跡の草が、秋風に吹かれ、枯れはじめた。京浜が焦土に化したのはついこの間のことのようだが。そしてその焼跡に、みるみる草が生えて、そのなまなましい草の色に眼を見はったのはついこの間のことだったが。

濠の前の大きなビルは、いずれも進駐軍が入っている。ジープが濠端に並び、鋪道を闊歩するアメリカ兵。濠端の草に腰をおろして新聞や雑誌を読んでいるアメリカ兵……日本人よりアメリカ兵の方が多いようだった。

日本人は、――年若い娘の多いのが眼を惹いた。濠端でアメリカ兵を囲んだり、アメリカ兵に囲まれたり、――さらに、アメリカ兵にいかにも声を掛けられたそうな、物欲しそうな様子で、でもまだ一人歩きの勇気はなく、二人三人と連れ立って、アメリカ兵のいる前を選んで、歩いている娘たち。いずれも二十前の、事務員らしい服装だ。

いやな気がした。嫉妬か。二十を越した、つまり一応分別のあるといった女はさすがにいない。みんな二十前なのも、面白い。

「——戦争中は、軍に渡りをつけて、軍を利用したり笠に着たりしていた連中が、今度はまた真先にマッカーサー司令部……。それがつまり同じ人間なのだから面白いですね」

そんな話を私たちはしていたが、そう言えば、この浅墓な浅間しい娘たちもそのたぐいだなと私は思った。このにがにがしい娘たちと、そういう人間とは、同種類なのだと言った方がほんとうだろう。

十七日に恩赦の詔書が渙発された。

十月十九日
都の焼跡整理がやっとはじまった。都の役人たちは今まで何をやっていたのだろう。
「武蔵」「大和」の写真がはじめて公表された。消失してから初めてその正体が国民に知らされたわけである。

十月二十日
事務所行（註＝鎌倉文庫）。
スカート姿の女が少しずつ街に現われた。「キモノ」姿はまだ見かけない。事務所へ行くと、一高時分の友人橋爪君が書きおいて行った手紙を渡された。「先夜来連絡ニ努メテキタガ今日ニナッテシマイ御都合如何カト思イマスガ、今晩内野（註＝内野壮児）ノ出獄歓迎会ヲ高円寺ノ内野宅デヤルノデ御来駕願イタイノデス、出席者ハ無名会ノ連中デ、アダチ、滝沢等十名バカリ、御都合ヨカッタラ本日午後五時高円寺駅北口マデ来テ下サイ、ボクガ案内シマスカラ……」云々とある。石野径一郎君来訪。渋川驍、石光葆両君来訪。二人と事務所を出る。

中央線は新宿駅から先へ行くのは今年初めてだ。焼けている。焼野原の連続だ。家のあった頃は隠されていた土地の起伏が、電車の窓から、はっきりと見渡され、ここらがまだ住宅地化されなかった頃の姿に再び戻っている。ここらに人家がのびて来たのは、震災後のことだったが、その急速な市街化も、一夜にして再びもとの姿に還元せしめられたわけだ。ここがまた市街地となるのはいつのことか。

高円寺で降りると、駅前は焼跡であった。焼跡の新聞売りの前へえんえんたる行列がならんでいる。新聞は買いたかったが、行列の長いのにうんざりして、やめた。そして駅の売店で、『新日本』と『新生』を売っているのを見て、これを買った。ここには行列はない。『新日本』は十六頁で五十銭、『新生』は三十二頁で一円二十銭。型は同じ。『新日本』は木原氏主宰、小説『其日の福沢先生』（子母沢寛）、エッセイ『対立と調和』（安倍能成）のほかは無署名論文、『新生』は室伏高信主宰、執筆者は室伏、岩淵辰雄、福本和夫、尾崎行雄、賀川豊彦、水谷長三郎、三宅晴輝、馬場恒吾、小林一三、青野季吉、正宗白鳥、なかなか魅力がある。終戦後、最初に現われた新雑誌だ。

駅頭で白鳥の評論を読んでいると、「よォ」と橋爪が声をかけた。つづいて古末君が現われた。「呉軍港赤化事件の巨魁」と嘗て新聞に書かれた古末君だ。

古末君を駅に残して、私と橋爪とは内野の家へ行った。私は、歩きながらこんなことを思った。これが終戦前だったら、内野の出獄歓迎会に、こう躊躇なしの明るい気持でとても出られはしなかったろう。内野に会いたいことは会いたいが、出獄歓迎会というような「集合」にうっかり顔を出して、どんな飛ばっちりをうけるかもしれないと尻込みをしたろう。それほど「卑怯」な私でもあるのだが、それほど用心深く身を処さないとどんな目に会うかわからない時代でもあったのだ。個人的友情ということは認められなかった。それに早速言いがかりをつけられた。シンパ事件のほとんどはそれだった。第一、出獄歓迎会というようなものを、特高の監視なしには到底やれなかった。もし届けをしないでやったとしたら、無届集会でたちまち検挙される。そして再建協議というような罪名をつくられてたちまち送局。

（変ったものだ）

まだその変り方に慣れないので、不思議な感じさえするのだった。内野は一高時代、私より一年下だった。一高生の頃の内野は詩人だった。橋爪も一年下で、小説を書いていた。

私がたしか三年の頃、全国の高校の社会思想研究会が解散を命ぜられた。私もその研究会の会員の一人だった。

研究会は非合法団体になった。するとかえって学生の研究熱が煽られた。私の級では、研究会の会員は少数の「異端」だったのだが、一年下の内野や橋爪の級になると、会員でないものがかえって「異端」、――いささか誇張になるが、しかし大体そんな形勢になった。頭のいい学生はみな左翼化した。

この「時代」の恐ろしい相違を私は面白く思う。私と同級の人々からは、今度マッカーサー司令部からの指令で、解職になった警察部長などが数人出ているところから推しても、一高時代の秀才の大半は官途についたことがわかる。ところが一年下になると、秀才の大半は赤化したのである。そうして一年上の人々によって捕えられ、裁かれ、投獄されたのである。私はそれを面白く思う。

内野が刑務所の食事の話をした。

朝、昼は飯に汁。

夜のおかずのうち、もっとも「上等」なのは、

赤鳩――うずら豆、量はすくない。十三粒位しかない時がある。

おかずの隠語。

白鳩――いんげん豆。

闇鉄砲——ひじきに豆。
控訴院——にしん。
教誨師——天ぷら（衣《ころも》をつけているから）。一年に一、二度しかない。
楽隊——馬鈴薯と豚の煮込み（ジャガブタで楽隊）。これも一年に一、二度。
ドブ板——昆布。
軍馬——大豆。
電車の時間があるので私はひとり先に帰った。道を間違え、焼跡の壕舎に明りのついているのがあったので、「——今晩は」と声をかけた。駅へ出る道を尋ねた。すると、出入口のすぐ下から、むくむくと人が起き上って、丁寧に教えてくれた。うすい蒲団一枚、そしてどういうのか、その中年の人は裸だった。地面のすぐ上の板の上に寝ているのだ。これで身体を悪くしないのだろうか。
駅は薄暗かった。電球がないのだろう。
向側の歩廊に人だかりがしている。笑い声が挙っている。アメリカ兵が酔ってでもいるのか、大声で何か言い、何かおかしい身振りをしている。そのまわりに、日本人が群がっている。そのなかに、若い女の駅員が二人混っている。アメリカ兵は自分の横を指差して、女の駅員に、ここへ来いと言っている。そして何か身振りをして見せる。周囲の日本人はゲラゲラ笑い、二人の女の駅員は、あら、いやだと言ったあんばいに、二人で抱きついて、嬌態を示す。彼女等は、そうしてからかわれるのがうれしくてたまらない風であった。別の女の駅員が近づいて来た。からかわれたいという気持を全身に出した、その様子であった。

なんともいえない恥かしい風景だった。この浅間しい女どもが選挙権を持つのかとおもうと慄然とした。面白がって見ている男どもも、——南洋の無智な土着民以下の低さだ。日本は全く、底を割って見れば、その文化的低さは南洋の植民地と同じだったのだ。自惚れていたのだ。私自身自惚れていたのだ。

十月二十四日

事務所へ。

横山隆一君来る。漫画原稿持参。

国木田虎雄君と銀座へ出た。ムシャクシャするので、一杯やろうと思って、かねて聞いていたサロン富士山（？）の国民酒場の方へ足を進めると、えんえんたる行列だ。

「これは——」

すると、行列のなかから声をかけられた。玉川一郎君だ。

「凄い行列だね」

「切符は？」と玉川君は言った。

いる。
なのだ。行列相手に新聞売りが出ている。新聞を読みながら、のろのろと人々は移動して
「貰った。すまないね」と笑う。五百枚ばかり出たと言う。すなわち五百人余りの人の群
「しまった。遅すぎた。君は？」
「出た」
「まだだ。もう出たの」

あきらめて表通りに出たが、出たところでどうにもならない。本屋でものぞこうかと思ったが四時で閉店。どこへ立ちよるというところもない。

全線座の前へ行って、不意に映画でも見ようかという気になった。映画というものをもうどのくらい見ないだろう。映画というものをもう忘れてしまった。以前は一週に少くとも一回は見ていた。毎日試写を見続けるということもあった。——「そよかぜ」という題である。

「どういう映画なのかね」というと、
「ひどいものらしい。日本映画はもうダメだとQ（註＝津村秀夫）が憤慨していた」
「どのくらいひどいものか、ためしに見てみよう」

ちょうどはじまったところだ。二階へ行った。椅子席は満員だが、うしろの立見席はあいている。もとは、こんな時間だったら、立見席も寿司詰めだったものだがとそんなこと

を思い出しながら、立見席に入った。

いや全くひどいものだった。レビュー劇場の三人の楽手が照明係の娘に音楽的才能のあるのを見て、これをスターに育てあげるという筋。筋も愚劣なら、映画技術も愚劣の極。いつの間に日本映画はこう退化したのだろう。

私は南方で向うの土着民の軽薄な音楽映画を見て、南方植民地の文化の低さをまざまざと見せつけられた気がしたことを思い出した。軽蔑感よりも切ない悲哀が胸を締めつけたものだ。同じ黄色人種というところから来た切なさだった。

ところでこの日本の軽薄な浅薄極まりない恥かしいいわゆる音楽映画――アメリカのそれの醜悪な模造品を、進駐のアメリカ兵が見たら、どんな感じを持つだろうか。想いはそこに落ちた。なんともいえない切なさが心をかんだ。

まだお前は虚栄心を持っているのか。――私は自らに言った。――乞食のような日本人が街頭をうろついて、アメリカ兵にものをせびっている現実をお前は毎日眼にしながら、まだ……。そして、日本の文化というものは、実のところ、その日本映画の低さと同じ程度なのに、――それが全くのところ事実なのに、その事実からお前はまだ眼をそむけようとするのか。

恥ずべきはその低劣な日本映画でなく、それを恥かしいとするお前の虚栄心だ！　私は自らに言った。

しかし私の心から悲しみは去らなかった。私の心は傷つけられたのである。そう簡単に傷はなおらないのであった。

大船で乗換。アメリカ兵と連れ立った日本の若い女が、相手を歩廊に残して一人で車内に入った。そして車窓から顔を出して、楽しそうな声をあげているアメリカ兵の相手になっていたが、やがて車が動き出し、バイバイと言った。アメリカ兵は奇声を発して車を追った。

車内の乗客の眼は一斉にその女に注がれていた。軽蔑と憎悪の眼であった。私もその一人だった。どんな顔をした女か見てやりたいと思った。

女は、しかし、車窓から身体をのり出させたままだった。いつまでもその姿勢をつづけた。その姿勢は、自分に注がれている乗客の眼とその眼の含んでいる感情を充分に感じ取っていることを示していた。そしてその彼女の感じた乗客たちの眼に対して反撥や敵意を持ったものでないことも示されていた。

私は次第に哀れを感じた。いわゆる特殊慰安施設の女らしく思われた。

やがては素人の娘で、衆人環視のなかで、むしろ誇らかにアメリカ兵と痴態をつくすのなどが出てくるだろう。そういう風景が珍しくなくなる時は案外早く来るだろう。

むしろ早く来た方がいい。そうしてむしろそういう風景が氾濫した方がいい。日本人の一種の「訓練」のために！

その後に、自然な、恥かしくない、美しい社交が生れてくるだろう。

十月二十五日

白木屋に寺沢君が来た。

寺沢君、宮内君、島崎君、池川君（註＝いずれも著者の大森時代の若い友人）と地下鉄に乗った。終点で降りて、地下鉄横町から仲見世へ出たのだが、途中で、

「ボン・ソアールはこの通りだったな」

と寺沢君の感慨をこめた声。その焼跡にはソバが白い花を咲かせていた。仲見世へ出る道で、人だかりがしているので、何かと近寄って見ると、人々が手に紙幣を持っているので、何か売っているらしいと察せられたが、売り手がどこにいるのかわからない密集で、もちろん何を売っているのかのぞけたものではない。人々はお互いに押し合いへし合いで、円を描いた人々のかたまりがゆらゆらと右へ寄ったり左へよろめいたり、――そのうち、円の中心から悲鳴が挙った。

「もう中止！　そんなに押しちゃ、とても駄目だ！」

売り手の声だ。周囲から押されて、まごまごすると全く押し殺されてしまう。

「イモらしい」

と寺沢君が言った。

そういう人々のかたまりが、あっちにもこっちにも見える。その人々の眼は血走っていた。

ひとつのかたまりから、両手に、昔の二銭銅貨くらいの形の、はばは五枚ほど重ねた、色も銅貨に似た、何の粉か、まるく押しかためたものを五枚ばかり、ひしとつかんで、よろよろとよろめき出て来た男がいた。やっと買ったという喜びを満面にたたえていたが、その銅貨色の食い物は、見るからに汚らしく、昔だったら動物園の猿だって見向きもしないだろうと思われる代物だった。

仲見世は、両側にびっしり露店が出ていた。そして人がいっぱいたかっていた。その賑やかさに驚いたが、そのみじめったらしいありさまにも胸をつかれた。

汚い露店のみじめさ、それにたかっている汚い風態の人々のみじめさ。——乞食市だ。いろんなものを売っている。食料、衣料、大事な生活必需品を除いたあらゆるもの、と言っていいかもしれない。ただしいずれもこまごましたものだ。何か汚らしいみじめったらしいものだ。

食料は売ってないのに箸を売っている。桐の箸箱を売っている。トタンの樋《とよ》を短く切ったようなものを売っているので、何かと思ったら、筒形の弁当箱だという。短い樋を合わせて筒形にして、それにめしを入れ、めしを食ったら筒を割って半円形にする。便利な組合わせ式弁当箱だというが、そんな大きな弁当箱に入れるほどの米は配給されてない。と呟いたら、ナニ、サツマイモを入れるんですよ、だから大きくないと……。

焼トタンでつくったバケツなども売っている。いちいち見て歩きたいと思ったが、先が急がれるので、——もしや酒が飲めはしないかという気があったので、急いで通りすぎた。

観音堂はもう再築されていた。前のと比べると、玩具のような小ささだが、

「瓦なんかよくあったものですね」

と島崎君がいうので、なるほどこれでもなかなか大変だったのだろうと見直した。本尊御安泰と書いた札が堂の前に立てかけてある。焼けた時に出したのと同じ札のようだった。

六区へ足を進めた。もとのオペラ館の前の、瓢箪池の藤棚のところに人だかりがしているので、行って見ると、人々が手に丼を持って、丼のなかから貝を出しては、赤いみを食っている。赤貝めいた貝で、あたりに白っぽい貝殻が散乱している。貝を煮ている大鍋をのぞいたら、その汁はどろどろ色をしていた。汁は汚らしかったが、みだけ食べてみようかと、

「ものはためし」

というと、

「およしなさい。またあたりますよ」

と止められた。丼一杯一円。飛ぶように売れている。

急に空腹がこたえてきた。忙しくて持参の弁当を食うひまがなかったのだ。みんなのために、寺沢君にふかしイモを家から持ってきて貰っていたので、みんなも空腹だろうから

イモを食ったらと言った。

交番の前へ来て、

「交番の横で食おうか。ここなら大丈夫だろう」

と私は言った。うっかりイモを出して食えない。闇屋かと人がワッと殺到する恐れがある、……そんな話をしていたのである。

「吉原へ行ってみようか」

焼跡の連続。しかし道に覚えはあった。しかし、吉原近くになると、曖昧になった。すっかり暗くなったせいもある。

土蔵がところどころ焼け残っている。やはり下町だと思わせられる。土蔵からチラチラと光のもれるのがあった。主家《おもや》が焼けて土蔵の中に住んでいるのだ。土蔵を持っているだけに、焼けた屋敷跡も広かった。屋敷跡の、道路に面した角に地蔵尊が残っている。

「あ、この家は覚えがある」

と宮内君が言った。屋敷跡の広さから推して相当の物持ちと思われるが、これが今は土蔵の中に住んでいる。チラチラと揺れている光は、油か蠟燭か。電気はまだ来ていない。

野中の一軒家のようであった。

四辻に出た。右手の道の真中に、街路樹のための土を残した部分が一列にながく並んで

いるのが見られた。街路樹はなく、草が茫々《ぼうぼう》と生えているが、

「おや？」と私は立ちどまった。「ここはたしか……」

「もう吉原ですよ。吉原の裏……」

と宮内君だか島崎君だかが言った。

「やっぱりそうか」

「そうですよ」

吉原はまだだと思っていた。早すぎた。焼跡は早いのだろうか。

右に曲ると、やがて京町の門柱の焼け残っている前に出た。石の柱は、柱だけ残ってい て、ひどく高く見えた。やはり私たちの曲った道は、――私は半信半疑だったが、昔のお はぐろ溝をうめた吉原の裏通りだったのだ。

そこから遊廓街に入った。左右の遊廓はすっかり焼けている。

「あれは吉原病院だね」

左手に、窓に点々と明りのついた家が見える。吉原病院は焼け残ったのだ。道の先に交 番の明りが見えた。仲之町通りに出る角の交番と思われたが、ひどく遠くに見える。事実、 仲之町通りへ出るまでの京町通りは随分ながかった。浅草から吉原まで、意外な早さで来 てしまったのに比べて、その京町通りのながさはまた意外だった。左右に女郎屋が並んで いた頃は、ついうかうかと通りすぎて、その道のながさが感じられなかったのであろう。

仲之町へ出る途中、右手に一軒、鉄筋コンクリートの家で焼け残ったのがあった。なんという名の女郎屋だったか。軒に女が二、三人出ていて、それをアメリカ兵が取りかこんでいる。お互いに手真似で話をしている。家の横に ARMY PRO STATION と書いた立札が出ていた。

角海老は、塀が残っていた。なかは焼けていて、テントが二つ張ってある。のぞこうとすると、赤十字のマークをつけたアメリカ軍のトラックが入口に頑張っていたので、恐れをなしてやめた。

そういう焼け残った家は四、五軒あったろうか。もう真っくらだった。仲之町通りを歩いているのは、私たちだけだった。そう言えば浅草からここへ来るまで、途中で出会った人の数は五人を出たろうか。

喜久屋も焼けてなかった。

大門近くで、うしろからチリリンと自転車のベルがなった。巡査だった。日本堤署は残っていた。そしてそれから右は国民学校を残してすっかり焼野原だが、左はずっと不思議に残っていた。吉原は全滅だが、日本堤を境として、前の家並は残っているのだ。

見返柳は健在であった。立ちどまって眺めた。前のけとばし屋（註＝馬肉屋）はなくなっていた。吉野町を走る都電がこっちから丸見えだった。

家が焼けてあらわになった「堤」の下の（今は堤ではないが）川から思いがけない人声

が聞えてきた。舟がもやっているのだ。いつか牧屋善三君と浅草から隅田川ぞいにのぼって行って、今戸橋に出、山谷堀をたどって吉原に出たときのことを思い出した。そうして昔の猪牙《ちよき》船の通路を偲んだのだが、『如何なる星の下に』に今の山谷堀のことを書こうと思って、書かなかった。書いておけばよかったと思った。

山谷堀に沿って行くと、広い通りに出た。それをまっすぐ行けば浅草の方へ出られると思ったが、今まで吉原の帰りにその道を通ったことはなかった。少し行くと、道の先に電気がこうこうと光っているのが見られ、

「なんだろう?」

と皆は首をかしげた。とにかく電気のあるところへ行けば間違いない。そういう思いで、真っくらな道を急いだ。

電気へはなかなか行きつかなかった。アメリカの自動車でもたまっているのだろうか?そんな言葉も出たが、そのうち、

「――六区だ」

と誰かが言った。劇場らしい建物が見える。

「六区か。するとこの道は――?」

六区へ出る道をいろいろ考えたが、この道はいくら考えてもあり得ない。変だった。

「あ、わかった」

と私は叫んだ。

「あれが言問橋だ」

自動車が闇の中を、ヘッドライトを照らしてやってくる。橋の上を渡ってくるのだ。

「これは馬道《うまみち》だ。松屋に出る道だ」

するとあの六区の小屋のように見える小さな建物が松屋？　変だったが、馬道であるという確信に動揺はなかった。

小さな松屋は近づくにつれ、だんだん大きくなって行く。――馬道のはずれから、驚いたことに、遠くの松屋が見えたのである。それで小さかったのだ。

言問通りに出た。浅草寺のお坊さんのアパートから、明りがもれている。二天門が黒々とそびえている。

馬道のそのあたりには街燈がついていた。はだかの電球で、それが遠くからだと、自動車のヘッドライトか何かのように見えたのだ。

松屋の横にはえんえんたる行列が並んでいた。切符を買う人々だ。大変な数だった。

浅草へ行くと言えば、もとは飲むことだったが、今は焼跡見物だ。変に疲れて地下鉄に乗った。

十月二十六日

新聞記事から。
マッカーサー司令部の指令により一切の外交関係が中絶された。
近衛公栄爵を拝辞。
猪俣さん上京。お米を持ってきてくれた。大変な重さだ。大変な好意だ。

十月二十七日
朝日新聞が誤って配達された。噂で聞いていた松代の「地下大本営」の真相が発表されている。こんなものを作って、アメリカ軍を本土上陸させ、一般人民を死と飢えにさらして、軍部の高級将校だけ無事でいようとしていたのか。

十月二十八日
今日の新聞に次のような記事が出ている。
私は「餓死」したくない。「俗務」に取られる時間も惜しいが、自分を餓死させてはならない。

〝闇を食はない〟犠牲　亀尾東京高校教授の死
過日静岡県下で三食外食者が栄養失調で死亡したが再びここに一学者の栄養失調死が

ある、東京高校ドイツ語教授亀尾英四郎氏の死である、この度は知名人の死であるだけに社会に大きな波紋を巻き起しつつある、（中略）
大東亜戦争が勃発して食糧が統制され配給されるやうになつた時政府は「政府を信頼して買出しをするな、闇をするものは国賊だ」と国民に呼びかけた、同教授は政府のこの態度を尤もだと支持し、いやしくも教育家たるものは表裏があつてはならない、どんなに苦しくとも国策をしつかり守つて行くといふ固い信念の下に生活を続けてゐた、家庭には操夫人との間に東京高校文乙二年の長男利夫君以下四歳の覚君まで六人の子を配給物で養つてゐた、だが庭に作つた二坪の農園では如何ともすることが出来なかつた、六人が三日間で食べる野菜の配給が葱二本、発育盛りの子供たちに少しでも多く食はせんとする親心は自己の食糧をさいて行くほかに方法はなかつた、遂に八月末同教授は病床にたふれた、近所に住むかつての教へ子の一人が最近にこのことを知つて牛乳などを運んでゐたが、既に遅く去る十一日遂に教授は死んでしまつた、残された日記の終りのページに「国家のやり方がわからなくなつて来た、きめられた収入とこの食配給では今日生活はやつて行けさうもない」といふ意味が記されてあつた、「国家を信じてゐた父も死の間際には自己の信念がグラついて来たことに煩悶してゐたやうです」と長男利夫君は語つてゐる
今また操夫人も衰弱して病床にある、正しき配給生活者の死を政府は何と見るか？

（抜萃）（十月二十八日毎日）

なんということだ。なんということだ。つづいてこういう記事も胸を打つ。

「学業の継続困難　日大予科　一週五日制」
　食糧難はいよ〳〵深刻となつたが、日本大学予科では二十七日の土曜から今後一週間五日制、土曜、日曜の休日制をとることとなつた
　土曜は名目上は体錬となつてゐるが実質上は休みである

十月二十九日
　忍耐。

　忍耐。

九時の電車で出勤。

丸ビル一階の新聞売場で『青年』十月号（三十銭）、『週刊毎日』十月十四日号（三十銭）を売っている。前者に窪川稲子さんが、後者に徳田一穂さんが、小説を書いている。買う。

　英語会話の紙を売っている。紙である。一枚の紙である。パンフレットではない。それで一円くらいの定価だ。こういう紙がいろいろ出ている。至るところで売っている。飛ぶ

ように売れている。

ビルマに行ったとき、商利に目ざといビルマ人がやはりそうした日本語会話の紙を売り出していた。街頭で売っているのを見て、私は何かいやな気がした。権威への追従、便乗、——そんな感じで、いやな気がした。

今度は逆に、日本でそういう現象を見ねばならぬことになった。ビルマにおけるより多数の、そしてもっと安っぽい際物《きわもの》的なひどい英会話書、否会話紙が氾濫している。追従、便乗は、日本の方が本家——お手のものということを暴露している。

新しい事務所で、初めての正式の企画会議をやった。全員出席。企画会議を公明に正式に通過したものでなければ、出版できないという原則を立てた。闇取引の厳禁。

荒川氏が来た。紙について詳しいうちあけた話が聞きたい、そして将来の問題について相談したいと久米さんが言い、どこかでゆっくり話をしようということになって、では私の知っている家へと、荒川氏が明舟町へ案内した。焼け残りのしもた屋である。私と秋山君が同道した。

刺身が出た。あわびが出た。えびの天ぷらが出た。牛肉のすき焼が出た。白米が出た。改めていう。しもた屋である。しもた屋で、こういう、戦前の料理屋に負けないご馳走が出た。ご馳走になりながら、いやな気がした。巷には餓死者が出ているというのに。

新橋駅へ行くと、ちょうど電車が出たあとだった。そこらを少し見て歩こうと、久米さんがいうので、また外へ出た。駅の片隅に、二、三十人の人がかたまっている。汚い地べたに坐り込んで、ぼんやり通行人を眺めている。眠っているのもいる。なんとも言えない陰惨な感じだ。駅員に聞くと、乗車券を買うため、そうして朝まで待っている人たちだという。そこで徹夜をしようというのである。乞食ではないのだ。

アメリカ兵がその乞食ならぬ乞食の群を横目に見ながら、大股でやって来た。すると、青い労働服を着た日本人が、つと傍に寄って、

「ハロー、シガレット」

ハローは Hallo である。シガレットはしかし Cigarette ではない。その発音は実に不思議なものだった。シガは滋賀県の滋賀だ。レットは劣等の発音だ。ハロー、滋賀劣等！というのである。

「NO！」

とアメリカ兵は大きな手を振った。バカ！——日本人だったら、そう言ったろう。そういった気持のこめられたNO！であった。

嗚呼、なんという日本人の下劣化だ。

その日本人は明らかに「闇屋」だった。アメリカ兵から自分が煙草を買おうというのではない。他に闇で売ろうというのだ。そのことは、「ハロー、滋賀劣等」で明らかだ。そのなれた、いけ図々しい態度で明らかだ。

銀座へ行って見ようと土橋に向ったが、先は真っくらだ。行ってもしようがなさそうなので、その辺をぶらついて、また新橋駅に戻った。地下鉄の入口に、浮浪者が何人か寝ている。終戦後の現象だ。新橋のガード下には昔から乞食がいたものだが、こう堂々と、駅の中で寝るというようなことはなかった。戦災のための浮浪者にちがいない。

「ハロー、滋賀劣等」の男がまだうろうろしていた。やはり闇屋なのだ。朗らかに口笛を吹いていた。

そう言えば、そんなような男が沢山うろついている。

巡査がやって来た。巡査と言えばもとは恐いものだったが、今はちっとも恐くない。地下鉄の入口に寝ている浮浪者を見ても、別に追い立てもしない。見て見ない振りをしている。もとだったら、コラ！　と野良犬でも追い立てるように扱ったものだが。今は、浮浪者をいちいちつかまえて留置場に入れたら、留置場はたちまち満員。第一とても食わせきれまい。

巡査が立ちどまった。なんだか考えているような恰好で、時々チラと目を横に放っている。その視線の先に、――壁にもたれてしゃがみ込んでいる子供がいた。浮浪児のようである。やがて巡査は意を決したように、その子供のところへ歩み寄って、何か話していたが、そのうちその傍を離れた。

私たちは、その子供のところへ行って見た。すでにそのまわりには人だかりがしていた。

子供は、垢でよごれた顔をしていたが、身なりはそうひどくない。

「どうしたの？」

　と久米さんが話しかけたが、子供は黙ったままで、泣き出しそうな顔をして、ブルブル震えている。寒いことには寒かったが、その震え方は、――手を大きく震わしているところなどは、狂言のようにも見えた。子供を物乞いに出して、食っている者があると聞いている。その口ではないか。しかし、それだっても、可哀そうなことにかわりはない。

「腹が減っているのかい？」

　久米さんはカバンをひろげた。

　そこへ、

「おい、ちょっと来い」

　と私の腕をつかんだ者がいた。

　書きおとしたのだが、その子供のところへ歩み寄る途中で、こういうことがあったのだ。口笛を吹いている「ハロー、滋賀劣等」の男を見て、やっぱりこいつ、闇屋かと思ったとき、その男はまたもや別のアメリカ兵に近づこうとしていた。と、その男よりも先に、これはちゃんとした身なりの、いわゆるインテリらしいのが、

「ハヴ・ユー・シガレット？」

　とアメリカ兵に言った。

「ノー！」

男は苦笑して、傍の連れに、

「ねえそうだ」

と言った。

私はカーッとなった。我を忘れて、

「国辱だぞ。国辱みたいな真似はよせ！」

と言った。そうして「ハロー、滋賀劣等」の男や、同じ穴のムジナらしいそこらにウロウロしている者達に、同時に聞かせる気持だった。「ハロー、滋賀劣等」の男のような、見るからに無智な徒輩は、これはどうも仕方ない。しかしちゃんと背広を着たインテリゲンチャまでが、明るい停車場の、衆人環視のなかでそんな真似をするのは許し難い。もう我慢がならぬ。——そういう気持だったが、実は、「ハロー、滋賀劣等」の男のような、筋骨逞しい、強そうな、そしてまわりに仲間が沢山いそうな相手には、気持がひるんで言えなかったのだ。恥かしいが、それが事実だ。それで、あまり強そうでない相手、何を！と食ってかかりそうもないと思われた相手を選んだところもある。卑怯だが、それが事実だ。そうして、そこにいる闇屋全体に聞かせようと思ったのだ。

その相手が、私の腕をとらえた。「ちょっと来い」という。

「話があるのなら、ここでしたらいいじゃないか」

私は怒りで身体が震えた。

国辱だぞ！　は言い過ぎだったと私は私らしい反省と自己嫌悪にかまれていたが、「表へ出ろ」といった風な相手の態度には、こうなったらもう許せないと一途に激怒した。向うでそんな態度でなく出て来たら、こちらは一も二もなく、失礼しました、言い過ぎでしたと折れて出るところだったが。——それに、私の「国辱だぞ」と向うの「こっちへ来い」の間には、やや時間があった。向うには連れがいた。多勢を恃《たの》んでこっちが一人と見てかかり、居丈高になって逆襲してくる、そういった風なのが私を激怒させた。

どんな口論をしたか、忘れた。口論の末に、相手は、

「お前は誰だ！」

と言ったので、私は、

「高見という者だ」と言った。その時はもう久米さんが傍に来ていて、

「高見順だ」

と言った。向うの仲間の中には久米さんを知っている者がいた。

「そういうお前は誰だ」

と私がいうと、

「木原通雄だ」

と言った。

「木原通雄？　そうか、『新日本』の木原通雄か……」

私は思わずニヤニヤとした。

「君は俺を知っているのか。俺を知っていて、喧嘩を売ったのか」

相手はそう言った。

「いや、名前は知っているが、本人は知らん」私はニヤニヤしていた。

「こら！　どけ！　まわりに集まるな！」

向うの仲間の一人が、周囲に集まった群集に向って怒鳴った。犬でも追うような声だった。これが人間尊重を主張する人の声であろうか。態度であろうか。「人間を認めない軍人」の態度と同じではないか。

暗い片隅に行った。

「これがもし、君を木原通雄と知っていて、その君がアメリカ兵に煙草をせびっているのを見て、木原通雄が衆人環視の中であんなことをしていると、その時は黙って見すごして行って、あとで何かの場合にそれを言いふらしたら、――君は余計困るだろう。気をつけ給え。俺が木原通雄と知らないで、怒ったことは、君にとっていい教訓になったはずだ。俺だって、アメリカの煙草を吸わないわけじゃない。が、ああいうところで、ハヴ・ユー・シガレットとやるのは、いかんと思う。……」

私はそんなことを言った。すると連れが、

ったのだ」

「木原君は煙草をのまんのだ。俺がのみたいと言ったので、よし聞いてやると木原君が言
「そんな問題じゃない」

と私は言った。連れの居丈高の態度が我慢ならなかった。すると、相手も、

「なんだこの野郎、生意気だぞ」

「殴りたいなら殴れ！　アメリカ兵に煙草をせびったりするのを、醜態だからやめろと、
俺は言ったのだ。その俺を殴りたいなら殴れ！」

そこへ久米さんが来た。

「まあまあ……」

商大の学生が、帽子をぬいで、私たちの間に立った。

「生意気いうようですが、アメリカ兵の前で、文化人が喧嘩をしたりするのは、どうかや
めて下さい。お願いします」

私は照れた。醜態を恥じた。木原通雄も照れた顔だった。

車中で私は自己嫌悪にかまれた。

国辱だぞ！　などと衆人の前で言われたら、怒るのは当り前だ。私だって怒るだろう。

事の是非ではない。――私の態度が悪かったのだ。まるであれでは喧嘩を売ったようなも
のだ。ヒステリーだ。私はヒステリーになっている。生き難い。

十月三十日

一日家に籠った。頭をかかえて穴の中に籠っている感じだった。気持が暗く、とても外に出られない。

いろいろの本の濫読。

袖に石を入れて入水する自殺者。

そんな石が私の精神のなかにある。

いつも沈んでいる。

浮遊できない。明るさからもう絶縁されている。水底の孤独。

仕事、仕事。

仕事、仕事と心を燃やしていることは大切だ。しかし、書けない時は、無理に書かなくてもいい。

今は、――俗務がなくても、書けない時だ。書きたい時は、俗務があったって、書く。書ける。書ける時は書ける。

文学への貞節。

大事な点はそこだ。

十一月二日

平野謙君から来信。手紙の終りに、人から聞いた噂では紙の配給についていろいろの出版社がマッカーサー司令部や政府に盛んに「駆け込み訴え」をして、いずれも鎌倉文庫を眼の仇にしているらしいから、鎌倉文庫としても一応諒解を得に行った方がいいだろうという。

どうもいろいろ面倒なことがあるものだ。鎌倉文庫は風当りがひどく強いらしい。

戦災地の整理がはじまったというが、白木屋から東京駅八重洲口へ行く途中など、全く手がつけてない。焼けたままである。

丸善の裏あたりに、ポツンとバラックが建っていて、ラジオの修繕をやっているのだが、電気器具などをいろいろ売っている。高いらしい。裏通りであまり眼のつかない場所だが、いつも人がたかっている。真赤な長襦袢、派手な訪問着が電気器具の向うにつるしてあるが、これは進駐兵用であろう。隣りのバラックで、小さな貝を串にさして乾したのを売っているが、一本七十銭と札が出してある。えび煎餅が一枚四十銭。食い物は飛ぶように売れる現在だが、高いと見えて、店に残っている。濠端に自動車の焼けたのが何台も並んでいる。赤く錆びている。焼けたのを持って来たのでなく、並べておいたところを焼かれて、そのままにしてあるのだろう。少しも整理に着手されていない。

東京新聞の夕刊を買った。近衛公の憲法改正についてとかくの非難があったが、マッカーサー司令部からそれに関して声明があった。日本社会党が今日結党式を挙げた。

『新時代』(『経国』改題)を買う。菱山修三君が編集していると聞く。『新生』と同じ型で売価も同じ一円二十銭。東京新聞で印刷。執筆の顔触れは次の通り。

新時代　十月号　目　次

十一月三日

終日家にあり。

一歩も家外に出ない。
書斎でごろごろ。
懶惰の楽しさ、ありがたさ。
煙管に刻煙草を詰めてはのんでいる。
ポンポンと吐月峰《はいふき》を叩く。
ペン先で煙管の口のやにを取る。
ひとりの安らかさ。
なまけおる。
だが、
もう冬だ。
寒さと飢えが迫っている。
だが、
もう弓弦は切れた。
弛緩、混迷。
弛緩の「自由」、混迷の「自由」。
心がさらに奮い立たない。
私の精神はボロボロだ。酷使し過ぎた。

休息の「自由」を与えよ。

死の「自由」を与えよ。

死んでもいい。

生きんとする緊張がなが過ぎた。

（楽書はヤメロ！）


回想。

毎日毎日お前はよく精を出して日記を（或いは楽書を）書きつづけた。ほめてやる。克己心の訓練か。根気の養成か。それとも自己満足のため？

とにかく書きつづけたことは、よろしい。自己嫌悪の名人のお前がよく自己嫌悪に負けないで書きつづけられたものだ。

もうすぐ一年だ。原稿用紙にして何枚あるだろう。よくまあ書いたものだ。大変な「仕事」だ。

仕事？――仕事にしては、喜びがない。これはどうしたことだ。

日記には、喜びがない。いや、終戦前は、あったかもしれない。忘れた。しかし、かなりの量の日記を書きつづけ得た今、それに対して、くだらない通俗小説一篇を書き終えた時の喜びすら、感じ得られないのである。さらに、終戦前は日記のうちに自己満足を見出し得たのかもしれないが、今は一向に駄目だ。ただ習慣の如く書いている。悲しい習慣、つらい義務の如くに書いている。折角ここまで書きつづけたのだから、中絶してはもったいない。そんな根性から書いているのかもしれぬ。

気持をまぎらしている。そんな点はあるかもしれぬ。満足、喜びはないが、気をまぎらしている。

やはり、ほんとうの仕事をせぬと、喜びは得られない。

小田の小母さん来訪。

小母さんの話。大阪では煙草一服五十銭、そういう店ができたという。

十一月四日

島崎君来る。秋山君来る。秋山君、川端さんの家へ行くというので一緒に鎌倉へ行った。駅前の店で梅干を売っている。竹の皮に一包で十円。食料品屋で乾魚の詰合せを売っている。ぼら三つ、うなぎ十、いか一、いずれも干物、二十円。高いので、売れないで残っている。——店頭で食いものを売りはじめたのを初めて見たわけである。

この頃、家へさかんに闇屋がやってくる。失業者が闇屋になったのだろう。魚を持ってくる。会社員風の立派な背広をつけた人がニシンやサバを持ってくる。こうして魚は出廻るようになった。苦心して買い出しに行かなくても入手できる。ただし金がなくてはダメ。

この頃、新聞の切り抜きをしなくなった。事件がなくなったからではない。前の切り抜きの標準からいえば当然切り抜きをすべき記事がいろいろあるのだが、前ほど強く眼をひかなくなった。驚かなくなった。驚きが新鮮でなくなった。

後日の参考のためには、前同様、切り抜きをしておくべきだが、そのときの気分に従って、切り抜きのないのもまた、私の心の記録としてはそれもいいだろうと思う。切り抜きもまた、一種の、私の心の記録というべきものだから。

十一月六日

出勤。

制服を着た鉄道官吏が、あたりはばからず、闇輸送の話をしている。

「たった〇百円だから詰らんが、こっちは少しも手を出さずにすむんでそれはいい……」

などと言っている。米の闇輸送で、世話代（？）が〇百円という話なのだ。

「五割というと当然入る。入るとわかっているくらいなら自分からやめた方がいいんだが、なかなかそう行かない」

人員削減の話らしい。

「やめるとパスがなくなるのは痛いな」相手が言った。「パスがなくちゃ商売ができない」

私たちに聞えることを少しもはばからない。まるで聞えよがしの声であった。

車内の腰掛けている乗客の十人のうち七人は居ねむりしている。居ねむりというより昏睡、そんな感じだった。青い顔、乾いた皮膚、——栄養不良からくる居ねむり、正にその感じだった。

夜、芳町の「高信」で(岡沢常務の世話)各新聞社文化部への挨拶会。朝日、毎日、読売、東京各社から二名ずつ来てくれた。こっちは久米、川端、中山、岡沢、田中、木村、中島、私出席。

帰りの電車で。

黒人兵が、アップルないか？ と久米さんに話しかけた。

「リンゴを売っているんですかね」

と言っているうちに、歩廊へ出て行った黒人兵はどこからか、ミカンを買ってきた。貰って来たのかもしれないが。

席につくと、前の日本人(中老の紳士)に何か話しかけた。日本人は何か言ったあとで、

「ジャパニーズ・オレンジ、——ナット・ソウ・スウイト」そして傍の日本人に照れたような顔で、

「アメリカのオレンジは、とても甘くてうまいんです」

と言った。

車の向うでのことである。こっちに、——私たちの傍に、工員風の青年が二人いたが、

「黒ン坊の奴……」

侮蔑的な語調だった。そして、膝の上に無作法にのせた片足のくるぶしをいわば威嚇的に示威的に叩いて、

「英語ナンテ俺は知らねえや。一つ知っている。シガレット……」

大きな声で言った。明らかに「不良」染みていた。そのうち、その二人は黒人兵の前の空席にツカツカと行って腰かけた。例の中老の紳士の隣りである。終車のひとつ前で、車内はすいていた。何か喧嘩でも売りに行ったのではないかとひそかに憂えられた。しかしやがてその二人の顔にニヤニヤ笑いの浮んでいるのが、こっちから見られた。間もなく、ニヤニヤ笑いは哄笑になった。

一人が席から立ち上った。黒人兵の前へ行く。

「……?」

煙草を貰っているのだった。手の先に白い煙草を捧げてピョコンと頭を下げている。その卑屈な笑い顔は、正視しがたいものだった。

黒ン坊の奴と口汚く罵っていたその当人が、黒人兵から煙草を貰って大喜びだ。どうやら煙草を貰いに、黒人兵の前に行ったものらしい。

尊大と卑屈が隣り合っている。ぴたりとくっついている。それはこの下品な、粗暴な、恥かしい二人の工員だけのことではないのだと私は思った。

支那人を何かというとひっぱたいていた大陸の日本人たちは、今、支那人たちに逆に監禁されて、さてどんな態度を取っていることか。

朝日新聞がとれるようになった。併読ができることになったのだ。

大内教授（註＝大内兵衛）等東大に帰る。

十一月七日
○街に米ソ戦争の噂。日本がその戦場になったら、こんどこそもう助からないとみな暗澹たる顔。
○幼児がハロー、ハロー、と言って遊んでいる。
中学生がお互いに別れるとき「グッドバイ」と言っている。

日本人はまことにGood-naturedである。
○日本はもう四等国だとマッカーサー元帥は言ったが、国民も四等国民だ。敗れて、誇りを失って、ガタガタと落ち込むみたいにして、四等国民になったのか、それともはじめから四等国民なのか。
敗れる前は一等国民だったが、とはお世辞にも言えない。しかし、敗戦国民になってから急激に低下したところもある。ただに日本人のみでなく、人間というものは、そういうものではないか。

○文化の点で一等国たらん——などという痴言はやめてもらいたい。四等国の文化しか生れはしない。

○アメリカ兵の進駐以来もう三カ月になるが、街でアメリカ兵が日本人を殴っているのをまだ一度も見たことがない。南方で土着民が「西洋人は個人的につきあうとみんな立派で、いい人ばかりだ。が、国の政策となると苛酷だ」と言ったのを思い出す。

○天皇制の存廃が新聞雑誌でしきりと論議されている。

読売の座談会で志賀義雄は真向から天皇制打倒を叫んでいる。まことに隔世の感が深い。そう感ずるだけ、——「左翼崩れ」の私も、いつか保守的になっているのだ。

○今日の人間の姿はすべて、後代になると、笑うべき滑稽さに見えてくる時が来るかもしれない。極度の悲惨はむしろ滑稽である。

○新聞が国民に向って、戦時中の新聞の犯した罪に対して謝るところがなくてはならぬと感じたのは、終戦直後のことであったが、忘れた頃になって、謝罪をしている。(朝日新聞社説)

すなわち、新聞の民主主義的改革によって、罪を謝そうというのである。しかしその前に私は、嘘八百の煽動的記事に対してその執筆者たる新聞記者全体の謝罪があってしかるべきだったと思う。罪を新聞社の重役や幹部のみになすりつけての、いわゆる民主主義的改革によって、謝罪がすむものではない。民主主義的改革というのは、謝罪のあとのものであるべきだ。謝罪ののちの前進的第一歩、それと謝罪とを一緒にするのはおかしなものだ。

新聞社の重役幹部を戦争責任者なりと糺弾している少壮記者のなかには、戦争中、狂激な軍国主義者だったものもいるのだから、おかしい。彼等は戦争中は、幹部を自由主義的だと糺弾した。そして戦争がおわると、戦争責任者だと糺弾する。しかし、これが革命なのだ。小さな奇怪事は怒濤によって生じた泡だ。怒濤は大きく突進して行く。

十一月九日

新橋で降りて、かねて噂の高い露店の「闇市場」をのぞいて見た。もとは、明治製菓と工業会館の裏の、強制疎開跡の広場にあったのだが、（あった？　自然にできてきたのである）二、三日前から、反対側のもとの「処女林」、その横のすし屋横町の跡に移った。駅のホームから見おろすと、人がうようよとひしめいていて、一種の奇観を呈している。敗戦日本の新風景、――昔はなかった風景である。

駅を出ると、その街路に面したところに、靴直しがずらりと並んでいる。それが一線を劃していて、その背後の広場が、「闇市場」になっている。すでに顔役ができていて（顔役は復員兵士とのこと）場代を取り、値段が法外に高いと、店開きを禁じたりするとか。子分を数多《あまた》従えているとのことだから、子分を使って場所の整理をしたらよさそうだと思うが、雑然と混然と、闇屋がたむろしている。

「三つで五円」

闇屋の声に、のぞいて見ると、うどん粉（?）をオムレツ型に焼いたものを売っている。ふくらんだ中身には何が入っているのか。隣りでは、ふかしイモ、これも一袋五円。紙袋をちゃんと用意しているが、風呂敷いっぱいいくらいしかイモは持って来ていない。女の子二人が恥かしそうに、何か売っている。

いずれも食い物だ。「三把十円」と言っているのをのぞくと、小魚を藁にはさんで乾したもの。十円はいかにも高いので、売れない。風呂敷一つさげて、商売に来ているのである。「店開き」とさっき書いたが、店の感じではない。浅草の食い物屋は、ちゃんと屋台を出しているが、ここはただ風呂敷、カバンなどをひろげて売っているだけである。そのうち「店」になるだろうが。

前述の如く「闇市場」はもとは反対側にあった。なぜ、そこに、「闇市場」が自ずと形成されて行ったか。思うに、明治製菓の筋向いに、外食券食堂が二軒あった。そのせいに違いない。食堂の前には食事頃になると行列ができた。その行列相手に、物を売る闇屋がまず現われた。また、外食券を売る闇屋が徘徊した。とにかく終戦直後（いや、前からそうだが）外食券食堂を中心として（前述の食堂のほか、もう一軒先にあった。）まず人だかりが形成され、そこへ行くと、小さな梨五つばかりで何円（五円だか十円だか忘れた）、高いけれどとにかく買えるというので、人が行ってみるようになった。外食券の人々を相手に初めは売っていたのだが、そうしてだんだん一般の買い手が現われる。買い手が現われると、売り手の方でも集まってくる。それがだんだん目立って、明菓の裏の広場に移動した。それがいつかそこに「闇市場」ができた（闇とはいいながら公然と売る）という順序である。それがどうして「処女林」の方へ移ったか、――その辺の事情はまだ聞いてない。

第一ホテルの方へ足を進めた。ホテルの周囲はジープでいっぱい。東拓ビルの前へ行くと、女事務員が折柄昼休みでビルの前で日向ぼっこをしている。なかに、コロムビアの熊木女史の姿を認めた。コロムビアの主《ぬし》と言ってもいいくらい古い人だ。声をかけると、

「まあ、珍しい」

コロムビアの社員たちの動静を聞いていると、玉川（註＝玉川一郎）君が出て来た。誘われて事務室に入ると、寺島君（註＝寺島宏）がいる。洋楽部長だ。富永君（註＝富永時夫）が現われる。宣伝部長だ。懐旧談。（註＝大学卒業後、数年間著者はコロムビアに勤めていた。）

いま見てきた新橋の「闇市場」の話になり、「新橋駅の上の食堂は、食えば食うほど儲かる。で、商売のために食っているのがいる」と玉川君がいう。どういうことか、すぐにはわからなかった。玉川君は説明した。外食券を三円で買って、一円なにがしの定食を食う。おかずだけ食って、パンは食わない。食うと、大急ぎで降りてまた行列に加わる。外食券は闇で三円。一円なにがし払って、おかずを食い、パンを持って出る。そしてそのパ

ンを「闇市場」へ持って行くと、一つ八円で売れる。「食えば食うだけ儲かる」

「なるほど――」

外食券の闇が三円は安いと思ったが、その疑問は口にしなかった……。

日比谷公園へ行った。公会堂で自由党結党式がある。裏口に自動車が並んでいた。人々が続々と会場に入って行く。のぞいてみようかなと思ったが、入ったら出られなくなるだろうと断念した。

公園には人がいっぱい歩いていた。近くのオフィスの人々か。ベンチに、アメリカ兵と日本の若い娘とが腰かけて楽しそうに笑っている。娘は二人連れか三人連れで、近くのオフィスの事務員と察しられた。日向ぼっこをしているところへ話しかけて行ったのだろう。そういう風景は到るところで見られた。もとはそういう女たちに、ヘンに憤慨したものだが、今は別に気にならない。気にしたらいけないと自分に言いきかせたのである。

日比谷の交叉点に出た。なかなかの人出である。いつだったか、終戦直前のことだが、このあたりに人がまるでいなくて、なんとも言えない荒涼感に打たれたことがあった。そのことを思い出した。

十一月十日

東京劇場へ。

夜の銀座はアメリカ兵だけしかいない。街燈がつかず真っくらだ。真っくらななかをジープの光が交錯している。松坂屋の隣りの地下室の進駐軍だけのためのダンス・ホールというのは、もう開かれていて、明るい入口にアメリカ兵が賑やかに出入りしている。

新橋駅には浮浪者がごろごろしていた。

寒いホームに行って、汽車を待ったが、なかなか来ない。そのうち何かアナウンスがあったので、事務室に聞きに行くと、汽車が二本だか三本だか急に中止になって、次は鳥羽行きだという。早稲田大学の学生が顔を青くして、山北へどうして帰ったらいいんですかと、抗議を申し込んでいたが、

「進駐軍からの急の命令で、仕方がありません」

と駅員がいう。

中止になった汽車が、寒い風を吹き立てて空車で通過した。明日、神宮外苑で進駐軍の催しがある。そのための輸送に廻されることになったのだろう。

百円札二十二万枚、街上に四散。インフレの今日らしい事件だ。

十一月十一日

演劇統制撤廃。出版物の検閲もなくなったはずである。だが『新生活』の演劇時評の、歌舞伎に関する批評が削除になっていた。進駐軍司令部からの命令だという。

「言論の自由」というが、民主主義に対する批判、進駐兵に関する批判的言辞は許されない。「日本的民主主義ということをいうとうるさいそうだ」と街の取沙汰。

十一月十三日

昨日、読売の社説にローマ字採用論が出ていた。「漢字を廃止するとき、われわれの脳中に存在する封建意識の掃蕩が促進され、あのてきぱきしたアメリカ式能率にはじめて追随しうるのである。文化国家の建設も民主政治の確立も漢字の廃止と簡単な音標文字（ローマ字）の採用に基く国民知的水準の昂揚によって促進されねばならぬ。」というのである、大反対である！「漢字がいかにわが国民の知能発達を阻害しているか」――これに私は異論を立てようというのではない。しかしだからと言ってローマ字を採用せよという暴論には、怒りの血のわき立つのを覚える。「民主主義」の名の下に、バカがいろいろ踊り出る。

バカ踊りと思えば腹も立たぬのだが――。

ずっと筆を封じられていた左翼系の評論家が、自由を得て書き出した。右翼評論家にかわって今や時の寵児として現われた。

ところで、そのいうところ、その文章、十年一日のごとく、旧態依然のマンネリズムであるのにあきれた。頭が悪い感じだ。まことに魅力にとぼしい。

魅力など必要はない。真実を語ることのみ必要である。そう左翼評論家はいうかもしれないが、そこが頭の悪い証拠。やがて新しい左翼評論家が現われて、古い、頭の悪い評論家を否定し去るときが来るのであろう。その新しい人たちとしか私たちは文学を芸術を語れないという気がする。しかし、新しい人たちは、ひょっとすると、もっと芸術のわからないひどい頭であるかもわからない。

○新聞が新しい「暴力」として立ち現われた。

「青鉛筆」欄にこんな記事が出た。

久米正雄氏らが進駐軍相手にはじめた鎌倉の高級土産物店はいつか本欄で紹介したが、古物商の鑑札を受けてゐなかつたため開店早々一時店を閉め、二、三日前鑑札が下りたので改めて店開き。

▼これで堂々（？）と古物商で商売が出来るわけだが、店さきに久米氏筆で『朝日新聞御推奨』の貼紙が出たのは恐縮した。

▼早速この貼紙はお取り外しを願つたが、本欄で紹介したのはべつに「御推奨」の意味ではない。その昔、たしか久米氏の製造した微苦笑といふ言葉から微笑を差引いた気持でちよつと紹介したまでのことである。念のため。

土産物屋は久米さんが「はじめた」ものではない。それを「はじめた」ものとしていかにも悪意にみちたゴシップを出した。それで久米さんは憤慨して「朝日新聞御推奨」と書いたのだ。朝日では、驚いて、その貼紙をひっこめてくれと交渉して来た。そしてこの第二のゴシップである。

最初のゴシップのときは、久米さんが「はじめた」ものと、朝日が勘違いして書いたのかも知れないと思ったが、貼紙事件で朝日は久米さんが「はじめた」ものでないことは、ちゃんと知ったはずだ。しかるに、その事実を曲げてあくまで「久米正雄氏らが進駐軍相手にはじめた……」と書いている。事実を曲げて、あくまでも久米さんを傷つけようというのだ。暴力だ。

私は朝日だけは信じていた。戦争中もできるだけ「客観的報道」をするよう努めているとみた。その態度に敬服していた。しかるに、この暴力はどうだ。朝日もまた、「新聞」だったのだ。

新聞とはかかるものなのであるか。

十一月十四日

外へ出ると細雨。「銀座見物に行きましょう」と伊東君を誘った。雨でもアメリカ兵は銀座に土産物買いに出ていた。小箱をかかえているのにつづけて会った。人形の箱だ。鳩居堂が開いている。薄暗く倉庫のようだ。地面が（註＝店のなかが地のままなのである。）でこぼこしている。筆、線香、日本紙の書翰紙と封筒、そんなものがわずか並べてある。

松坂屋の横に Oasis of Ginza と書いた派手な大看板が出ている。下にR・A・Aとある。Recreation & Amusement Association の略である。松坂屋の横の地下室に特殊慰安施設協会のキャバレーがあるのだ。

「のぞいて見たいが、入れないんでね」というと、伊東君が、

「地下二階までは行けるんですよ」

地下二階で「浮世絵展覧会」をやっている。その下の三階がキャバレーで、アメリカ兵と一緒に降りて行くと、三階への降り口に「連合国軍隊ニ限ル」と貼紙があった。「支那人と犬、入るべからず」という上海の公園の文字に憤慨した日本人が、今や銀座の真中で、日本人入るべからずの貼紙を見ねばならぬことになった。しかし占領下の日本であってみれば、致し方ないことである。ただ、この禁札が日本人の手によって出されたものであるということ、日本人入るべからずのキャバレーが日本人自らの手によって作られたものであるということは、特記に値する。さらにその企画経営者が終戦前は「尊皇攘夷」を唱えていた右翼結社であるということも特記に値する。

世界に一体こういう例があるのだろうか。占領軍のために被占領地の人間が自らいちはやく婦女子を集めて淫売屋を作るというような例が――。支那ではなかった。南方でもなかった。懐柔策が巧みとされている支那人も、自ら支那女性を駆り立てて、淫売婦にし、占領軍の日本兵のために人肉市場を設けるというようなことはしなかった。かかる恥かしい真似は支那国民はしなかった。日本人だけがなし得ることではないか。

日本軍は前線に淫売婦を必ず連れて行った。朝鮮の女は身体が強いと言って、朝鮮の淫売婦が多かった。ほとんどだまして連れ出したようである。日本の女もだまして南方へ連れて行った。酒保の事務員だとだまして、船に乗せ、現地へ行くと「慰安所」の女になれと脅迫する。おどろいて自殺した者もあったと聞く。自殺できない者は泣く泣く淫売婦になったのである。戦争の名の下にかかる残虐が行われていた。

戦争は終った。しかしやはり「愛国」の名の下に、婦女子を駆り立てて進駐兵御用の淫売婦にしたてている。無垢の処女をだまして戦線へ連れ出し、淫売を強いたその残虐が、今日、形を変えて特殊慰安云々となっている。

浮世絵展覧会は下らない浮世絵ばかりだった。一方で、進駐軍用の土産物を売っている。何千円という立派な刺繍を施したキモノも売っているが、つまらない塗物のお椀や、田舎の一膳めし屋にあるような赤い箸などを売っている。恥かしくてたまらない。下階から音楽が響いてくる。栄養失調の身体を汚い国民服に包んだ日本人の群が、空腹をかかえて、うろうろしている。楽しそうな音楽も一向に気分をひき立てないようである。自分たちも楽しく踊りたいというような焦躁感は一向に掻き立てられないようである。

一隅で中年の日本画家らしいのが、扇子にフジヤマの絵を描いている。お土産用である。

そこを出て松坂屋に入ってみた。正面の入口を入ったところにCaricature……云々の英文の大きなビラが出ていて、その下で二、三人の漫画家が進駐兵の似顔をセッセと描いている。ここも、デパートも、品物の大半はお土産物である。輸送用の道具とか薬品とか、日本人用のものも売っていることは売っているが、生活必需品と言ったものはひとつもなく、デパートもお土産物屋に化したという印象が何よりも強い。お土産物屋としてまず再生した、そう言った方がほんとうか。日本人としては、なんにも買うものはないが、客はいっぱいだ。ぞろぞろ歩いている。何かないか、そんな眼だ。と言って、一生懸命の眼ではなく、疲れた、うつろな眼だ。

思えば、温室の中で育って来た私たちだ。温室は破壊され、支那の悲惨さが今や日本の現実となった。私の心は徒らに傷つき乱れて小説など到底書く気がしない状態に陥っている。現実が悲惨であればあるほど小説家にとっては豊かな素材たりうるのだと、理窟では承知はしていても、弱い心は傷つき疼《うず》いて、収拾のつかないありさまだ。時期を待たなくてはならない。

十一月十五日

川端、中山両氏と東京駅へ行くとちょうど電車の出たあとだった。随分待って、電車が来、腰掛けられて、やれやれと思ったが、この電車がまたなかなか出ない。

「荷風さんは、『つゆのあとさき』が一番いいですね。昔は『腕くらべ』がいいと思ったが、こんど全部読み返したら、『つゆのあとさき』が一番よかった」

と川端さんがいう。そうした文学話をしていると、前の席の人たちが、すッと立って帽子を取って最敬礼をする。

「……？」

振り返って歩廊を見た。歩廊で汽車を待っている人たちもみな直立不動の姿勢だ。向うのホームに、見なれない立派な列車がついている。車に菊の御紋が光っていた。天皇陛下がおかえりになったのだと知らされた。

道理で電車がなかなか出なかった、とわかったが、昔だったら何時間か前から警護の巡査や憲兵が駅に沢山出ていて、天皇陛下の特別列車がおつきになる頃は駅になど私たち一般乗客を入れはしなかったろうと、その変化に驚かされた。巡査の姿はまるで見えなかったから、ちっともわからなかった。列車がついても、気づかなかった。大変な変りようだと感慨無量だった。

難波大助の虎ノ門事件があったのはたしか私の中学生の頃だった。物心ついてから、私は厳重な警護しか知らないのである。すなわち、ものものしい警護が普通のことと私などは考えていた。大変な変化だ。宮様のお通りでも一時間ぐらい平気で街頭で待たされたものだが。

新聞から——。

日本進歩党ができた。英占領軍明春進駐。上海在留の日本人七千人以上が中国帰化方を出願したという。内原の満蒙開拓者少年義勇軍訓練所が「高等農事講習所」と看板換え。湯銭値上げ、大人二十銭、小人十銭、髪洗料三十銭。十四日、進駐軍慰安の角力は二万人入場の予定がたった百人、半分は混雑整理のMP、打出しまで残ったのはたった三十人。

十一月十六日

社をすこし早く出て銀座へ出てみた。露天の物売りの氾濫。中年の女がすしを売っている。白米に卵焼。十個で十円。誰も買わない。塩サバ二つで十五円。これは売れている。夕焼の空がきれいだ。銀座で夕焼の空に眼を瞠《みは》ろうとは——。戦前は建物で空が遮られていたから、空を眺めようと思っても眺められなかったのだ。

エビス（註＝ビアホール）の隣りの「幸楽」（もとの「松喜」）から、ヘンな女たちがぞろぞろ出て来た。ケバケバしい人絹の着物。毒々しい洋装。それがまるで身についてない女たちだ。ずんぐりむっくりの、まるで田舎町の女郎のような女ばかり。こっちが恥かしくなる。

「オアシス・オブ・ギンザ」へ、ぞろぞろと歩いて行く。これがダンサー？　正に国辱ものだ。

酒は、飲めない口ではないが、たまに飲みたいと思う時もあるが、そう好きという方ではない。新田などは、エビスへほとんど日参だ。実に酒好きだ。エビスは一時進駐軍だけだったが、この頃また元に戻って、For Japanese Only. 英語と言えば、電車の乗務員室の窓硝子に Off Limits to Allied Personnel と白ペンキで書いているのが今日眼についた。立入禁止と小さく日本語も書いてある。最近書き出したものだ。ここに進駐兵が入りこむので、そういう掲示を出したのだ。日本人は絶対に入ったことはない。うっかり入ろうものなら、大変な剣つくを食わされるからだ。進駐兵には日本人に対してのように剣つくを食わすことができないので、この掲示となったのだ。

寒くなって小便が近くなった。駅前で尿意を催し、焼跡で立小便をした。焼跡の何もないところではやはりちょっと工合が悪く、焼壁を探した。そうして私は、電信柱を探して、それに片足をかけて小便をする犬を思い出した。人間も犬も、あまりかわりないなと思った。人間も？　否、私も！　だ。この頃の日本人も！　だ。

全くケダモノだ、我々は。まるでケダモノみたいな生活に堕ちている。それが頭にあるので、犬とあまりかわりないなというようなことを考えたのだ。人間としての高い誇りを持っていたら、そんなことは考えまい。立小便を第一、恥じるであろう。街に共同便所が全くない。ケダモノ扱いである。電柱に足をかけて立小便をしろと言わんばかりだ。

東京駅から白木屋へ行く道、毎日の道路が、これまた森のケダモノの道と同じく、いつの間にかきまってしまった。自然に、本能的にきまった道を通る。全くケダモノとかわりない。

焼跡に何もないからだ。ちょっと道をかえて、知らない通りの店でものぞきながら歩こうかと、心をひくような何もない。森と同じなのだ。だから自ずと森を行くケダモノと同じように、きまった道を行く。味気ない顔をして、トボトボと歩いて行く。人間の心を踊らせるような何もない。好奇心をそそる何もない。眼を楽しませる何もない。精神を喜ばせる何もない。

あるのは屈辱感。暗い敗戦感。

UP通信によると日本駐在英海軍当局者は、連合軍の日本占領は少くとも二十五年つづくだろうと語ったという。――気持が暗くなる。そのうち、連合軍の占領ということにもなれるだろうが、そしてなれれば、なんでもないことになるだろうが、今のところはまだ二十五年占領などと聞くと、暗い穴に突きおとされたような気がする。

占領に不服なのではない。占領軍の態度に不服なのではない。日本軍の支那占領の状態などと比べると、全く、不服などいえた義理ではない。しかし何かつらいのだ。日本軍の支那占領に対してもつらい気持だった。たまらない気持だった。同じようにつらいのだ。自由を愛するアメリカの国民よ、世界の人々よ、この私の気持はわかって貰えないだろうか。

十一月十七日

泣いてはならぬ。

めげてはならぬ。

生きねばならぬ。

軒につるした玉ネギが、くくられたまま、地から離されたまま、青いみずみずしい芽を出した。

生命。

死ぬまで生きねばならぬ生命。

ゲーテはいっているではないか。「人間は単に生みなされたのみのものではない。獲得されたものでもあるのだ」と。人生は獲得されねばならぬ。単に、与えられたものではない。

政党が雨後の筍のごとく現われた。ほとんどはいかがわしいもののようだ。

十一月十八日

日曜。

新聞から。

生鮮食料品の統制が二十日から全面的に撤廃される。米の供出価格が改訂になった。六十瓩当三十七円（一石当九十二円五十銭）を六十円（一石当百五十円）に引き上げたのだが、東京の米の闇値は今のところ安いので一俵二千円。一石に計算すると五千円だ！

「朝日」第二面のトップに、始まっている「死の行進」・餓死はすでに全国の街に――という四段抜きの見出し。記事は左のとおり。

帝都――多い時は日に六人　恐怖の〝夜の宿〟上野駅。大阪――駅附近で四十二名。京都――行路死三百名。神戸――百四十八名。福岡――引揚民二週間で百名斃る。

（記事略）

十一月十九日

出勤。

三時、放送局一階エレベーター前で磯部氏と会う約束だったが、久米さんが社へ来ない。そうしてお客が次から次へと来た。武田麟太郎君も来た。木村君へのことづけで、久米さんは直接放送局へ行くとわかり、急いで社を出る。西村、中島両氏とともに。

地下鉄に乗ろうとしたが、電車は満員。

ホームには客がいっぱい。乗れたものではない。すぐに三時だ。いらいらした。決死の思いで、二度目に来た電車に乗った。押されて肋骨が折れそう。（あとで時計のガラスが割れたのを知った）

放送局につくと三時四十五分。久米さんと磯部氏に平謝り。四階の進駐軍司令部民間教育情報部へ行く。磯部氏の紹介と通訳で、ファー少佐に会う。翻訳ものの許可を得るかたがた、鎌倉文庫の性格を伝える。平野君から注意されていた「挨拶」である。どうも気が進まなかったが、社の仕事となるとそう言っていられない。ファー少佐の態度はすこぶるいんぎんを極めていた。

前を通るとき、いちいち「エクスキューズ・ミー」と言い、自分から私たちのために椅子を運んでくれる。ビルマの日本軍の報道部の傲慢不遜な空気を思い出した。同じ日本人の私が、たまらなく不愉快だったのだから、まして現地人にとってどんなだったろう。

新橋駅へ歩いた。改札口で、省線の乗客はホームがいっぱいで危険だからとて、断っていた。横須賀線は入れてくれる。横須賀線のホームから向うを見ると、なるほどすごい群集だ。電車に乗るのも命掛けだ。
十八日、早慶野球戦復活、今日はなお終戦後初の競漕大会が隅田川コースで行われた。ボートレース復活祭という名。早、慶、帝、商、工、日の各大学に外語、一高も参加。
学校盟休が依然としてつづいている。日大に弘前高校。

十一月二十日
戦争犯罪人十一名に逮捕命令。
中共軍、満洲を制圧。これに対して国府軍三方より北上。満洲にかくて暗雲低迷。

十一月二十二日
今日から日本劇場が再開されました。戦時中は風船爆弾の工場になっていたとのことですが、再び「映画と実演」の劇場になりました。新聞にこんな広告が出ています。

帝都の人気独占
東宝舞踊団
ハイライト　　日本劇場

私も久しぶりのレビューなのでのぞいて見ようかなと、電車の窓から見おろすと、劇場の周囲は大変な人の群、雨が降っているというのにえんえんたる行列です。いかに人が娯楽に飢えているか――食い物に飢えながらも――を語っているようでした。

もんぺでないキモノを街で見かけるようになりました。キモノがそう眼をひく感じでなくなりました。

男の洋服も戦時の「自粛」乃至「防空服装」から脱しました。それで戦災者と戦災者でない者と区別が目立つようになりました。

その「不公平」がそのまま放置されていて、戦災者でない者も気がひける感じです。

そのうち、オーバーなどを着て歩けなくなる時が来るのではないかとも噂されています。事実、追剝の噂をちょくちょく耳にします。

終戦直後、日本人がみんな汚い恰好をしているのを見て、進駐軍に対し恥かしい想いをしたものでした。ちゃんとした服装のできる者は、早く身ぎれいにして、街を見物して歩いている進駐軍の兵隊に、日本人はみんな乞食みたいなわけではないということを知らせるべきだと妙な虚栄心に駆られたものですが、この頃はちゃんとした身なりの人々が出てきました。やれやれと思うと、今度は追剝の噂で、――まだわざと汚い恰好をするのに戻らねばならないのでしょうか。

十一月二十三日
専売局が新煙草の図案と名称を募集していましたが、その当選の発表がありました。図案一等「ニューワールド」、二等「望」「ピース」、三等「コロナ」「ペアー」「白樺」。名称一等「ピース」、二等「漣」「憩」、三等「郷土」「ニュウライフ」「黎明」。まず「ピース」と「コロナ」とを発売するそうです。
戦争中英語全廃で、私たちになじみの深かった「バット」や「チェリー」が姿を消しましたが、今度はまた英語国に負けたので英語の名が復活。日本名だってよさそうなものに、極端から極端へ。日本の浅薄さがこんなところにもうかがえるというものです。「コロナ」はまあいいとして「ピース」(平和)なんて、ちょっとあさましいじゃありませんか。滑稽小説ものですね。好戦国が戦争に負けるとたちまち、平和、平和!

十一月二十四日
○昨日、横浜駅で見たのですが、一見して女郎とわかる女が、チュウインガムをさも得意気にかみながら、人のいっぱいいる歩廊を傍若無人に、あっちへ行ったり、こっちへ行ったりしていました。アメリカ兵にもてて得意な気持なのでしょう。
恥を失った者の姿というのを、はっきり見るおもいでした。女として一番大切なものを失うということは、ただにそれだけの問題でなく、人間として全体として駄目になることだということが、はっきりわかりました。恐ろしいことです。哀れなことです。

○日本の上陸用舟艇が五百円で払下になっているとのことです。K氏から聞いた話ですが、中国人がそれを買って、さてどうするかというと、舟艇はベニヤ板でできているので、それを細く切って薪にするのだそうです。薪に！　その切り賃が五十円。その中国人は横浜で天どん屋をやっているのです。一丼二十円の天どんを売っているのです。二十円と聞いてずいぶん高価だと驚いたものですが、薪だけでもそんな工合に金がかかり、一丼で二円の利益しかないという話です。米は白米、一合たっぷり入れてあるそうです。そのうち何事も経験、食べに行ってみたいと思っています。

十一月二十九日

仕事のためこの頃は、日記がおろそかになり、新聞報道のメモも怠った。

二十四日、マ司令部から食糧、棉花、石油、塩の輸入が許可された。

二十五日、石炭不足で列車運行に危機。

二十六日、軍人恩給停止。財政改革の命令。双葉山引退。臨時議会召集。

二十七日、三宅雪嶺氏逝去。

二十八日、貿易庁設置。今日出海氏、文部省文化課長になる。京大文学部では食糧窮迫の応急措置として冬休みを十二月二十四日から二月末日までにした。前例のない長い冬休み。

二十九日から東京の映画館は夜間興行を再開、芝居は十二月から。

酔払って書いている。

くたくたに疲れたので家へ帰ると、ブランデーを飲んで寝たのだが、二時に眼がさめた。しきりとクダを巻きたいね。でももう酔って書けないね。

一杯グッとやった。

残ることを恐れて書かない。それがシャクだから反対やっている。

利巧な人は自分をかくす。それがシャクだから、俺は暴露するんだ。

勝手にしやがれ。

今日、家を出るとき、おかみさんを蹴った。だんだん凶暴になる。参政権を持っている婦人を足蹴にしたんだ。

封建的だね。抹殺すべき作家だね。

電車の中で泣いていたんだ。俺はどうしてこうバカなんだろうって。泣いたってダメだよ。足蹴の事実で糺弾されるんだよ。世の中ってそういうものです。

世の中から早くおさらばしたいね。

ウソつけ、未練たっぷり。

どうにも手のつけられない俺だ。

たすけてくれ。

軽蔑されることばかりしている。そのくせ、俺は軽蔑されることが一番きらいなんだ。

俺は誰も愛することができない。

俺以外の奴は結局みんなきらいなんだ。

なぜこう書くんだ。なにが俺をこう書かせるんだ。

やっぱり気違いだ。

書き出すと、やめられないんだ。そうじゃない。うまく切りあげようと思って、うまく切りあげられないんでクダを巻いているんだ。手がかじかんだ。寒くて、雀が泣いている。

外は明るくなった。

　さよなら。

と言ってまだ――。

馬鹿野郎。

お前みたいな奴はほんとに。

くたばれ。

くたばらないから、そんなことをいう。

ああ、もう気が違う。ほんとにもう。

十二月一日

陸軍省、海軍省、今日で解体。

都電、都バス料金値上げ。（二十銭）

○たえず癇癪をおこしている。

帰りの電車で『ライフ』を、これ見よがしにひろげて読んでいる中年の紳士があった。腹が立った。家で読んだらいいじゃないかと思った。自慢そうに見せびらかすことはないじゃないかと思った。

十二月三日

東京駅の陸橋を八重洲口へと急いで行くと、人々が大型の号外を手にしているのが眼についた。何の号外だろうか。名前がずっと列挙してあるようだ。戦争犯罪人？

駅から出ると橋のたもとの、いつも夕刊を売っているところで号外を売っている。飛んで行った。「大変だ、大変だ」と号外売りが言っている。読売報知の号外であった。

　　梨本宮、平沼、広田元首相ら
　　五十九名に逮捕令下る
　　戦争犯罪容疑者として

社へ行くとみんな号外のまわりに集まっている。……

十二月七日

近衛公、木戸侯ほか九氏に逮捕命令下る。

十二月十六日

姫田君（註＝秘田余四郎、上海より引揚）のところへ寄った。元気だった。服部良一君と一緒だったという。上海の話を聞く。在留邦人はみんな虹口に集まって、案外内地で想像するほどの惨状ではないらしい。辻久一君は貸本屋をはじめたという。金に困った連中は洋服や靴などを売って（買い手は中国人）案外なんとかやっているらしい。

物価は大変なもので、時計がたとえば百二十万ドル、洋車も一万ドルでは乗れないらしい。

「帰るとき、ホワイト・ホースを三人で飲んだが、やはりうまかった」と姫田君が言うので、いくらかと聞くと「一本九万ドル……」

十二月十七日

近衛公、荻外荘《てきがい》で自殺。

夜、机に向って徹夜。一行、一字も書けぬ。

十二月十八日

上林暁君が栄養失調で倒れた。（『新文藝』山岸君から聞いた。）

石川達三君が代議士に立候補するとのこと。

十二月十九日

銀座へ出てみた。賑やかな人出。両側に露店。

魚を売っている。なんでも売っている。高いので、魚もあまり売れない。

鳩居堂の横の空地で山下大将助命請願署名を募っている。

日本橋まで歩いた。右側にずっと露店がつづいていた。

＊

『新女苑』来る。十、十一月合併号。表紙がついている。雑誌もそろそろ表紙がつき出した。

『新生』新年号を買う。『太平』創刊号を買う。

徹夜。小説依然として書けない。

十二月二十日
兇暴な殺人追剝横行。

新生活社婦人記者来訪。原稿督促。土曜に必ず渡しますと返事した。

「西川さん（註＝西川光）が、なんですか、浅草の女の人で先生にぜひ会わせたい人があるそうで、――社へ今日でも寄って頂けないかと言ってました」そう婦人記者がいう。誰だろう？

「じゃ、今日、寄ってみましょう。西川氏にそう言って下さい」

そう言ったものの、いざとなると億劫になった。しかし約束した以上はと、地下鉄に乗ろうとしたが、すごい混みようなので、諦めて外へ出た。そして見物がてらという気持で、銀座へ歩いて行った。もう薄暗くなっていた。昼間あんなに賑やかな露店も、ほとんどもうひきあげて、いない。新生活社は新しい場所に移転していた。昔のバー・キヨの隣りである。

「誰かね、浅草の女って？」

「玉枝さんだよ。ほら合羽橋の、なんと言ったっけ」

「つた屋――」

「つた屋の娘が現われたんだ」

「銀座に――？」

「そう。で、ぜひ会わせたいと思ってね」

「銀座に現われたって、どこに？」

「店に出ているんだ。さあ、案内しよう」

新橋へ向けて行く。ちょっと行くと、ここだという。昔の「シロ」である。「シロ」がまた酒場として復活したのだ。経営者は違う。西川君の話では東京工房関係だという。

なかはきれいになっていた。昔の「シロ」と同じだ。「シロ」よりむしろ綺麗なくらいだ。

女給さんが三人いる。そのうちの和服のひとりが「たま」ちゃんだった。他の二人は洋服。

「ふーん」

と私はうなった。いい着物を着ている。真新しい白足袋をはいている。

「ふーん」と再びうなった。バーの再開も、私を驚かせていた。

「玉枝さん、いまどこにいるの？」

「小岩」

「小岩から通っているの？　大変だね。ここは何時から？」

「四時から――」

「カンバンは？」

「八時です」

「八時――。昔は一時過ぎまでやっていたものだが」

「そのうち、そうなるよ」と西川君が言った。

「そのうち、また楽しくなるな」と私は言った。

ウイスキーを貰う。ピーナッツのおつまみもの。昔と同じだ。――しかし客のおとなしいのが昔と違う。酔ってないせいもあるだろう。そう無闇に飲んで酔えないせいもあるだろう。女給さんも、昔と違っておとなしい。まだ、バーの気分ではない。まだ何かそぐわない。

進駐軍の缶詰の詰め肉を小さく切ったのが出る。

私と玉枝さんとは、しばらく浅草の話。玉枝さんは隅田公園に逃げて、水を身体にかけて、助かったという。近所の人もみんな助かったという。

「この頃浅草はこわいわ」

浅草育ちの彼女が、浅草をこわいという。人気が悪くなったそうだ。そして夜は追剝強盗の横行で、壕にいる人は、男でもこわがっているという。

(ついでに。――大船なども、撮影所附近は軒並強盗に襲われているという話だ。中山君のいる極楽寺の方も、夜、ピストルの音とともに人の悲鳴が聞えたりして、物騒極まりない由)

ウイスキーを二杯宛。西川君はなおハイボールに日本酒を飲んだが、それで勘定は(西川君が払ったのだが)三百九十円(たしかでないが)――恐ろしく高い。百円が十円というところだ。

十二月二十二日
ブランデーを飲んでも頭の疲れがひどく、よく寝れませんでした。そしてああ、なんというバカな夢を見たものでしょう。馬が湯に入って、――いや、お馬がおぶうに入って、湯槽のなかで身体を洗っているのです。そういう奇想天外な夢を見たのです。人間と同じように、お腹をつき出し、背中をもたせかけて、前脚で胸をゴシゴシと洗っているのです。私もお湯に入っているようでした。そして、なるほどねえ——とお馬が胸を洗っているのを見ているのです。なるほどねえ、馬は人間のように、手拭を両手にもって背中をこするというようなことはできないが、胸を洗うことはできるのだね。前脚をそういう工合に働かすことはできるのだなと夢の中で感心しているのです。なんというヘンテコな夢でしょう。お湯はぬるく寒くてちょっと困りました。つまり、肩でも蒲団の外に出して寒かったのでしょう。それでそんな、ぬるい湯に入って寒がっている夢などを見たのでしょうが、馬の入浴というのは、どういうのでしょう。この頃、玩具の熊を可愛がっているので、そのせいでしょうか。しかし熊でなく、馬が出てきたのです。とにかく、来年は四十だというのに、そんなバカな夢を見るなんて、ちょっと人前では言えないことです。そう言えば、玩具の熊を「熊チャン、熊チャン！」なんていって可愛がっているのも、すこしどうかしています。しかしこれは子供のない寂しさからだろうと思っています。

由紀（註＝著者の長女）の思い出が消えないせいもあるでしょう。——しかしやはり、ちょっと変です。

私という男はちょっとどうも変です。

東京駅の歩廊の汚さといったらお話になりません。まるで貧民窟の路地みたいな汚さです。銀座にはバーが再開されましたが、この歩廊が昔のようなきれいさに戻るのはいつでしょう。

電車を待っていると、ひとりの中老の男が私に熱海行はまだでしょうかと聞きました。隣りにそのおかみさんらしいのがいました。大きな荷物を背負い、赤い毛布をその上にかけています。男の方も荷を背負っています。二人は連れ立って暗い歩廊を歩いて行きました。

嶮しい人生行路を、重い荷をお互いに背負って、仲良く連れ立って歩いて行く、――歩いて来た二人。これからも、歩いて行くだろう二人。

夫婦というのは仮の縁と言われていますが、仮の縁らしい夫婦もあれば、仮の縁らしくない、前世も来世も等しく夫婦というような夫婦もあります。

私は二人の姿を見て、この世の儚さ、仮の縁の短さが、なんともいえない悲しさとして胸に迫ってくるのを覚えたのでした。

クリスマスが近づきました。

今年ももう暮れようとしています。

今年を、回想するのです。

苦しかった。

辛かった。しかしあの苦しい空襲下の「心せわしき怠惰」は楽しかった。あの「怠惰」がなつかしく思いおこされます。いつになったらまたあの「怠惰」に恵まれることでしょう。
しかし来年は四十です。仕事をしなくてはなりません。今死んだら、私にどんな仕事があるというのでしょう。
何もありません。習作ばかりです。未完の、できそこないの仕事ばかりです。一生懸命やりましょう。

十二月二十三日
夜、鎌倉文庫寮で相談会。婦人雑誌の題名『婦人文庫』と決定。

十二月二十六日
出社。
『人間』創刊号ができた。目次左のごとし。

人間　創刊号　目次

表紙　扉デッサン　須田国太郎
国民文化とヒューマニズム　西谷啓治

デモクラシイの勝利について　トオマス・マン（大山定一訳）
自由主義　福原麟太郎
印刷されなかつた原稿　小宮豊隆
杜少陵九日詩釈　吉川幸次郎
二葉亭の未発表書簡　中村光夫
高浜虚子　宇野浩二
ヴァレリイ追憶　辰野隆
三木清の思ひ出　佐藤信衛
島木健作の死　高見順
故里村欣三君のこと　今日出海
ロマン・ロランを想ふ　片山敏彦
最近のソヴェト文学をめぐつて　袋一平
雑記　菊池寛
三木清の一遺稿　谷川徹三
遠山先生　坪田譲治
谷崎潤一郎氏へ寄する書翰　永井荷風
花木　呉茂一

街道筋、山里　宮城道雄
我が鎌倉文庫の記　久米正雄
ニュートンの卵　大仏次郎
たつた一つの単純な事　北原武夫

「新」に惹かれて　正宗白鳥
女の手　川端康成
創作　赤蛙（遺稿）　島木健作
　　　吹雪　林芙美子
姥捨　里見弴
（歌）宝青菴朝夕　吉井勇
（詩）山裾・氷の歌　室生犀星
（句）こゝに住み　高浜虚子

十二月三十一日
出勤。
『人間』発送のため、昨日の休みも出社し今日も大活躍の女子社員等のために、自家製の大福餅（？）をわける。寺沢君持参。

川端さんと銀座へ出た。

露店の賑わい。支那の難民区と同じ。心痛む悲しい雑沓。汚らしく悲しい賑わい。「新橋名物」というのれんが眼についた。のぞくと、フライパンで豚肉を焼いている。人だかりの中で、二、三の者が立食をしている。

「食べてみましょうか」と川端さん。

「え、」

一人、というより一切れ二十円。川端さんが四十円払った。

コックは素人らしく、豚肉は生やけだった。一つ皿に豚肉だけ二切れのせて出すのだ。もとのなんとかいうミルク・ホールの軒先を借りて、商売をしているのだ。ミルク・ホールの中では、牛乳を売っている。寄ってみると、コップ一杯で五円だ。バカバカしいのでやめた。

風邪気味。

早く床についた。

＊

物事ヲ従ヘヨ。物事ニ従フコト勿レ。（ホラシウス）

——モンテーニュ「エッセイ」から

あとがき

一、昭和二十年の私の日記の抜萃が『文藝春秋』に「暗黒時代の鎌倉文士」「敗戦日記・日本〇《ゼロ》年」（昭和三十三年七月号及び八月号）という題で発表されたのが機縁となって、この本が出ることになった。雑誌に発表されたのは私が去年、ソ連からヨーロッパへ廻っていた留守中のことで、抜萃は同誌の編集部がそれを行ってくれた。その既発表の分（約二百五十枚）だけでは単行本としては紙数がたりないので、この本で初めて発表される部分が新たに追加され、合計約六百五十枚となったが、もとの日記（新聞切抜き等を入れて約三千枚）からすると、これでもまだ一部分ということになる。この追加抜萃は、自分でそれに当るのはいかにも照れ臭いので、友人の吉川誠一君にして貰った。記録的興味をめやすとしていて、もとの日記の大部分をしめている文学的な感想のたぐいは総じて省かれている。雑誌にすでに出ていて、この本で抜けている部分があるのも、そうした同君の意図からである。

一、この日記は発表ということを全く考えないで書かれたものだと私自身が言っては、いささか気の咎めるところがある。しかし後日の発表をはっきりと頭において書いたものだと言っても、うそになる。あのときの状況では、せっせとこうしたものを書いたところで、第一それがはたして保存されるかどうか、そのこと自体が疑問であった。それはすでに私にとって経験ずみのことだったからである。徴用で従軍した私は、ビルマ戦線でせっせと書きためた日記を、ラングーンに入る直前戦車隊に包囲され、ジャングルのなかを彷徨した際、虎の子のように大事にしていた日記だのに、一種の朦朧状態から紛失してしまった。そうしたことがこの日記についても私自身充分に考えられるとしていた。一方、何かのことから憲兵や特高に没収されるおそれもなきにしもあらずとして、みずから伏字にしてあるところもある。

一、発表に際しては旧カナ遣いが新カナに直された。またたとえば「所謂」が「いわゆる」というように、漢字がカナに直されたが、もとの日記の文章そのものには、いささかも改変の筆は加えられていない。私自身、今から見ると顔をあからめずには読めないところがあるが、しかし、そういう私だったのだから仕方がない。なおそのこととは意味が違うが、私は文士の心構えとして、韜晦《とうかい》を旨とすべきだと考えている者で、なまの私的な日記の発表は慎んだ方がいいと、自分ではずっとそう考えていた。しかし、いつかは公開されるかもしれないのだと思うと、こういう種類の日記はむしろ私の生きているうちに公開して、自分でそれに責任を持った方が、いいと考え直したのである。

一、この日記のなかに出てくる私の旧友秋山寵三君が去年の春、出版社をはじめることになり、私の日記を全部出したいと言ってきた。私が戦争中、ひそかに日記を書いていたのを同君は知っていたからである。とにかく読みかえしてみようと、書庫の奥にしまってあった日記を妻に出させた。それが、その頃『昭和文学盛衰史』の出版のことで私の家にたえず見えていた星野輝彦君の目にとまり、そして『文藝春秋』編集部へと伝わったことが、同誌への発表という結果になった。『文藝春秋』へ最初に発表された関係で、同社からここに単行本を出すことになった。本になるまでの陰の尽力に対して星野君に感謝すると同時に、この抜萃の出版を諒解してくれた秋山君の寛容をも感謝する。読みにくい私の日記の筆写に当ってくれた若い友人たちにもここで感謝をしておきたい。

昭和三十四年三月

高　見　　順

「あとがき」のあとがき

高見秋子

ひまさえあれば机の前に坐りこんで、ノートに何やらちくちく書きこんでいる高見のうしろ姿を思い出します。

せっせと日記を書いている時の姿です。

高見の死後、大小さまざまな形をしたノート群を整理して分ったことですが、日記以外にもたくさんのノート群がみつかりました。昭和十九年三月、とノートのはじにメモされた「詩的デッサン」第一冊というのから始って、末期の「死の淵より」に至る迄の、三十三冊の詩稿ノート群もその中の一つです。

創作ノートが数多くあるのは当り前として圧倒的に多いのは何と言っても日記群でした。当時刊行中だった『高見順日記』（勁草書房）は、敗戦の年を中心に、その前後十年間に書かれた日記を収録したもの、つまり昭和十六年一月一日から昭和二十六年五月、ノイローゼで執筆不能に陥るまでの記録で、これは高見が癌に仆《たお》れた翌年、千葉大に再入院していたとき第一冊が刊行されはじめ、そのあとベッドの上で全巻に目を通し、註を入れ、校正をしました。

序

この巻は私にとっていわゆる戦争協力の証拠を自分からさし出すようなもので、こっそり捨て去ったほうが利口なのにとおもう人があるかもしれないが、これが当時のいつわらざる私の姿なのだから、そのまゝそっくり公開することにする。それはこういう形での懺悔《ざんげ》ということともちがう。

泰平の世に育った若い評論家たちからエジキにされること必定《ひつじょう》で、すでに、ことのほか反省好きの私のくせに、敗戦後の私には戦力協力（編註＝原文のまま）に対する反省がないということで糾弾《きゆうだん》されたが、あの時期の私としては、自分の過去を平あやまりにあやまる卑屈も、自己弁護の卑怯さもいやだった。今ようやくその時期が来たわけか。いや、私には私の考えがいささかあるのだが、ここではふれるまい。私の行動は、私のそのころ考えていた「身は売っても芸は売らない」（芸を売らないですませるために身を売る）というだけのことでもなかった。

自分をはだかにしたところから、当然伏字にすべき人名がそのままにしてあるところがこの巻にはあるかもしれない。その人々も、身は売っても芸は売らないの口だったから、ゆるしてくれるだろう。

これで日記の全八巻が無事完結した。

完結まで生きていられようとはおもわなかった。

昭和四十年七月

千葉、国立放射線医学研究所病室にて

絶筆となったこの「序」を残して、翌月の八月十七日、高見はこの世を去りました。

『續・高見順日記』全八巻が、間を置いて先年刊行されましたが（勁草書房）、これもはじめは五巻くらいのつもりでかかったのが、次から次へとノートが出てくるので、もうこちらもやけっぱち、片っ端から活字にしていったら、とうとう小学校六年生のときの日記にまで辿りついてしまいました。

大正八年一月一日から始まるこの日記、町の正月風景や学校でのできごと等を、読む私にも知らせてくれ、今日で十三回続けて百点とった、チチンプイプイと得意になっていた筆まめな明るい少年が、二月十一日、府立一中へ願書を出しに行った翌日からぷっつりと筆を断ってしまった。二ケ月あまり経った四月二十三日、「楽しく遊びて帰路につく。湯に入りて寝につく。」いきなり文語調で日記を再開する府立一中の生徒となって現われる。

いっぺん教室が見てみたい、受験場には恐い先生がずらりと立っているそうな、と心配していたあの少年はなぜ合格の喜びを記そうとしないのか、この空白は何だったのだろう。とつおいつ考えているうちに、はっと分った気がしました。願書を出しに行く時点で、この少年、自分の出生の秘密を知ったのだろうと思うのです。

この小学校時代の日記を手はじめに、五十六歳癌で仆れるまでの生涯に高見が書きのこした日記の総量は、原稿用紙にして約一万四千枚になり、これは高見の、日記をのぞく全著作のほぼ三分の一にあたります。公的・私的に忙しい日常をすごすなかで、頼まれもしない無償の作業を、よくもこれだけ遺《のこ》したものと、あらためて感心しています。

かつて、中村真一郎さんが

……高見さんの場合も、執拗に日記をつけつづけた根本衝動は、やはり「書き魔」とでも名付けるより仕方のないデモンを、精神のなかに生れつき棲まわせていて、そのデモンがたえず頭を擡《もた》げてきた、ということなのだろう。(『図書』一九七七年六月号「作家の日記――高見順日記の面白さ」より)

と書いておられます。これは長い評論の中の数行を引用させていただいたのですが、ここにきて、そうだったんだ、たしかに書き魔が住みついていたんだと、一人でうなずいたものでした。

「あとがき」のあとがきなど、はじめから無くてもいいもののはず、尻切れとんぼをお宥《ゆる》しいただいて、ペンをおきます。

一九八一年夏

解説

木村一信

明治の中頃より多くの文学者が訪れ、また、作品の舞台とされることのしばしばであった鎌倉は、大正期を迎えると文人たちの住まいとしての人気が高まる。短い期間であったが、芥川龍之介が新婚生活を送り、有島生馬や里見弴《さとみとん》、大佛次郎《おさらぎじろう》といった文学者がこの地に居を構えたのは、大正デモクラシーや西洋モダンの風潮の流入が目立ちはじめた頃のことである。その後、昭和期に入り、久米正雄、小林秀雄、林房雄、川端康成、中山義秀らといった、のちに「鎌倉文士」とよばれた人たちも続続と住みついていったのである。本書、『敗戦日記』の著者高見順もその一人であった。高見がそれまで住んでいた大森から鎌倉へ転居したのは一九四三年（昭和一八）四月。ビルマ（現在のミャンマー）での一年近くに及んだ陸軍報道班員としての「徴用」生活を終えての帰国後、ほどなくしてである。当時の表記で言えば、鎌倉郡大船町山ノ内宮下小路六三三番地。近くには円覚寺や東慶寺などがあり、北鎌倉の静かさと歴史的な興趣とを味わうことのできる地であった。翌四四年（昭和一九）、六月から一二月まで再び報道班員として「徴用」を受け、中国へと赴く。南京で開かれた第三回大東亜文学者大会に出席したりしている。『敗戦日記』は、中国から帰って間もない一九四五年（昭和二〇）一月から、八月十五日の敗戦をはさんでの十二月まで、鎌倉の地で書かれた一年間の高見の日記なのである。

『敗戦日記』が公にされるに至った経緯は本書の「あとがき」にあるとおりである。高見の旧友秋山龍三が、戦争中に書かれていた高見の日記のことを知っており、それを出版したいと申し込れたことが機縁になっている。それが、文藝春秋社の編集部に伝わり、『文藝春秋』誌上に二か月にわたって日記の一部が掲載された（一九五八年七月号〜八月号）。

掲載にあたって、同誌の「編集だより」には次のような記述が見える。すなわち、「今を去る十三年前、飢餓と爆撃と恐怖政治の中で文学者たちは何を考え、何を求めて生きて来たか？　高見順の戦争日記《暗黒時代の鎌倉文士》は発表を予期せずに、暗い灯りの下で憤りをこめて書かれた。この赤裸々な記録は登場人物の言動やその人間的な強弱を少しの遠慮もなく描いている。乱世の日記として後世に伝えるべきものと信ずる」とある（『文藝春秋』一九五八年七月号）。また、翌月の同誌「編集だより」には、「高見順《敗戦日記・日本〇《ゼロ》年》は大好評の前号に引き続き、戦争直後の混乱した世相を描き、この荒廃の中から芽生える新生日本への愛情にみちている」との記述がある（『文藝春秋』一九五八年八月号）。編集者によって書かれたこの二つの短文は、高見のこの日記のもつ意味を表わした最初のものと言えるであろう。また、初出時のタイトルもここに明記されている。雑誌に発表した分が、四百字詰原稿紙で約二五〇枚、それに未発表のものを加えて約六五〇枚分が、単行本として一九五九年四月に文藝春秋新社より刊行される。その後、二度にわたって文春文庫版が刊行されているが、本書は、『敗戦日記〈新装版〉』（一九九一年八月）に拠っている。また、約三〇〇〇枚にも及ぶという日記の全容（と言っても、一年間分でしかないのだが）は、四冊に分けられて一九六四年から六五年にかけて刊行された（『高見順日記』第三巻〜第六巻、勁草書房）。その折に付された各巻のタイトルを挙げておきたい。すなわち、「末期の記録」（一月〜四月）、「原爆投下」（五月〜八月十四日）、「敗戦の表情」（八月十五日〜十月十九日）、「廃虚の日常」（十月二十日〜昭和二一年三月）といった構成であった。第六巻にあたるところには、翌年の分が三か月ほど含まれているが、それにしても膨大な量であると言えるであろう。

『敗戦日記』に記された内容は、三つのトピックに分けることができる。まず第一は、戦時下、それも敗戦間近かという極限に追いつめられた日本とその国民の様子が、きわめて克明に記述されている点である。また、これは敗戦後の様子についても変っていない。

第二は、鎌倉という都心から離れた場所に生活を送ってはいたが、文学者（他の領域のいわゆる文化人も含む）がどのように戦争下という非常時を生き抜こうとしたのかについての稀有な記録という点である（文学や芸術どころでなくなった時世、「鎌倉文庫」という名の貸本屋を開いた文士たちは、人人がそこに殺到するさまに驚かされる）。第三は、高見の自らの仕事への思いと内面を吐露している点である。分量的には、第一のトピックについての部分が圧倒的に多いが（新聞などの書き抜きも含めて）、これら第一から第三までのトピックが混りあって述べられているところも、当然のことながら、見うけられる。

具体的に、それぞれのトピックを辿ってみよう。

まず第一について。戦争が末期的状況にまで追いつめられた日本は、本土への米軍機による空襲に日夜さらされる。また、米軍の本土上陸も必至とみられ、鎌倉界隈の住民でもつてを求めて地方への疎開を試みる。高見もその一人であったが、金銭的条件があわず断念したりしている。

当時、日本文学報国会（文中では、「文報」と略記されている）の委員をつとめていた高見は、交通事情の悪い中、しばしば東京へと出、会合に出席したり、友人・知人と会って話をし、飲食を共にしたりしている。高見の言動は、戦況や日日の空襲などを考えるとやや異様とも言えるであろう。たとえば、一月の日記。本書に収められている記述からみると、一〇回の東京行。二月は一一回、三月は、郷里の福井県三国町に行ったりしているのにもかかわらず七回の東京行。知人を訪ね、安否を確かめ、国民酒場などで乏しい酒を無理に調達して飲み、「文報」に顔を出す。三月九日から十日にかけての東京大空襲のあと、早くも十二日には浅草へと足を向け、罹災者の無惨な姿や消失した街並みのあとを自らの足で辿っている。焦土と化したなじみ深い浅草に茫然とするのである。一世を風靡《ふうび》した自作の「如何なる星の下に」の舞台や人人はこの世から消え去ってしまい、廃墟のみが眼前にある。そのことを丹念に日記に記す。まるで、一三世紀初頭、鴨長明《かものちょうめい》が「方丈記」の中に、洛中にて餓死したり、災害などで横死した人の数を数えて歩いた行為を書き記していたことに重ねあわさるようである。「異様」と前に記したのはこのことに関わる。

つまり、高見は悲嘆にくれているばかりではなかったのだ。こうした状況下での人人の日日の生活をこと細かく記録することに自らを賭ける。それがどのような意味をもつのかを問う以前に、高見の生理は、外食食堂での店員や客のさま、一杯のビールを求めて人人の（自分も含めて）悪戦苦闘するさま、何がいくらで、おかずが何で、人人はそれをどのような顔つきでもって口にしているかまでも記録にとどめようとした。極限に追いつめられ、なお生きることに執着する人間を見つづけようとした。まさに、表現に自らの存在を賭けているとしか形容できない一人の文学者の筆遣いがここにある。他の文学者、たとえば同じく鎌倉に住んでいた大佛次郎にも『敗戦日記』（一九九五年四月、草思社刊）があり、戦時下の記録として有益であるが、高見の、他を圧倒するような行動と克明さとボリュームのある記述にはかなわないと言うべきであろう。

「四月二十日」の項には、「草の緑をしみじみと美しいと思った」高見は、のちに有名になる自作詩「われは草なり」を記す。高見の作品全体に流れる生命的なるものへの志向が明確にうかがえ、日記全体に貫ぬかれる希望が打ち出されているようだ。本書ではそれほど多くは収録されていないが、高見の記述と共にそこに書き写された新聞などからの記事は、高見の見解と相応させてみれば、より貴重さが増すであろう。また、かつて滞在したビルマの状況や、沖縄戦や近くの島島（サイパンやグアムなど）の戦況も、見のがさず日記に記載があり、このことにも注意を向けたい。

第二について見てみよう。戦禍が激しくなり、出版界は困難さが増し、作家たちの生活も苦しくなってきた折、「鎌倉文士」の中心的存在であった久米正雄から貸本屋開店の話が出た。多くの蔵書を有する作家たちは、このまま空襲で書物が焼けてしまうことは無意味だし、原稿による生活が逼迫《ひっぱく》している事情もあって久米に同意する。高見は、「番頭格」として鎌倉文庫と名づけられた貸本店の開設からその運営に力を尽す。幸い、地元の人人の評判を呼び、保証金や代金が集まり、書物を供出した作家たちに配当金を出すに至る。名だたる文士たちが多く住まいしていた地であり、また、まとまりのある作家コミュニティーというものが形成されていたこともあって、こうした試みが成功したのであろう。無論、東京やその他の都市のように、住まいする近辺が空襲にさらされなかったという条件も成功の要因としてつけ加えておかなければならないが。ともあれ、当事者として高見が関わったこうした文学者たちの事業は、文学史的事項としても得がたい資料を供している。

この鎌倉文庫は、戦後には、出版社としての事業を起こし、東京に事務所を置くまでになるが、のちに倒産してしまう。

第三のトピックである、自らの仕事への思いを、反省や自己を叱咤激励したりすることで書きつらねていたことは、日記という文章のもつ性質上、多く散見するのは当然であろう。また、日日、生きるか死ぬかという状況下に置かれ、敗戦後も生活の建て直しにやっきとなることで自らの本来の仕事が思うにまかせないという辛さがあっただろう。だが、高見は失望と希望とに交互に襲われる自分を客観的に日記に記しながら、生きることへの意欲をかきたて、かつまた仕事を通して生きる自分をエンカレッジしようとする。その時、日記は、まさに自らの文学的表現の最たる器となっていたのである。

最後に、高見の日記全体においても膨大な量を占めるこの『敗戦日記』を、高見をして書かしめたエネルギーの源には何があったのかについて触れておきたい。かつて、「徴用」でビルマ戦に従軍し、危い目にもあったがラングーン（現在のヤンゴン）の「戡定《かんてい》」がなり、生活に落ち着きをとり戻した頃、同じ「徴用」の仲間たちは無聊《ぶりょう》に苦しみ、句会やテニス、麻雀などにうつつを抜かしていた。高見はそれらに加わらず、ひたすらとり憑かれたように日記を書いていたことがあった。そのことについて高見は、「ひとたびつけはじめると、義務感もまたそこに生じて毎日きまって、いやでも書く」（「日記」一九四二年十月五日）と述べている。中村真一郎は、こうした高見の日記へのこだわりを巧みに分析している。

すなわち、高見が「執拗に日記をつけつづけた根本衝動は、やはり『書き魔』とでも名付けるより仕方のないデモンを、精神のなかに生れつき棲まわせていて、そのデモンがたえず頭を擡《もた》げてきた、ということなのだろう。（中略）またそこから自己告白の必要、世相観察の興味、時代の証人としての義務感、となった様々の理由が後から出て来ることにな」る（傍点・原文、『図書』一九七七年六月号「作家の日記――高見順日記の面白さ」より）と。

まさに、同意を表したい。高見の「書き魔」と呼ばれた「デモン」は、表現に自らの存在を賭ける作家精神に裏打ちされた「義務感」によって生み出され、かつまた「デモン」の内部には高見の生命への執着や愛情があったと、私は『敗戦日記』の最も奥底にあるものを捉えたいと思う。このように考えてくると、本書は、高見順文学全体の基軸をなす作品とみなしてもいいのではないだろうか。

（きむら・かずあき　立命館大学文学部教授）

『敗戦日記〈新装版〉』一九九一年　八月　文春文庫刊

本書には、今日の人権意識に照らして、不適切な表現や単語がありますが、作品の歴史的価値、執筆当時の時代背景、著者が物故していることを鑑み、原文のまま掲載しました。

中公文庫

敗《はい》戦《せん》日《にっ》記《き》

2005年7月25日　初版発行
2017年6月25日　5刷発行

著　者　高《たか》見《み》　順《じゅん》

発行者　大橋 善光

発行所　中央公論新社
〒100-8152　東京都千代田区大手町1-7-1
電話　販売 03-5299-1730　編集 03-5299-1890
URL http://www.chuko.co.jp/

DTP　石田香織
印　刷　三晃印刷
製　本　小泉製本

Published by CHUOKORON-SHINSHA, INC.
Printed in Japan　ISBN4-12-204560-6 C1195

中公文庫既刊より

各書目の下段の数字はＩＳＢＮコードです。978－4－12が省略してあります。

い-13-5
生きている兵隊（伏字復元版）
石川　達三
戦時の兵士のすがたと心理を生々しく描き、そのリアリティ故に伏字とされ発表された、戦争文学の傑作。伏字部分に傍線をつけた、完全復刻版。
203457-0

う-9-7
東京焼盡《しょうじん》
內田　百閒
空襲に明け暮れる太平洋戦争末期の日々を、文学の目と現実の目をないまぜつつ綴る日録。詩精神あふれる稀有の東京空襲体験記。
204340-4

あ-13-3
高松宮と海軍
阿川　弘之
「高松宮日記」の発見から刊行までの劇的な経過を明かし、第一級資料のみが持つ迫力を伝える。時代と背景を解説する「海軍を語る」を併録。
203391-7

あ-13-4
お早く御乗車ねがいます
阿川　弘之
にせ車掌体験記、日米汽車くらべなど、日本のみならず世界中の鉄道に詳しい著者が昭和三三年に刊行した鉄道エッセイ集が初の文庫化。〈解説〉関川夏央
205537-7

あ-13-5
空旅・船旅・汽車の旅
阿川　弘之
鉄道のみならず、自動車・飛行機・船と、乗り物全般に並々ならぬ好奇心を燃やす著者。高度成長期前夜の交通文化が生き生きとした筆致で甦る。〈解説〉関川夏央
206053-1

あ-13-6
食味風々録
阿川　弘之
生まれて初めて食べたチーズ、向田邦子との美味談義、海軍時代の食事話など、多彩な料理と交友を綴る、自叙伝的食随筆。〈巻末対談〉阿川佐和子〈解説〉奥本大三郎
206156-9

あ-13-7
乗りもの紳士録
阿川　弘之
鉄道・自動車・飛行機・船。乗りもの博愛主義の著者が、車内で船上で、作家たちとの楽しい旅のエピソードを、ユーモアたっぷりに綴る。〈解説〉関川夏央
206396-9

お-2-2
レイテ戦記（上）
大岡昇平
太平洋戦争の天王山・レイテ島での死闘を再現し戦争と人間を鋭く追求した戦記文学の金字塔。本巻では「一第十六師団」から「十三　リモン峠」までを収録。
200132-9

お-2-3
レイテ戦記（中）
大岡昇平
レイテ島での日米両軍の死闘を、厖大な資料を駆使し精細に活写した戦記文学の金字塔。本巻では「十四軍旗」より「二十五　第六十八旅団」までを収録。
200141-1

お-2-4
レイテ戦記（下）
大岡昇平
レイテ島での死闘を巨視的に活写し、戦争と人間の問題を鎮魂の祈りをこめて描いた戦記文学の金字塔。地名・人名・部隊名索引付。〈解説〉菅野昭正
200152-7

お-2-11
ミンドロ島ふたたび
大岡昇平
自らの生と死との彷徨の跡。亡き戦友への追慕と鎮魂の情をこめて、詩情ゆたかに戦場の島を描く。『俘虜記』の舞台、ミンドロ、レイテへの旅。〈解説〉湯川　豊
206272-6

こ-8-1
太平洋戦争（上）
児島襄
二五〇万人が命を失って敗れた太平洋戦争とは何であったのか？　旧戦場を隈なく訪ね渉猟した内外資料を突き合せて戦争の赤裸々な姿を再現する。
200104-6

こ-8-2
太平洋戦争（下）
児島襄
米軍の反攻が本格化し日本軍の退勢が明らかになる昭和十八年以降を描く。軍上層部は何を企図していたのか。毎日出版文化賞受賞。〈解説〉佐伯彰一
200117-6

こ-8-17
東京裁判（上）
児島襄
昭和二十一年五月三日、二年余、三七〇回に及ぶ極東国際軍事裁判は開廷した。厖大な資料と、関係諸国・関係者への取材で、劇的全容を解明する。
204837-9

こ-8-18
東京裁判（下）
児島襄
七人の絞首刑を含む被告二十五人全員有罪という苛酷な判決。「文明」の名によって戦争を裁いた東京裁判とは何であったのか。〈解説〉日暮吉延
204838-6

各書目の下段の数字はISBNコードです。978－4－12が省略してあります。

あ-1-1
アーロン収容所　会田雄次
ビルマ英軍収容所に強制労働の日々を送った歴史家の鋭利な観察と筆。西欧観を一変させ、今日の日本人論ブームを誘発させた名著。〈解説〉村上兵衛
200046-9

い-103-1
ぼくもいくさに征くのだけれど　竹内浩三の詩と死　稲泉連
映画監督を夢見つつ23歳で戦死した若者が残した詩は、戦後に蘇り、人々の胸を打った。25歳の著者が、戦場で死ぬことの意味を見つめた大宅壮一ノンフィクション賞受賞作。
204886-7

の-3-13
戦争童話集　野坂昭如
戦後を放浪しつづける著者が、戦争の悲惨な極限に生まれえた非現実の愛とその終わりを「八月十五日」に集約して描く、万人のための、鎮魂の童話集。
204165-3

ほ-1-1
陸軍省軍務局と日米開戦　保阪正康
選択は一つ——大陸撤兵か対米英戦争か。東条内閣成立から開戦に至る二カ月間を、陸軍の政治的中枢である軍務局首脳の動向を通して克明に追求する。
201625-5

ほ-1-2
秩父宮　昭和天皇弟宮の生涯　保阪正康
近代天皇制のもとで弟宮という微妙な立場で激動の昭和史に立ち向かい、栄光と苦悩のなかに生きた秩父宮。その生の真実に迫る名著。〈解説〉半藤一利
203730-4

ほ-1-14
昭和史の大河を往く1　「靖国」という悩み　保阪正康
政治や外交の思惑もからみ、複雑化する靖国問題の本質とは。首相の発言と参拝、様々な立場の歴史解釈、昭和天皇の思いなど、資料と取材から多面的に迫る。
205785-2

ほ-1-15
昭和史の大河を往く2　国会が死んだ日　保阪正康
議会はどう「死んでいった」のか、首相官邸に身を置いた政治家はどんな心境になったか。二つの権力空間から見る昭和史。長年の取材の成果を随所に盛り込む。
205822-4

ほ-1-16
昭和史の大河を往く3　昭和天皇、敗戦からの戦い　保阪正康
敗戦の一ヵ月後、昭和天皇の新たな戦いが始まった。マッカーサーとの心理戦や弟宮との関係を丹念に追い、いま歴史へと移行する昭和天皇像を問い直す第三集。
205848-4

ほ-1-17
昭和史の大河を往く4 帝都・東京が震えた日 二・二六事件、東京大空襲
保阪正康
昭和史を転換させた二・二六事件と、いまも傷跡が残る三月十日の大空襲。東京を震撼させた二つの悲劇を中心に「歴史の現場」を訪ねながら考える第四集。
205918-4

チ-2-1
第二次大戦回顧録 抄
チャーチル
毎日新聞社 編訳
ノーベル文学賞に輝くチャーチル畢生の大著のエッセンスをこの一冊に凝縮。連合国最高首脳が自ら綴った、第二次世界大戦の真実。〈解説〉田原総一朗
203864-6

い-61-2
最終戦争論
石原莞爾
戦争術発達の極点に絶対平和が到来する。戦史研究と日蓮信仰を背景にした石原莞爾の特異な予見は、日本を満州事変へと駆り立てた。〈解説〉松本健一
203898-1

し-45-2
昭和の動乱（上）
重光葵
重光葵元外相が巣鴨獄中で書いた、貴重な昭和の外交記録である。上巻は満州事変から宇垣内閣が流産するまでの経緯を世界的視野に立って描く。
203918-6

し-45-3
昭和の動乱（下）
重光葵
重光葵元外相は巣鴨に於いて新たに取材をし、この記録を書いた。下巻は終戦工作からポツダム宣言受諾、降伏文書調印に至るまでを描く。〈解説〉牛村圭
203919-3

お-30-2
絶後の記録 広島原子爆弾の手記
小倉豊文
一瞬の閃光、奔騰する巨雲塊、轟音、熱風。「亡き妻への手紙」として戦後最初に公刊された原爆体験記。願わくは人類にとって絶後の記憶たらんことを。
203886-8

と-28-1
夢声戦争日記 抄 敗戦の記
徳川夢声
活動写真弁士を皮切りに漫談家、俳優としてテレビ・ラジオで活躍したマルチ人間、徳川夢声が太平洋戦争中に綴った貴重な日録。〈解説〉水木しげる
203921-6

と-28-2
夢声戦中日記
徳川夢声
花形弁士から映画俳優に転じ、子役時代の高峰秀子らと共演した名優が、真珠湾攻撃から東京大空襲に到る三年半の日々を克明に綴った記録。〈解説〉濵田研吾
206154-5

各書目の下段の数字はＩＳＢＮコードです。978－4－12が省略してあります。

き-13-2
秘録 東京裁判
清瀬 一郎
弁護団の中心人物であった著者が、文明の名のもとに行われた戦争裁判の実態を活写する迫真のドキュメント。ポツダム宣言と玉音放送の全文を収録。
204062-5

ほ-2-5
細川日記（上）
細川 護貞
戦争の只中、著者は天皇に国情の実際を報せるよう命を受ける。重臣間の確執、クーデター計画そして小磯内閣成立。生々しい迫力をもった詳細な日記。
204072-4

ほ-2-6
細川日記（下）
細川 護貞
戦争終結につき苦悩する指導者たち、敗戦と近衛文麿の自殺、ゆれにゆれる日本の中枢。その動きを余すところなく伝える貴重な記録。〈解説〉高橋哲哉
204073-1

ふ-18-5
流れる星は生きている
藤原 てい
昭和二十年八月、ソ連参戦の夜、夫と引き裂かれた妻と愛児三人の壮絶なる脱出行が始まった。敗戦下の苦難に耐えて生き抜いた一人の女性の厳粛な記録。
204063-2

ふ-18-1
旅 路
藤原 てい
戦後の超ベストセラー『流れる星は生きている』の著者が、三十年の後に、激しい試練に立ち向かって生きた人生を辿る感動の半生記。〈解説〉角田房子
201337-7

い-61-3
戦争史大観
石原 莞爾
使命感過多なナショナリストの魂と冷徹なリアリストの眼をもつ石原莞爾。真骨頂を示す軍事学論・戦争史観・思索史的自叙伝を収録。〈解説〉佐高 信
204013-7

か-18-7
どくろ杯
金子 光晴
『こがね蟲』で詩壇に登場した詩人は、その輝きを残し、夫人と中国に渡る。長い放浪の旅が始まった――青春と詩を描く自伝。〈解説〉中野孝次
204406-7

か-18-8
マレー蘭印紀行
金子 光晴
昭和初年、夫人三千代とともに流浪する詩人の旅はいつ果てるともなくつづく。東南アジアの自然の色彩と生きるものの営為を描く。〈解説〉松本 亮
204448-7

か-18-9
ねむれ巴里
金子光晴
深い傷心を抱きつつ、夫人三千代と日本を脱出した詩人はヨーロッパをあてどなく流浪する。『どくろ杯』につづく自伝第二部。〈解説〉中野孝次
204541-5

か-18-10
西ひがし
金子光晴
暗い時代を予感しながら、喧噪渦巻く東南アジアにさまよう詩人の終りのない旅。『どくろ杯』『ねむれ巴里』につづく放浪の自伝。〈解説〉中野孝次
204952-9

か-18-11
世界見世物づくし
金子光晴
放浪の詩人金子光晴。長崎・上海・ジャワ・巴里へと至るそれぞれの土地を透徹な目で眺めてきた漂泊の詩人が綴るエッセイ。
205041-9

か-18-12
じぶんというもの 金子光晴老境随想
金子光晴
友情、恋愛、芸術や書について——波瀾万丈の人生を経て老境にいたった漂泊の詩人が、人生の後輩に贈る人生指南。〈巻末イラストエッセイ〉ヤマザキマリ
206228-3

か-18-13
自由について 金子光晴老境随想
金子光晴
自らの息子の徴兵忌避の顚末を振り返った「徴兵忌避の仕返し恐る」ほか、戦時中も反骨精神を貫き通した詩人の本領発揮のエッセイ集。〈解説〉池内恵
206242-9

た-20-2
脳死
立花隆
人が死ぬというのはどういうことなのか。人が生きているとはどういうことなのか。驚くべき事実を明らかにして生命倫理の最先端の問題の核心を衝く。
201561-6

た-20-3
エコロジー的思考のすすめ 思考の技術
立花隆
環境問題で状況の悪化を防ぐには泥縄式の対策ではなく、本当に文明のベクトルを変えねばならない。それにはエコロジカルな思考こそが求められる。
201764-1

た-20-4
脳死再論
立花隆
今、脳死をめぐって、一体何が争点になっているのか。臓器移植の問題ともからみ、科学だけではなく倫理的にも不可避となった脳死問題の核心を衝く。
201811-2

各書目の下段の数字はISBNコードです。978－4－12が省略してあります。

し-6-61 歴史のなかの邂逅1 空海〜斎藤道三 司馬遼太郎

その人の生の輝きが時代の扉を押しあけた──。歴史上の人物の魅力を発掘したエッセイを古代から時代順に集大成。第一巻には司馬文学の奥行きを堪能させる二十七篇を収録。

205368-7

し-6-62 歴史のなかの邂逅2 織田信長〜豊臣秀吉 司馬遼太郎

織田信長、豊臣秀吉、古田織部など室町末期から戦国時代を生きた男女の横顔を描き出す人物エッセイ二十三篇。

205376-2

し-6-63 歴史のなかの邂逅3 徳川家康〜高田屋嘉兵衛 司馬遼太郎

人間の魅力とは何か──。徳川家康、石田三成ら関ヶ原前後の諸大名の生き様や、緒方洪庵、勝海舟など、徳川時代に爆発的な繁栄をみせた江戸の人間模様など、歴史のなかの群像を論じた人物エッセイ二十三篇。

205395-3

し-6-64 歴史のなかの邂逅4 勝海舟〜新選組 司馬遼太郎

第四巻は動乱の幕末を舞台に、新選組や河井継之助、白熱する歴史を論じた人物エッセイ二十六篇を収録。

205412-7

し-6-65 歴史のなかの邂逅5 坂本竜馬〜吉田松陰 司馬遼太郎

吉田松陰、坂本竜馬、西郷隆盛らの様々な運命。『竜馬がゆく』など幕末維新をテーマに数々の傑作長編が生まれた背景を伝える二十二篇。

205429-5

し-6-66 歴史のなかの邂逅6 村田蔵六〜西郷隆盛 司馬遼太郎

西郷隆盛、岩倉具視、大久保利通、江藤新平など、明治維新という日本史上最大のドラマをつくりあげた立役者たち。時代を駆け抜けた彼らの横顔を伝える二十一篇を収録。

205438-7

し-6-67 歴史のなかの邂逅7 正岡子規〜秋山好古・真之 司馬遼太郎

傑作『坂の上の雲』に描かれた正岡子規、秋山兄弟をはじめ、日本の前途を信じた明治期の若者たちの、明るさと痛々しさと──。人物エッセイ二十二篇。

205455-4

し-6-68 歴史のなかの邂逅8 ある明治の庶民 司馬遼太郎

歴史上の人物の魅力を発掘したエッセイの集大成、全八巻ここに完結。最終巻には明治期の日本人から祖父・福田惣八、ゴッホや八大山人まで十七篇を収録。

205464-6